별빛을 씻어내는 밤

초판 1쇄 인쇄일	2024년 2월 24일
초판 1쇄 발행일	2024년 2월 29일

지은이	김정진 외
편집/디자인	정구형 이보은
마케팅	정찬용 정진이
영업관리	한선희 김형철
책임편집	정구형
인쇄처	으뜸사
펴낸곳	국학자료원 새미(주)
	등록일 2005 03 15 제251002005000008호
	본사)충청남도 논산시 상월면 522 금강대학교 산학협력단 513호
	지사)경기도 고양시 덕양구 권율대로 656 클래시아더퍼스트 1519, 1520호
	Tel 02)442-4623 Fax 02)6499-3082
	www.kookhak.co.kr
	kookhak2010@hanmail.net
ISBN	979-11-6797-151-7 *03810
가격	18,000원

별빛을 씻어내는 밤

북치는마을

머리말

2024년 갑진년, 청룡의 해를 맞이하여 열명의 작가들이 다채로운 단편소설을 한데 묶어 단편소설집을 출간한다. 순수서정 소설에서부터 화려한 환상소설에 이르기까지 다양한 소설은 이 소설집의 드넓은 스펙트럼을 만들어줄 것이다. 그리고 그 다양성에서 소설담론의 진가가 드러날 것으로 믿는다.

소설담론이라는 어려운 말은 우선 담론의 개념을 이해할 필요가 있다. 담론의 언어학적 의미는 가장 일반적으로 정의되는 내용으로서 여러 문장들의 묶음으로 구성된 발화행위를 통해 만들어진 텍스트 형태인 것이다. 언어학적 분석단위 중 가장 큰 것이다. 언어학적 분석단위로서는 형태소, 단어, 구, 절, 문장, 기타 등등이 있고, 그 중에서 담론은 일련의 문장들로 연결된 가장 큰 단위가 된다. 그러므로 담론의 언어학적 정의는 '언어의 의미론적 측면과 행위의 화용론적인 측면을 묶어주는, 의미화된 연쇄로 이루어진 관계적 총합이라 할 수 있다. 그러므로 소설담론은 소설적 내용과 형식의 총체적 대상인 것이다.

소설은 문장화된 이야기에 불과하지만 언어예술로서의 소설은 숨은 뜻을 무한히 지닐 수 있다. 기록된 이야기로서의 특징은 단순한 기록물 이상의 의미를 지니게 된다. 그 기록은 글자 그대로의 의미만으로 해석되는 이상의 그 무엇이 있기 때문이다. 그러한 문제는 하나의 이야기가 문자화되기 이전의 수많은 상상의 범주를 압축시켜놓음으로서 야기된 것들이다.

소설이라는 문학장르 중의 한 가지 양식을 이해하는 데에는 예술성이라는 특수성과 변형된 이야기라는 특수성 때문에 복합적인 성격을 띄는 것이다. 그리고 그 복합적 요소들은 역사적, 사회적인 부분과 작가의 성향과 미의식, 시대정신, 세계관 등이 종합적으로 영향을 준 적층적 문화의 소산인 것이다. 그것을 소설담론이라 하는 것이다.

가련 조선조 중기 이후 격변의 시대를 겪으면서 우리나라 소설이 등장하게 되는데 가령 조선조의 형제의 갈등과 화합이라는 권선징악적 주제를 다룬 흥부전이라는 소설의 이야기는 그 재료가 소설화되는 과정에서의 많은 소설 요소들이 혼입되었다. 이번 소설집에서도 각 작가들의 삶의 여정과 독서편력 그리고 자유로운 상상력 등이 멋진 소설의 요소들이 피어나 작품이 완성되었다.

소설을 거칠게 규정하면 사람과 사건에 대한 일정한 기록물이라고 할 수 있다. 흥부전에서는 흥부와 놀부 형제가 벌이는 사건의 전말을 보여준다. 부모의 유산을 독차지한 못된 놀부는 망하고 자력갱생한 착한 흥부는 우연히 흥하여 다시 형을 받아들이는 우애를 보여준다. 그런데 이야기에 혼입된 부분은 놀부의 근면성과 흥부의 무계획성 같은 부분이 문제시되기도 한다.그런데 작중 주인공인 흥부와 놀부는 도망노비의 자손이었다, 그리고 놀부의 박에서 나온 양반 옛 주인들은 흥부와 놀부의 출신을 말하여 줌으로써 그들이 도망노비의 후손이며 훔쳐간 돈으로 벼슬과 집을 산 것이 밝혀진다. 그러한 정보는 신분제의 혼란과 윤리의 혼탁함을 알려주며 또한 흥부의 떠돌이 장사와 노동, 흥부 박에서 나온 각종 중국, 일본으로부터의 수입 물품들에서는 시장경제의 대두와 초기 산업 사회의 모습을 볼 수 있다. 이처럼 주요 이야기 줄거리가 소설을 전체적으로 성격지을 수 없다. 소재와 배경의 요소에서도 의미가 개재된다. 이렇게 소설적 요소들이 청체적으로 총합되면서 이야기는 소설적 형식과 의미가 형상화된 소설담론으로 자리잡게 된다.

옛이야기에서는 문학적 상상력과 문학적 허용이라는 비논리적 측면이 다량 나타난다. 그러나 이야깃거리가 작가에 의해 소위 소설로 쓰여지게 되면 작가정신이 배어들고 시간과 공간이 재조정되고 인물이 여러 가지 소재를 통해 행동 인식 대화를 보여주고 결국 주제를 드러내게 되는 소설양식이 된다. 이처럼 항간의 특정 사건이나 이야기가 소설화된 것을 소위 소설담론이라 한다. 이야기가 소설담론이 되었을 때 비로소 문학양식인 소설이 되는 것이다. 인류사에서 하나의 예술로서 소설이 인간사회에 존재하고 계속해서 읽히는 매력은 소설다움이 있기때문일 것이다. 그리고 그 힘은 바로 소설담론에서 나온다. 인간과 사회의 근본적인 이야기에 모든 독자들의 마음이 기울게 마련이다. 인간의 삶의 진실한 장면을 소설적 언어로 형상화한 소설담론은 작가와 독자의 감동을 나누는 작업이다. 그것은 인간의 삶이 어떻게 소설이 되어가는지를 보여준다. 한 사람의 개인적 세계가 탄생하고 성장하는 과정과 그것을 멋지고 감동적으로 만들어내는 소설의 창작과정과 그 결과물이 바로 소설인 것이다.

이번에 창작집을 내는 작가들은 향후 더욱더 각고정진하여 보다 훌륭하고 멋진 소설을 집필하고 수 많은 독자들에게 문학적 향기를 느끼게 해주는 의식 있는 작가로 거듭나기를 바란다.

제천 신월동에서
김정진 씀

목차

돈암동 풍경

김정진

영등포에서 일년, 미아 삼거리에 이년, 그럭저럭 미용기술을 배우고 겨우 자격증을 딴 미스 양은 돈암동 아리랑 고개 입구 네거리 사 층에 조그만 미용실을 열었고, 얼마 안되어 돈암 머리방에 제법 단골도 늘었고, 특히 자칭 빼어난 미모 덕에 남자 커트 손님이 줄을 섰지. 물론 그녀의 특기는 쌩머리 뺨치는 스트레이트 파마야. 이른바 파마한 거 같지 않은 파마? 사람들은 왜 돈을 주고 그냥 두어도 좋을 그런 파마를 하나마나한 것에 사만 원을 갖다 버릴까 하고 말하는 큰언니의 무식함을 비웃는 그녀는 언제나 자신감에 차 있었고 그래서 그녀에게도 일류 미용실에서 협찬이 들어오고 일본에도 두 번 가서 엉터리 수료증을 따오며 승승장구했거든. 시궁창에서 용 났다는 소리도 꽤 들었지? 아마, 그녀는 종종 돈으로 잡지에 기사 내기나 돈 주고 참가한 국제 헤어쇼에서 포토제닉상을 오십 만원에 타기도 했는데, 말이 상이지 은도금한 맥주병만한 트로피와 상장이랍시고 보고 알아보지도 못할 심사위원 이름이나 위원회의 서양 이름이 잔뜩 적힌 종이 한장 달랑, 그뿐이었어. 그녀의 큰 특징은 수완 좋게 무언가를 해내고야 마는 악바리 근성이라고 할 수 있지. 조 악바리가 또 악을 쓰나 보다.

1. 이야기 귀신

이야기는 그냥 소설이 되는 게 아니다. 이야기란 참으로 부서지기 쉬운 수수깡 같은 것이어서 절대로 역사 속에서 살아남는 소설로 될 수가 없다는 건 세월을 아는 사람이라면 다 안다. 그래서 어린 아이들은 옛날이야기, 혹은 소설책의 내용을 이야기해달라고 조른다.

이야기가 소설이 되는 길은 딱 한 가지 귀신에 씌우는 것이다. 이야기에 이야기 귀신이 붙으면 그 때 비로소 이야기는 소설이 된다.

그런데 나는 소설을 당신들에게 이야기하려 한다. 어차피 될 수도 없는 이짓을 내가 왜 당신들에게 하는 지 아는가? 내 마음 나도 모를 때 나는 나도 모르는 사이에 아무거나 주절주절 주워섬기는 증세가 있는데 그걸 고쳐보려구 이 짓을 한다면 그대들은 믿겠는가? 안 고쳐지는 줄 알면서도 이렇게 뇌까리는 건, 누군가의 이야기가 단순하게 내 입이나 눈이나 뇌에 저장되어 있는 것이 아니라 도무지 내가 그게 어디 있는지 모르기 때문이라면 이유가 될까? 이야기는 기억도 아니고 누군가가 다른 사람에게 줄 수 있는 것도 아니며 받아볼 수 있는 것도 아니다.

내 고질보다도 더한 지랄병을 앓고 있는 년이 있는데, 바로 저기

저 돈암동 로타리에서 미장원을 해먹구 사는 년이지. 소위 미용살롱을 경영하시는 미스 양은 왕방울 만한 눈이 매혹적이고 허리가 개미만큼이나 잘록하고 다리는 하염없이 길고 소위 엘리트 모델 뺨치는 늘씬이지만 당분간은 애인이 없어, 스쳐 간 남자들은 많았지만 일단 가면 흘러간 물처럼 되돌아오지 않았지. 걔 본명은 양춘실, 언제나 이 촌스럽기도 하고 방석집 매미 이름으로나 적격인 이름을 숨기고 그녀는 세리라는 애칭을 쓰곤 했는데 요즈음 세리가 골프계의 여왕으로 떠오르면서 쓸 수도 그렇다고 다른 애칭으로 별안간 바꾸기도 좀 께적지근해서 두통약을 먹고는 있지만 어쩔 도리가 없을 거야.

영등포에서 일년, 미아 삼거리에 이년, 그럭저럭 미용기술을 배우고 겨우 자격증을 딴 미스 양은 돈암동 아리랑 고개 입구 네거리 사층에 조그만 미용실을 열었고, 얼마 안되어 돈암 머리방에 제법 단골도 늘었고, 특히 자칭 빼어난 미모 덕에 남자 커트 손님이 줄을 섰지. 물론 그녀의 특기는 쌩머리 뺨치는 스트레이트 파마야. 이른바 파마한 거 같지 않은 파마? 사람들은 왜 돈을 주고 그냥 두어도 좋을 고런 파마를 하나마나한 것에 사만 원을 갖다 버릴까 하고 말하는 큰언니의 무식함을 비웃는 그녀는 언제나 자신감에 차 있었고 그래서 그녀에게도 일류 미용실에서 협찬이 들어오고 일본에도 두 번 가서 엉터리 수료증을 따오며 승승장구했거든. 시궁창에서 용 났다는 소리도 꽤 들었지? 아마, 그녀는 종종 돈으로 잡지에 기사 내기나 돈 주고 참가한 국제 헤어쇼에서 포토제닉 상을 오십 만원에 타기도 했는데, 말이 상이지 은도금한 맥주병만한 트로피와 상장이랍시고 보고 알아보지도 못할 심사위원 이름이나 위원회의 서양 이름이 잔뜩 적힌 종이 한장 달랑, 그뿐이었어. 그녀의 큰 특징은 수완 좋게 무언가를 해내고야 마는 악바리 근성이라고 할 수 있지. 조 악바리가 또 악을 쓰나 보다.

"야! 미스 최! 내 바리캉 니가 썼어? 만지지 말랬잖아! 이년아!"

"아유, 언니! 또 어디다 두고 생트집이야? 언니 새끼한테나 물어봐!"

"미스 신? 걘 어디 갔니? 미치겠네, 또 도망간 거 아냐? 지난 번에 화영이란 년이 현찰금고 들고 간 다음부터는 내정신이 아냐, 에이! 망할 년들! 사람쓰기가 이렇게 불안해서야, 그리구 남자애는 아직 안왔어? 이거 완전 정신 불안증인가봐 쳇!"

양춘실의 또 다른 특징은 불안증이었는데 십대 신삥이들에게 일 맡기기도 그렇다고 손이 딸려서 손님을 놓치기도 혹은 주말여행이나, 휴가를 갈구하면서도 막상 휴가를 가려면 가위질하는 것에 대한 막연한 불안으로 양쪽 사이에서 유난하게 고민을 해대는 거야. 모든 옥에는 반드시 티가 있는지 잘 모르겠지만 춘실은 사시였어. 그래서 수술을 두 번 받았는데 처음 수술로 완전하게 두 눈이 정상이 되지 않았고 수술을 한 번 더 받으면 정상이 될 수 있다는 의사의 말에 한 번 더 받았으나 역시 조금은 삐뚤어져있지. 그녀는 불안과 자존심 때문에 더 이상의 수술을 거부하고 있지만 수술 중의 텔레비전의 피디수첩이란 프로그램에서 실명된 안과수술 사례를 특집으로 다루고 난 뒤 그녀는 더 이상의 수술은 포기를 했고 미용실력과 몸매로도 스스로의 인생에서 충분하다는 자존심은 이미 자만심이 되어 있었지.

걔네 할아버지는 월남한 실향민이었는데 한때 민주당 민주 산악 회나 성북 지구 부위원장까지 지낸 그래 뵈도 정치인이라면 정치인 이라 할 수 있는 뼈대 있는 가문의 월남민 시조였고 아버지도 민주계 가풍을 이어받아, 물론 대의원 한 번 못한 평 당원이었지만, 민주, 신 민주, 신민을 거쳤고, 삼당 통합 때에는 신한국에서 이젠 한나라당과

새정치연합 같은 곳을 기웃거리는 이른바 룸펜이 되고 말았지. 귀신도 경문에는 막힌다고들 하잖아? 그래서인지 영 정계로 발 한번 못들여보고 사업으로 인생길을 돌렸는데 그것도 썩 시원치는 않았지, 아버지가 돈암 시장에서 지물포를 크게 할 때에는 개업이나 이사할 때나 심지어 실내 장식을 새로 하고 재오픈이라는 행사를 할 때 국회의원이 보내준 커다란 벽걸이 시계나 화환 한 두 개는 꼭 있었는데 이미 한물 갔지, 요즈음은 알코올 중독인데다가 정치판에 대한 일장 연설이 벌어질라치면 핏대를 올리는 고혈압 증세가 불안한데도 고래고래 악을 쓰는 바람에 주변에 사람이 통 꼬이지를 않는단 말씀이야. 몸은 망가졌어도 뉴스 헤드라인의 정치면만 나오면 생기가 나는 아버지는 멈추고 싶지 않은 공인의 법칙을 고스란히 따르는 위인이기에 정지 또는 등속운동하는 물체는 계속 그 상태를 유지하려 한다는 관성의 법칙에서 한치도 오차가 없지. 아무렴 정치가다운 일이지,

하지만 쟤들 아버지는 이젠 늙어 버렸어. 접촉 없이도 힘이 전달된다는 소위 원격작용에 의해, 근처에 누가 없더라도 대기 중에 떠도는 소문만 가지고도 부친의 정치적 냄새맡기는 유별났고, 촉각은 항상 위성 안테나처럼 신경을 곤두세우고 있어서 정치 환담은 환갑이 넘어서도 밤을 세워 떠들어댈 수 있었지만 에너지 일정의 법칙에 따라 그 방정식, 즉 시간에 따른 운동의 변화를 지배하는 법칙인 미분방정식에 따라 근골과 관절이 서서히 물러나 앉기 시작한 거지. 민주산악회 시절에는 관절염에도 불구하고 여럿이 가는 데 섞여 가면 병든 다리도 어쨌거나 끌려다닌다고 같이들 산행을 나서곤 했는데 이젠 방구들을 짊어진 송장이나 다름없는 잔소리쟁이가 되어서는 골골하는 모습이 안되기는 했지만 세월에는 결국 장사 없는 법이지. 이젠 영락없는 노인네가 되어 언젠가 다시 피난 갈 날을 대비해서 비상식

량으로 미숫가루를 준비해라, 아이들 단속해라, 가족끼리 자주 만나라 등등의 아주 잔소리쟁이가 되어버렸어, 그건 입에만은 여전히 기운이 남아 있다는 증거일 테지만 다른 데는 이미 기운이 쏙 빠져버렸다는 뜻이기도 하지.

걔네 어머니는 막내인 춘실이가 돈암국민학교를 막 졸업하던 어느 해 봄 미아리 고개턱 못 미쳐 성신학교 쪽으로 위태위태하게 올라간 거대한 예루살렘 교회라는 곳에 아버지 몰래 돈이며 땅문서까지 갖다바치고 무슨 기도원을 전전하더니만 아예 가출을 해 버렸어. 덕분에 아버지는 시장통의 지물포와 청계천에 사놓은 책방 점포를 날리고 말았지. 청계천 책방에서는 그때 돈 팔만 원이 꼬박꼬박 들어오는 그야말로 알토란같은 집안의 안정된 돈줄이었는데 말이야. 아버지가 선거철이면 돈을 댕겨 쓰기도 하고 빚을 내기도 했지만 아이들은 그 돈으로 학교도 다니고 책이나 쌀서껀 연탄을 사내는 수입원이었건만 어머니가 쫓겨나면서 아이들의 군것질이나 책살 돈이 날아가버린 거지 뭐. 결국 행려병자로 눈감을 때까지 아버지의 용서는 없었지만 매년 약식으로나마 제사를 모시는 식구들은 그래도 중요하고도 심각한 집안의 행사는 그것뿐이라고 눈감은 어머니를 무시하는 어조로 말들 해도 엄마는 엄마 아니니? 홀로 참석한 임종시 인생에 대한 후회와 통증으로 괴로워하시던 모습을 재연하시던 아버지의 표정 앞에서 그 누구도 눈물을 흘리지 않는 자식은 없었거든. 그래도 자식보다는 남편이 더 끈끈한 건지 행려병자 합숙소에 혼자 갔다 왔다던 애들 아버지는 보짱있는 택이기는 했다. 하여간 열 대여섯에 서로 함경도 원산에서 평안도 순천에서 죽을 똥 살똥 하며 각각 기어 내려와 미아리 고개 아래에서 처음 만나 살섞고 지내다가 저렇게 뿔뿔이 가게 된 것도 어쩌면 이 돈암동 바닥 때문인지도 몰라. 여자는 이 바닥을 몹시도 지겨워했고 남자는 정치 무대의 발판이었기에 뜰 수가 없었거든. 들리는 말로는 여자가 새파랗게 젊은 연하의 전도사와 도망을 갔더라는 소문이 한때 있었지만, 혹여 애들 고모나 일가 나부랭이가 그런 말을 뻥긋만 하는 날이면 애들 아버지는 지나칠 정도로 부정을 하는 폭발적인 발작을 해보였지만 이즈막엔 그런 일도 전혀 없지.

큰언니 효실이는 아버지가 억지로 시장의 정육점 사장에게 시집보내 평생을 두고 아버지와 남편 욕을 하며 사는 돈암시장 장사아치치곤 모르는 사람이 없는 공포의 삼겹살이야. 처음엔 야리야리하고 수줍어서 뻑하면 울고 집으로 쪼르르 달려와 여우를 떨던 위인이 요즘 사람 같지 않게 애를 넷이나 낳고 삼십 줄 중반에 접어들고부터는 남편과 싸움이 나면 육포 뜨는 칼을 휘두른다거나 꽁꽁 언 돼지고기 이삼십 근 짜리 덩어리도 정육점 바깥에까지 집어던지는 괴력을 발휘하곤 해. 그러나 어린 매도 자꾸 맞으면 아프다고 딸 둘 뒤로 얻은 여덟살 박이 아들한테 계속 옆구리를 얻어터지고는 신경통 통증 클리닉에 다니면서 서방은 웬수, 자식은 한 술 더 뜨는 웬수라고 궁시렁댈 때에는 귀여운 일면도 있는 여자지. 좌우지간 긁어부스럼 낼까봐 시장 통에서는 아무도 시비 거는 사람은 없어.

작은 언니 성실이는 학구파고 수재였는데 어린 시절 돈암학교 대표로 주산대회에 나가서 문교부 장관 상까지 탄 이른바 돈암동 천재였다고 말 할 수 있지. 암산이나 한자 대회에도 나가 상을 타왔고 국민학교 졸업 때까지 올 수에다가 교장 선생님이 주시는 최우수 학생 표창을 받았으며 여중 입학에서 서울대학 입학할 때까지가 그녀의 전성기였지. 대학에 들어가자마자 운동권이니 데모니 하는 말을 항상 꼬리에 달고 다녔고 자주 백차가 돈암동 산동네를 들락거렸는데 그래도 아직 길이 넓은 성신여대 사대부고 후문의 전파사 앞에 차를 대고 고 골목에서는 그래도 유일한 양옥집 이층이던 춘실이집으로 개떼같이 달려온 경찰들은 성실이의 소재를 묻곤 했는데 하여튼 그 골목 그 자리에 시커먼 지프차가 서 있으면 데모하던 성실이가 아직 붙잡히지 않았다는 뜻이었지. 결국 졸업을 못한 성실은 출판사나 여성문제 연구소 등을 들락거리다가, 투사의 시절도 가고 청춘도 가고 사랑하던 남자도 가버리고 나자 삼십대를 훌쩍 넘긴 나이에 소설을 쓰겠다고 도서관이나 고시원을 전전하기도 하고 횡하니 여행을 떠난답시고 배낭 하나 달랑 메고 나갔다가는 며칠만에 들어오곤 해. 대인관계는 좋아서 방송국이나 잡지사 같은 데서 원고료를 받거나 논술학원 같은 데에서 강의도 하며 용돈은 쓰는 것 같았지만 정작 등단이 되지 않아 소설 공부를 하는 것이 아버지에게나 주위 사람들에게 안쓰러워 보였다. 다만 아버지만은 몇몇 국회의원의 이름을 주워섬기면서 그들 모두 운동권 출신이라며 용기를 북돋아 주고는 둘째 딸이 정치권에 진입할 날을 손꼽아 기대해보지만 그녀를 알던 사람들은 대개 신동의 말로가 비참하다는 소리를 해댔고 가족들은 이제나 저제나 걔가 소설가로서 인생이 확 풀릴 날만을 손꼽고 있지. 정작 걔는 허구 헌날 웅크리고 원고지만 찢어대고 있는 거야.

춘실이는 대학을 중퇴했어. 그녀는 모든 게 작은 언니에게서 비롯된 것이라고 믿고 복수하는 길로 돈을 택한 거지, 개구리도 움쳐야 뛴다고 각고로 재수를 해봤지만 춘실이가 겨우 전문대학에 들어갔을 때 작은 언니 성실이가 돈 아깝다고 집어치우라고 해서 그녀는 그 길로 학교를 집어치우고 디자인 학원을 등록했는데 돈이 너무 많이 들어갔고 아버지는 감당할 수가 없었어. 그녀는 봉제공장의 공순이로도 이년 간 일을 해보았는데 피곤하기만 했고 역시 재단이나 쏘잉이나 디자인을 돈들여 학원에서 배운다는 건 꿈도 꿀 수가 없었어. 그녀는 다시 백화점 점원과 핸드백 공장 등에서 또 일 년을 보냈는데, 아버지에게 시집을 안 갈 테니 천만 원을 미리 주면 그걸로 자기 인생에서는 다시는 아버지에게 손 안 벌린다는 약조에다가 각서까지 쓰고 푸줏간 형부가 삼백 보태고 해서 어렵사리 성신여대 앞에 분식집을 내보았지만 일년 정도 잘 나가는 듯 했다가 단골만 몇 생겼을 뿐 주위에 춘실이 가게보다 열 배도 더 큰 대형 분식점이 들어서면서부터 그녀의 가게는 서쪽 하늘의 지는 해가 되어 갔고 그 시절에는 그녀는 팔고 남은 튀김, 오뎅, 순대로 세끼를 때우기도 했지. 스물여섯이 된 정월 보름날 시장의 큰언니가 미아리 고개 굴다리 밑의 용한 점쟁이가 이사왔다는 소문을 들었는데 같이 가 보자고 연락이 왔어. 요즘 아무래도 형부가 바람이 난 거 같다면서 소위 진상조사를 거기서 하겠다는 거야. 조르다시피 오만 원짜리 액땜 부적을 쥐어받은 춘실은 직업선택과 결혼에 대해 물었는데 점쟁인 노인네는 대단히 점잖게 가위 쓰는 직업으로 미장원을 추천해 주었고 결혼도 서른이 넘어서 가야 소박맞지 않는다면서 스물 아홉이나 서른에 복덩이 남자가 저절로 굴러 들어온다며 빙그레 웃었던 일도 있었지. 개발에 진드기 끼듯 찝쩍거리는 놈팽이들은 많았는데 그럴싸한 놈은 하나도 없다는 춘실이 생각인 거 같애. 한때는 미장원에서 일하던 어린 남자애들한테도 기웃거려 봤는데 그것도 여의치는 않았지. 눈이 커서인지 겁도 많고 정도 많았지만 이렇다할 남자는 아직 나타날 때가 안된 모양이야.

2.여자들의 한때

　돈암시장에서 아리랑 고개로 치켜올라가는 네거리 주위에는 오십 년이 넘은 약국과 사진관 쌀집이 언제나처럼 부옇게 바랜 사진처럼 미장원 좌우로 늘 보는 낙산처럼 버티고 서 있었다. 미장원 책상에는 분식집 사장의 명함이 아직도 앨범에 꽂혀 있었다. 춘실은 앨범정리를 하다가 아직도 누군가와 같이 찍은 사진을 발견하고 소스라쳤다가 이내 긴 한숨을 내뿜었다. 그녀의 사진은 대개 윙크를 하고 포즈를 잡는데 그건 왼쪽 눈이 사시여서 안쪽으로 쏠려 보이는 걸 피하려는 강박관렴의 소산이고 이 사진도 역시 왼눈을 감고 앙증맞게 윙크를 하고 있었다. 남자와 찍은 사진은 모두 태워버렸는데 그러께 겨울 분식집할 때, 만난 동준이라는 철부지와 스키장에 같이 갔을 때의 사진이었다. 양지 파인 리조트의 거대한 성채와도 같은 콘도의 위압감과 새콤 달짝지근한 불란서 와인과 너울거리는 촛불의 황금색 방안의 분위기가 떠올라 섬찟했지만 춘실은 차츰 마음을 누그러뜨렸다. 그래도 늘 우유부단하고 늘 자살을 꿈꾸던 바랑둥이를 쉽게 잊을 수가 없었다.

　하지만 자신 없는 남자의 무능함은 이상스레 모든 면으로 번져 보였다. 결국은 아이들도 그런 것들이 나올 테고, 살다가 훌쩍 세상을 떠나가 버릴지도 모른다. 아마도 다른 남자를 찾아야 할 것이다. 그녀는 이런 생각을 하면서 그와 그 밤을 지냈고 그런 골똘한 생각 끝에 역시 이 남자는 낮이나 밤에도 시원치 않다는 결론을 내리고 이별을 고했다. 큰언니 시어머니의 표현을 빌리자면 '싱겁기는 늑대 불알 같은 녀석'이었다.

　그렇게 겨울이 가고 봄이 오자 이번에는 연하의 학원강사와 자주 만났다. 주정기라는 영어선생은 꽤 게을렀지만 푸근한 남자였고 최동준에 비해서는 터무니없을 정도로 낙관주의자였다. 그와는 주로 아침 운동이나 점심식사를 같이하면서 데이트를 했고 더러 낮에 볼링을 친다거나 영화를 보기도 했다. 그는 볼링장에 가자고 했으면서 막상 운동을 시작하면 열심히 하는 법이 없었다. 중간에 포기하고 가버린다거나 다른 사람에게 하던 게임을 주어 버리기도 일쑤고 장난스럽게 다른 사람의 레인에서 짐짓 실수한 척 볼을 굴리기도 했다.

그가 인도로 간지 일년이 다 되었다. 처음엔 영화를 한 번 해보겠다는 야망에 대해서 떠벌리더니. 결국 영화도 철학도 모두 인간을 알기 위한 노정의 일부분이고 정말 인간을 알기 위해서는 인도에 가야한다는 알다가도 모를 소릴 지껄이더니 아무렇지도 않게 일요일 저녁 호프에서 맥주로 건배하고 헤어진 지 두달 만에 인도에서 엽서가날아들었다. 춘실은 그와 헤어지기 얼마 전부터 다른 남자를 찾아야한다는 느낌을 받았기 때문에 그가 떠났다고 치부했지만 뭐가 뭔지알 수 없는 노릇이었다.

"여보세요"

큰 언니다. 뭔가 또 공짜를 바라는 눈치다.

"애들 머리 좀 깎아 줘, 이따 밤에…."

"벌써 여덟 시야, 지금 다 끝났어, 내일 데꾸 나와."

"야! 내일 결혼식이 열 한시야! 그것두 춘천에서 여기서 여덟 시에는 떠야 된다니까!"

"그건 언니네 사정이구, 난 오늘 텔레비전 꼭 봐야 한단 말이야."

"이년아, 우리집엔 테레비 없냐! 잔소리 말구 와, 우리 지난달에 테레비 와이드 비전으루다가 바꿨잖냐!"

"아니 요새 죽겠다구 그러더니 다 그짓말이었네!"

"아이구 중고야, 느네 형부가 새것두 퍽이나 사주겠다. 청계천 바닥에서 한 한 이년 된 거 오분에 일 값만 주고 반 강제루다가 뺐어왔다드라. 그래두 곧 죽어두 일제 소니야. 이따 아홉시까징 와야 돼, 돼지목살 귀주께. 참! 오는 길에 상추하구 깻잎 좀 사와, 한 천 원어치만"

"아유 깍쟁이, 시장에 살면서 엎어치면 코달 텐데 돈 천 원을 아끼냐?"

"십년 단골이던 채소집 예편네가 까불어서 손 좀 봐줬더니 약값 달라구 왔더라구, 에이, 망할 년! 그래서 돼지고기 두어 근 줘 보냈지 뭐, 너한테는 애들 머리값 주께"

"맨날 말루만?"

시장 초입의 정육점은 언제나 붐볐다. 위치도 좋았지만 단골을 휘어잡는 춘실언니의 수완 때문이라는 걸 모르는 사람은 없었지만 일부러 그걸 말하는 사람은 가족 중에 아무도 없었다. 언니는 춘실이 들어서자마자 기다렸다는 듯이 일제 소니 티비의 리모콘을 눌렀다,

"어, 언, 언니! 저 남자야! 저 남자! 저 아나운서가 어제 우리 머리방에 왔었어! 우악! 아악! 난 몰라! 정말 저 남자 있지? 죽이지 않아?"

"여러분 안녕하십니까? 휴일 아침 MBC 센타입니다. 민원 담당 공무원들의 비리를 집중 수사하고 있는 서울지검 특별 범죄 수사본부는 내일부터 일부 혐의가 포착된 십여 명의 민원 담당 공무원에 대한 소환 작업에 착수합니다. 특히 일선 구청의 비리를 수사하고 있는 특수 삼부는 지방세 부과와 징수 과정에서 뇌물을 받은 것으로 드러난 예닐곱 개 구청의 세무 담당자를 소환해 사법처리할 방침입니다. 이와 함께 시내버스 업체 수사과정에서 일부 구청의 교통행정과 공무원들의 비리가 포착됨에 따라서 다음 주 관련자들을 소환할 방침입니다. 검찰은 민생업무와 연관된 공직자 비리를 척결한다는 차원에

서 일선구청의 위생, 환경업무와 주택, 건축업무 등을 둘러싼 비리도 계속 추적한다는 방침입니다."

"개새끼들! 지난 주에는 술집 노래방 다방 같은 데서 위생검열이다, 청소년 법이다 해서 받아 처먹더니 오늘은 또 버스회사꺼정 찾아가 받아먹어 죽일놈들 하여간에 참!"

형부는 불룩 내민 배를 들여보냈다 불러들였다 하며 연방 씩씩댔다.

"좀 조용히 해봐요! 형부!"

"알았어, 잘해봐! 웃기구 있어 정말! 처제는 눈에 후까시를 빼야 돼! 내말 알아듣겠냐?"

"조용히 하라니까요!"

"민주노총은 오늘 오후 두 시부터 서울 여의도 광장에서 노동법 개정을 위한 전국 노동자 대회를 개최합니다. 민주노총의 전국 민주 금속 노조 총연맹 등 20개 부문 산하 연맹과 18개 지역 부문 조합원 등 10만 여명이 참석한 가운데 정부가 일방적으로 노동법을 개정할 경우 총파업도 불사할 것을 결의할 예정입니다. 이에 앞서 전교조도 여의도 광장에서 교사 만 여명이 참가한 가운데 교사의 노동기본권 보장과 교사의 합법화를 요구하는 집회를 갖습니다. 전교조는 집회를 마친 뒤 곧바로 민주노총은 전국 노동자대회에 합류할 예정입니다."

"아, 아니? 언니! 저기 작은 언니가 나왔는데?"

"얘는 무슨 자다 봉창 두드리는 소리야? 걔가 데모 끊은 지가 언젠데?"

"그런 거 같애."

"회사라두 다녀야 민주노총이구 민주 노총각이구 가지 뭐, 걔가 그렇게 할 일이 없는 줄 아니? 요샌 소설 쓴다구 눈이 다 벌게 갖구 다니든데 뭐."

"아냐 아냐, 방금 화면에 또 지나갔어."

"저 정말 큰 처제다!"

"와아! 이모다! 큰 이모!"

아이들까지 박수를 치고 난리법석이 되자 효실이는 전화기를 들었다가 아버지에게 고자질해봐야 이젠 어쩔 수 없는 노릇이었고 문득 십오년 전 버릇이 나온 것을 다만 신기해 할 따름이었다.

핸드폰이 세 번만에 연결되었다. 작은 언니는 대수롭지 않다는 듯이 하지만 약간 으스대는 양으로 입을 빨리 놀렸다.

"뭐 소설 취재차 갔었지, 실제 가서 봐야 글도 쓰는 거야."

"그냥 글 쓰려구 가서 데모했단 말야?"

"그래, 그나저나 테레비에는 나 괜찮게 나왔디?"

"전화 끊어!"

춘실은 의자에 비닐을 깔고 머리 자를 준비를 하다가 발가락을 오무렸다.

"언니 불 좀 넣어! 방이 아주 냉골이다!"

"알았어. 기름 다 떨어지면 연탄으로다가 바꾸려고 기다리는 거야, 어디 추운 걸 보니, 다 떨어졌나부다."

"뭐 하는 거야? 아니 이렇게 추운데, 요 밑에 꼭 손을 넣어 봐야 돼?"

"아이구 웬수! 하이간"

"기름 연탄 겸용이야? 아이구 정승처럼 벌어서 개같이 쓴다니까"

"그럼 요새 때가 어느 땐데, 근데 너 쌍까풀 수술했냐?"

"아니 왜?"

"눈이 더 커 보여서"

"고거 칭찬이야? 미용비 안 줄라구?"

"예라! 이년아, 참! 춘실아, 너 접때 하루 번돈 몽땅 들구 튄 년 있었지? 화영이라구 했던가?"

"응 왜?"

"걔란 비슷한 애가 요앞 해드폰 가게에서 미니스커트 입구설랑은 마이크 입에 물구 핸드폰 팔구 있더라. 아마 틀림없을 거야."

"핸드폰 팔 때 걔 말 잘 했어?"

"응"

"그럼 아냐, 그런 년이 어떻게 그렇게 어려운 걸 해?"

"혹시 아니? 내일두 할지 모르니까 한번 지나가 봐라."

"알았어? 근데 언니, 뭐야? 이거 고등학교 교과서 아냐?"

"으응, 다 까먹을까봐."

"까먹으면 왜, 혹시? 검정고시라두? 와아! 아니 그 나이에 다시 공부할 마음이 나?"

"지금은 어렵지만 언젠가는 다시 해야지, 애들 보기 창피하기두하구, 사십년씩 알구 지낸 붙박이 많은 데서 동네 창피하지 않을까 신경을 썼는데 용감하게 마음먹었지 뭐."

"하여간 용감한 거 하나는 알아줘야 돼, 돈암동 바닥에 소문 짝짜그르르하게 나겠구먼, 나두 대학가는 거 괜히 포기했어. 다니던 거니까 졸업장이나 따두구…에이 이제 후회하면 뭘해, 돈이나 열심히 벌어야지."

춘실이는 마흔이 다 돼서 대입 검정 고시 책을 붙잡고 앉아 조는 언니가 부러우면서도 그 동안 돈 쓸 줄 모르고 남편 아이들에게 소가 지만 부리는 효실언니를 보게 되었다는 생각에 사람 참 알 수 없다는 느낌에 가슴이 뿌듯하면서도 그러면 그럴수록 돈을 벌어야겠다는 쪽으로만 마음이 굳어져 갔다.

3. 남자들의 거리

　미스 최를 보조하던 미스 신이 지멋대로 삼일간 휴가라고 안 나와서 짜증이 하늘을 찌를 정도다. 춘실은 가급적 원장 티를 안 내려고 하는 타입이기 때문에 미용사가 자기 범위 안에서 무슨 일이든 혼자 하게 내버려두고 월급제에도 인센티브를 두어서 단골이 많은 미스 최는 월급 이외에도 소위 플러스 알파라는 게 있고 기실 녹녹치 않은 상대여서 잔소리를 할 수도 없는 형편이기도 했다. 춘실은 영등포의 왕언니에게 보고 아이 좀 보내 달라고 전화한 지 벌써 일주일이 지났는데 꿩 구워 먹은 소식이다.

　무소식이니 희소식이려니 하고 느긋해하는데 왕언니로부터 연락이 왔다. 어제 보냈는데 안 왔냐는 딴죽을 치고 있어서 춘실이는 성이 말랐지만 느긋하게 농담하지 말구 참한 애루 보내라고만 하자 전화 받는 틈에 아침부터 누가 뒤에 서서 장난을 하는 느낌이 들었다. 확 돌아서며 춘실이 뒤에 선 남자의 배를 어퍼컷을 퍽소리가 나게 치자 모르는 얼굴이었다.

　"욱! 저어 왕마담께서 으윽, 소개해서, 원장님께 어제...가보라구 해서…휴우"

　"그럼? 총각이 왕언니가 보내준?"

　"아, 예!"

　"미스 최! 여기 보조 왔다! 끝내 주는 미남이야."

　"영화배우 아녜요?"

　미스 최가 뚫어져라 쳐다본 아이는 살펴보니 나름대로 센스 있게 치장을 했다. 귀걸이를 양쪽 귀에 각각 두 개씩 한 아이는 목거리와 세트로 한 액세서리가 좀 거슬렸지만 미용사답기는 했다. 일단 학원은 마쳤고 왕언니 밑에서 교육도 받았기 때문에 보너스 없는 보조로 쓰기에는 버거웠고 일단 시험 후에 보수를 결정하겠다고 하자 시원스레 그렇게 하자고 한다.

커트 가위질을 좀 보자고 하자 미스 최가 자기 보조라고 의자에 앉아 층 없이 바싹 커트를 하려고 했다면서 잘리느냐 월급을 제대로 받느냐 하는 귀로에 섰다고 하자 아이는 대단히 여유 있는 자세로 옷을 벗어젖히더니 성급하게도 덤벼든다. 아이는 기대 이상으로 손놀림과 자세가 좋았다. 특히 가위를 재빨리 뒤로 빼고 빗을 다른 손가락에 갖다 끼우는 폼이 일품이었다. 경력을 물으니 아버지가 이발사였다면서 계면쩍게 웃어 보이는 게 더러 여자 티가 나기도 했다. 그는 한참을 망설이더니 춘실이에게 꾸벅하더니 부탁 말이 있다고 했다.

"저어, 염색 좀 해도 되죠?"

"나보고 너 염색 해 달라고?"

"아뇨. 제가 여기서 쓰던 염색약 남은 거 있을 때마다 조금씩 그냥 할께요. 버릴 거잖아요"

"아무 색이나?"

"예"

"왜?"

"그냥 매일 매일이 지루해서요."

"그래, 니 맘대루 해, 근데 니 이름이 뭐지?"

"조상규요, 오늘은 이거 블론드로 하게요."

썩썩 크림을 이리저리 바른 미스터 조는 순식간에 금발이 되었고, 전신 거울 앞에서 이리저리 허리를 흔들어 보는 그는 때마침 나온 음악에 맞추어 상당히 어려운 자세의 무용가다운 면모를 보이기도 했다. 그러다가 그 입에선 이내 '에이 지겨워 벌써'라는 소리가 튀어 나왔다. 미스 최는 얌통머리 없다고 들릴 만하게 말했고 춘실이는 그래도 정나미 떨어지는 아이는 아니라고 했다.

커트만 한다면서 굳이 주인 마담을 찾는 그야말로 씻은 배추 줄거리 같은 금테 안경이 이주만에 또 찾아왔다. 증권 회사에 다니는 줄은 알고 있었지만 윗층의 머리방에 나타날 줄은 몰랐다고 하자 그는 퍽 여유 있게 웃어보였다. 춘실은 이상하게도 그 남자에게 호감이 갔다. 머리카락도 매만지기가 아주 좋았다. 다듬는 대로 머리카락이 움직여 줬고 조금 다듬으면 얼굴이 환하게 피어나는 스타일의 골상을 갖고 있었다.

그가 지나치는 말로 투자를 권해서 어쩌다가 객장에 한두 번 들리면 언제 알아봤는지 자판기 커피를 한 장 뽑아 들고 모르는 척 곁에 있다가 갑자기 권해서 놀래키기도 하는 재미난 구석도 있는 남자였다. 더더욱 호감이 간 건 처음으로 구좌를 개설할 때 주민등록증을 가져가 복사하면서 같은 띠라고 하면서 말놓고 친구할 정도로 인상이 좋다고 칭찬을 할 때였다. 여태까지 몸매가 잘빠졌네, 다리가 죽여주네, 헤어스타일이 세련됐다는 소린 들어봤어도 좋은 인상이란 아부는 처음 들어봐서 그런지 그 소리가 상당히 좋은 느낌이었다. 매도매수시 연락하는 피씨에스와 사무실 번호가 적인 명함을 내미는 자세도 너무 멋있었다.

"용재현 대리입니다, 별명은 〈용되리〉이구요, 전 언젠가는 용이 되구 말 거에요. 이 용한테 투자 한 번 하시죠."

농담 덕에 천만원을 투자해서 천사 백이 되던 날 춘실은 그에게 저녁을 샀고 돈암동 바닥에서 제일 비싼 프랑스식 스테이크 집에 여기저기 붙어 있는 불란서 영화 포스터나 와인의 라벨을 유창한 발음으로 읽어 내려가는 용대리는 과연 프랑스 통 같아 보였다. 이 남자는 꽤 만나 보아도 최사장에서 미스 최 혹은 자기 전공 때문이라면서 간간이 마드모아젤 최라고 부르는 경우는 있어도 춘실씨라고는 절대 부르지 않았다. 단 한번도. 춘실은 그에 대해 생각할 때면 누군가가 걸린다는 느낌이 있었는데 그게 누군지는 몰랐고 구지 캐내 알 필요도 없었다. 비오는 날 손님이 없기라도 하면 창가에서 커피 잔을 들고 떨어지는 빗방울처럼 많은 남자들을 그려보지만 참기름을 발라놓은 듯한 춘실은 그 짝이 용되리는 아닌 것 같았다.

「그래 나는 여직껏 사랑을 찾아 헤매이기만 했어. 단 한 번도 어쩌다 만난 사랑을 느끼고 즐기고 경험하려고 해보지도 않았어, 정말 바보 같았구나, 나는....」

곁에서 묵묵히 바닥에 떨어진 머리카락을 쓸고 있는 조상규는 가게 안을 정돈하고는 춘실이 마시고 난 찻잔을 들어다 설거지를 하면서 휘파람을 불었다. 리듬은 라밤바였지만 라틴 댄스풍이 아닌 하와이안 웨딩송처럼 슬로우 댄스풍이었다. 조상규는 양춘실의 눈을 쳐다보았고 잠시 후 손님이 들어왔다. 조는 손님 머리에 스프레이를 뿌리고 능숙하게 가위질을 했고 짧게 치겠다던 그녀는 어느새 졸았고 춘실은 계속 창가에 기대서서 지난번 용대리와의 마지막 만남의 대화를 되새겨보았다.

"저는 말이죠. 예전에 그러니까 미아리고개에서 전세방 살 때였죠. 아버지가 공사판에서 허릴 다치셔서 어머니가 시장에서 일을 하셨는데, 도시락을 싸가지고 다닐 형편이 아니었는데, 밤에 일하구 돌아오시는 엄마를 기리다가 누나하구 둘이서 돈암 교회 뒤의 산꼭대기에 올라가 별을 쳐다보곤 했어요, 저는 그때 무한한 꿈, 아니 동경이라구 해야 할까? 그런 게 있었죠."

"누구에게나 꿈이 없던 시절이란 없겠죠."

"어린 시절 저에게는 별을 살 정도의 돈을 꿈꾸는 저녁시간이 유일한 낙이었지요, 말하자면 북극성 같은 별은 하늘 정 한 가운데에 꽉 박혀서는 움직이지 않는다는 것 자체로도 어린 저에게는 크나큰 위안이 되었지요, 결국 누나가 희생해서 상고를 졸업한 후 돈을 벌었고 나는 유일하게 우리집에서 대학을 나온 사람입니다."

"후후"

"저는 유일하게 대학을 포기한 사람이에요, 우린 큰 언니는 나이 사십을 바라보는 데 다시 대학의 꿈을 키우고 있죠. 재미있죠?"

"한국 사회가 대학을 어떻게 생각하고 있습니까? 결과적으로 말한다면 양원장님 정도의 사회적 위치와 경제적 능력이면 대학 아니라 대학원 나온 것보다 훌륭합니다."

미스터 용은 간사위있는 택이어서 춘실에게 투자를 권하는 것도 대단히 부드러웠다. 춘실은 용대리가 돈 자랑을 하는 게 투자를 하라고 알랑방귀를 끼는 것 같아서 마뜩치는 않았지만 수려한 외모나 시원시원한 성격이 끌렸다. 그런 분위기는 미장원안에 물씬 풍겨서 미스 최나 미스 신은 감히 경쟁 엄두를 내지 못했다.

가끔 식사나 볼링을 했어도 데이트다운 맛은 없었는데 그건 대화가 언제나 투자 쪽으로 결론이 나기 때문이었고 길 건너 돈암베이커리의 과부 예펜네나 피자 체인점의 전직 호스테스 출신의 여사장과도 자주 만나 투자상담 미팅을 하는 것도 그녀로서는 낯간지러웠다. 천사백이 팔백이 됐을 때 돈을 빼가니까 밴댕이 속이라고 놀린 것도 괘씸했다. 지난번 커트를 하러 왔다가 조상규가 잘라준다니까 춘실이 없으면 안 하겠다고 두 번씩이나 돌아간 후로는 가게 안에서 그는 마담 돈을 챙기기 위해 미장원에 들렀다는 인식을 강하게 남겨서 인기는 사실상 떨어져버린 게 사실이었다.

"어머! 언니! 아침에 용되리 봤어요? 얼굴에 반창고를 붙이구 안대까지 했던데….."

"왜 그랬대?"

"글쎄 길 가다가 폭력배한테 맞았나?"

"그 사람 운동 무지 했다던데…?"

미스 신은 의아하다는 듯 고개를 갸웃했고 늦은 출근으로 숨을 헉헉대는 조상규가 입언저리에 반창고를 붙이고 들어왔다.

"아니 넌 왜 그래?"

"미스터 조! 싸웠어?"

"아닙니다."

옷을 갈아입으러 샤워 부스 안의 탈의실로 들어가는 조상규는 고갤 숙이고 기운이 쏙 빠진 모습이었다. 미스 최는 미스터 조를 따라가며 들여다보려다 뭔가 궁리하는 표정으로 입을 열었다.

"그러고 보니까 두 사람이 싸운 거 같네."

"야야, 조상규는 저 용대리 한 방이면 그날로 입원이지 뭐!"

"그래그래, 호호호호"

"용대리는 검도 태권도 합기도까지 몽땅 합치면 십 단이래!"

"어머, 미스 최! 그렇게 너저분하게 이거저거 다 한다는 건 단 하나를 제대로 하거 보다 못해!"

"어머! 마담 언니 조상규 편인가봐 호호호호"

조상규는 입가의 밴드를 떼고 거울을 들여다보다가 입가를 시익 훔치고는 이빨을 드러내고 한 번 시익 웃어보였다.

퇴근후 조상규는 언제나처럼 돈암시장 네거리의 맥주광장에서 신세대 스타일의 병맥주를 돌려따고는 안주 없이 두 병을 들이켰고 하나 둘 모이는 고등하교 친구들과 쑥덕공론을 하다가 위층의 당구장에 들렀고 포켓볼 내기에서 무려 이만 원을 땄다. 잠시 후 담배를 물고 들어온 용대리가 조상규를 보았다. 그는 재떨이에 담배불을 비벼 껐다. 그리고는 당구장에서 나가 버렸다.

4. 귀신도 모르는 이야기

기다리던 단합대회 날 월요일 아침, 출발 전부터 청바지에 등산조끼까지 깔끔하게 차려입고 온 조상규를 도마 위에 올려놓고 세 여자는 입씨름을 했다.

"언니 왜 하필 상규 백일 기념으로 단합대회를 하냐 이 말이야!"

"좋잖아? 기념도 되고 우의도 다지고?"

"자구 오는데 사내애까지 데리구 가기가 걸구치잖아."

"콘도에 방이 두 개라니까!"

"쟤가 하나 쓰면 우리는 셋이 복대기를 쳐야하잖아!"

"안 자구 고스톱 치면 되지?"

방을 나눠 쓰는 문제로 조상규를 안 데리고 가기로 미스 최와 신은 합의를 봤지만 춘실은 멤버쉽 트레이닝은 결속이 가장 중요하다고 역설하고는 무조건 조상규를 데리고 간다고 결정하자 토를 다는 사람은 없었다. 결국 포터나 남자 파출부 대접을 받으며 장 보고 짐 챙기구 요리와 청소를 하는 조건으로 방 두 개 중 하나를 받기로 한 조상규는 출발부터 시종 입가에 웃음을 달고 다녔다.

"여러 소리 말고 출발!"

"마담언니가 뒤에 타!"

"미스 최! 너 콘도 놀러가는데 웬 똥꼬 치마를 입구 왔어? 이년아, 너 혼자 락카페 가니?"

춘실의 차는 생각보다 잘 나갔고 새로 난 양수리의 고가 고속화도로에서는 백오십 킬로 이상을 달렸다. 다소 불안해진 춘실은 감속을 외쳐댔지만 미스 신은 아랑곳하지 않고 노래를 부르며 양평까지 불과 십분에 돌파를 하더니 급기야 양수대교의 가로수 밀집지역에 잠복근무중인 이인조 경찰단속에 걸리고야 말았다. 앞에선 경찰은 도로 중간까지 나와 개구리처럼 폴짝폴짝 뛰면서 차를 제동시켰고 급브레이크를 밟은 차들의 타이어 자국이 이미 여기저기 선명했으며 더러 고무 타는 냄새가 나기도 했다. 경찰에게 걸린 미스 신도 급제동을 했으나 차가 쉽사리 서주지를 않았고 이리저리 흔들리자 차안의 사람들은 요동을 쳤다. 앞의 두 여자는 고함을 질렀고 뒤의 조상규는 춘실의 어깨를 잡아 앞으로 튀어나가지 못하게 하느라고 안간힘을 썼다. 결국 뒤에선 경찰까지 지나쳐 가까스로 차가 멈추려고 할 때 미스 최는 미스 신에게 소리를 쳤다.

"야! 다시 밟아! 빨리!"

"왜?"

"또끼자구 이년아! 걸리면 돈이 얼만데?"

"오케이!"

"미스 신아, 경찰이 따라오잖아!"

"지가 어떻게 따라와 뛰어서?"

"아니 저거 오토바이를 타려는 거 아냐?"

경찰은 들고있던 스티커 뭉치와 서류들을 내려놓고 오토바이에 시동을 걸려고 하다가 뒤이어 서버린 다른 차량을 보고 그걸 단속하기로 한 모양이었으나 혹시 차 번호를 적지는 않았을까 해서 넷은 좀 께름칙하면서도 일단은 안심이 되었다.

"저어… 사장님…. 잠깐 세우면 안돼요. 제가 좀 급해서…."

"뭐? 오줌?"

"…예"

"신양아, 차 좀 세워볼래?"

멀리서 점점 다가오는 오토바이가 경찰일 거라고 우기는 미스 최는 조금만 참아라, 빨리 몰아라 하며 실랑이를 벌였다.

"야, 급하단 말야 빨랑 차 세워!"

"안돼! 저게 짭새면 여기서 세웠다간 바루 잡혀!"

"그럼 어떻하란 말야?"

"야, 여기 비닐 봉투에다가 적당히 봐줘."

"에이구 이건 일어설 수가 있어야…"

"누워서라도 해 봐, 인마."

그는 뒷좌석에서 몸을 최대한 길게 만들어 지퍼 사이로 겨우 삐져나온 수도꼭지 같은 고추를 이리저리 비틀어 비닐 봉투에 방뇨를 하기 시작했다. 춘실은 차창을 열어 고개를 돌리고 바깥 풍경을 바라보다 실소를 했고, 차안은 금방 습기가 유리창에 어른거렸고, 암모니아 냄새가 꽉 찼고, 그는 다리 하나를 위로 뻗쳐 부르르 떨었다.

"아이구, 같잖아서, 꼴에 수캐라구 다리들고 오줌싸고 자빠졌네!"

"다 너 때문이야. 이것아!"

콘도에 무사히 도착한 후에도 넷은 사주경계를 해가며 지하 주차장에서 짐을 내렸고 데스크 클럭에게서 키를 받아 방에 들어가 퍼질러앉은 다음에야 비로소 숨을 돌렸다. 조상규는 약속대로 야채를 씻고 밥을 안치고 고기를 구웠고 맥주를 곁들인 장기자랑 시간에는 춤과 노래를 그럴싸하게 해보였다. 저녁상을 한 켠으로 물려놓고 춘실은 만원자리를 각각 다섯 장씩 나눠주고 화투판을 벌였다.

"한 명한테 몰아주겠어, 단 내가 따면 이십만 원 오늘 나이트에서 다 쓴다!"

"우와! 언니 최고다! 난 따면 입 닦아야지!"

평소 고스톱 귀신인 미스 최는 광분하기 시작했다.

"야, 오늘 개발에 땀난다!"

미스 최는 흔들고 피박을 두 여자에게 씌워 먹었고 광을 판 상규는 느긋하게 싱긋거렸다.

"그런데 언니, 용대리 말야, 저기 삼선교에서 머릴 깎았대, 웃기는 작자 아냐 그거?"

"왜 우리한테 안 온대요?"

"내가 말야, 지물포 여자하구 시장의 우리 언니한테도 그 사람이 투자만 시켜놓고 책임을 안 진다고 귀뜸을 좀 해줬거든"

"정육점 사장님도 증권해?"

"언니는 푼돈이지 뭐"

"야? 오광이다! 언니들은 계속 얘기나 해, 내가 돈 다 딸게"

"요 얌체 같은 년! 말시켜 놓고 그 사이 다 따먹네?"

미스 신은 얄밉게 굴다가 모두에게 퉁바리를 맞았고 결국 자정 무렵 조상규가 돈놀이 판을 평정했다. 조는 의외로 세련되게 세 여자와 돌아가면 춤을 추었고 세 여자는 그를 다시 보았다. 그리고 그의 초록색 염색의 헤어스타일은 그의 하얀 셔츠와 썩 어울렸고 조끼를 벗고 광란의 춤을 출때에는 클럽의 모든 여자들이 그를 쳐다볼 정도였다.

"뭐라구 아부지가?"

열시가 너머 아침밥을 준비하던 상규는 춘실의 비명에 콩치 통조림 담은 냄비를 떨어뜨렸다. 춘실의 울음 소리는 양평콘도가 쩌렁쩌렁 울릴 정도였고 미스 최와 미스 신과 미스터 조는 부랴부랴 다시

짐을 챙겼다. 초조 불안증 때문에 언제나 품고 다니던 우황청심원을 한알 까먹고도 춘실은 가슴이 벌렁거린다면서 운전대를 미스 신에게 맡겼고 그녀도 안절부절하는 틈에 조상규가 부리나케 핸들을 잡고 급하게 차를 몰기 시작했다.

얼씬거리는 차를 수십 대를 추월해가면서 양수리에서 교문리를 거쳐 망우리를 넘어가도록 춘실은 울었고 언제 청량리와 미아리고개를 넘어왔는지도 몰랐다. 돈암시장에서 유턴해 다시 굴다리 쪽으로 올라갈 때 언제나 처럼 아침의 시장통은 부산했다. 돈암약국이나 지물포며 사돈댁 정육점 효순이 아줌마도, 기름집 백씨 할머니도 다들 그대로인데 왜 하필 우리아버지가 하며 목메인 소릴 할 때 곁의 두 여자는 콧물을 훌쩍거렸지만 조상규는 너무나 긴장했는지 로봇처럼 무표정했다.

시신을 안방에 모셔놓고 병원으로 옮겨야 한다느니 집이 더 낫다느니 친척들은 옥신각신했고 오랜만에 보는 친척들과 주위 이웃들이 어수선하게 왔다갔다하면서 복대기치는 소리가 집안 가득 울려났다. 상가주인인 경옥이 아줌마는 젊은 화가와 함께 믿을 수 없을 만큼 큰 화환을 들여왔고 지물포 유씨할아버지와 그 아들들은 근조등과 검은색 리본에 노란 줄이 쳐진 길다란 테이프의 설치를 마쳤다.

"심장마비였대…"

수근수근소리는 딸들에게 그나마 위안이 되었다.

"에이구, 본인한테는 할말 아니지만 호상이지 뭐 구들장지구 와병이라두 몇 년씩 해봐, 누가 좋대? 쯔쯔쯔"

영정으로 쓸 사진을 아직 만들어오지 못한 성실은 연방 전화를 해서 싸이즈와 액자 재질을 물었고, 효실이는 전화를 아예 귀에 걸고 여기 저기 소식을 알리느라고 분주했다. 장의사는 거드름을 피우며 익숙한 손놀림으로 염을 마치고 초상 준비에 분주하면서도 담배를 꼰아물고 노숙한 표정을 지어보였고, 대문 앞에 사자밥을 놓아라 근조 등에 초를 갈아라 설두를 하던 고모는 대문간에서 뒤로 자빠졌다가 엉금엉금 네발로 기다시피 들어왔다.

"얘들아! 얘 얘들아, 조, 조, 조기 니 엄마 아니가? 고조 조거이 귀신이야? 사람이야?"

고모는 안절부절 못 했고 대문에서 우는지 기도를 하는지 문설주에 기대어 머릴숙인 아주머니는 정말 어머니였다. 그럼 그때 그 소문이 하면서 몸을 일으켜세우는 고모를 슬쩍 밀면서 이십대 초반의 큰 눈이 인상적인 청년이 엄마를 문까지 부축을 해주곤 '나 차에 가 있으께' 하곤 사라졌다. 때마침 고모부와 사촌언니들과 함께 들이닥친 성실은 사온 액자를 땅에 떨어뜨렸고, 산산조각이난 부친 영정의 유리 조각들을 주워담는 성실은 다 알고 있었는지 차분하게 어머니를 부축해서 관앞으로 둘러쳐진 병풍 앞에 앉혀 놓고 나중에 다 말하겠다며 유리 없는 영정을 상 가운데에 놓고 향에 쓸 라이터를 찾았다.

엎드려 울던 춘실은 아버지를 잊고 십년 만에 만난 어머니에게 눈길을 주면서 우두망찰 말을 이을 수 없었다. 상황을 파악한 조상규는 춘실에게 다가가서는 무어라고 이야기를 주고 받았고 춘실이 나중에 나중에 하며 거퍼 말렸지만 조상규는 돌아온 어머니 앞에 불쑥 엎드려버렸다.

"조상급니다!"

"이 청년은 누군가?"

수근거리는 소리들이 초상집을 벌레가 들끓는 것처럼 만들어버렸고 정신을 가장 먼저 가다듬은 고모가 상규 앞에 나섰다.

"춘실이 애인인가?"

"예! 결혼하기로 약속해서 이렇게 인사 올립니다!"

병색이 완연한 어머니 입가에 미소가 돌았고 더러 웃는 사람들이 여기저기서 픽픽거렸고 누군가 잔치 났다고 소릴 쳤다.

"아니? 어려두 엄청 어린데?"

"여덟 살 차입니다."

"원 해두 너무했다."

춘실의 언니들은 망연자실하게 웃었고 향은 타면서 향기를 냈고 춘실은 눈물 콧물을 훔쳐내며 웃었다. 순식간에 마당에 하얀 텐트가 쳐졌고, 입구에 차려진 책상 위에는 돈 봉투가 쌓이고, 상이 주욱 놓여지자마자 이웃 아주머니들은 한들거리며 컵라면과 떡이며 돼지고기서껀 새우젓 등을 내왔고, 돈암동 사람들은 가볍게 건배하고 술을 마시고 음식을 먹고 화투판을 벌였다.

유랑의 끝

권성호

꿈에서, 나는 소원을 이뤘다. 흑사파 조무래기한테 스패너로 머리를 맞아 그 자리에서 죽어버린 내 친우, 내 동료, 내 우상, 내 영웅, 홍민식이 대신 내가 죽었다. 내가 싸늘한 숨을 마지막으로 내뱉고 도저히 사람이라기보다는 마네킹에 더 가까운 모습이 되어 갈 때, 민식이가 울부짖었다. 이해가 안 간다. 형사 한 명 죽인 놈들이 두 명 못 죽일 것 같나? 빨리 피하라고!

　　내가 걱정하는 줄도 모르고 민식이는 피로 검붉게 물들어 찐득한 머리를 끌어안고 하염없이 울었다. 기껏 내가 대신 죽어 민식이를 살렸는데, 저 새끼들이 언제 다시 돌아올 줄 알고 이러지? 이 놈이 또 맞아 죽을 것 같아 더는 볼 수가 없었다. 민식이가 두 번 죽는 꼴을 보고 만다면 그때는 정말 내가 어떻게 될지도 모른다. 이런 꿈을 꾸고 있다는 것 자체가 이미 어떻게 된 걸 수도 있지만.

꿈에서, 나는 소원을 이뤘다. 흑사파 조무래기한테 스패너로 머리를 맞아 그 자리에서 죽어버린 내 친우, 내 동료, 내 우상, 내 영웅, 홍민식이 대신 내가 죽었다. 내가 싸늘한 숨을 마지막으로 내뱉고 도저히 산 사람보다는 마네킹에 더 가까운 모습이 되어갈 때, 민식이가 울부짖었다. 이해가 안 간다. 형사 한 명 죽인 놈들이 두 명 못 죽일 것 같나? 빨리 피하라고!

내가 걱정하는 줄도 모르고 민식이는 피로 검붉게 물들어 찐득한 머리를 끌어안고 하염없이 울었다. 기껏 내가 대신 죽어 민식이를 살렸는데, 저 새끼들이 언제 다시 돌아올 줄 알고 이러지? 이놈이 또 맞아 죽을 것 같아 더는 볼 수가 없었다. 민식이가 두 번 죽는 꼴을 보고 만다면 그때는 정말 내가 어떻게 될지도 모른다. 이런 꿈을 꾸고 있다는 것 자체가 이미 어떻게 된 걸 수도 있지만.

"아."

이런저런 생각을 하다 보니 저절로 눈이 뜨였고, 수분기 하나 없이 바짝 말라버린 목구멍에서 철판을 손톱으로 긁는 듯한 쇳소리가 새어 나왔다. 빈틈 하나 없이 창문을 가린 두꺼운 커튼 덕분에 굵은 시곗바늘이 가리키는 11이란 숫자가 오전 11시라는 건지 오후 11시라는 건지 알 수가 없었다. 하지만 구태여 바깥을 확인하지는 않는다. 별로 알고 싶지 않기 때문이다.

뜬 눈으로 한참을 침대에서 가만히 있다가 무심코 침을 삼켜버리고 말았다. 덕분에 식도 전체를 칼로 찢는 듯한 통증이 느껴졌다. 무시하기엔 너무 아파서 무거운 몸을 이끌고 싱크대로 향해 수도꼭지에 아가리를 들이밀었다. 갑자기 찬물이 잔뜩 들어오는 바람에 기침하다 구역질이 났다. 그대로 싱크대를 붙잡고 마신 물을 전부 게워냈다. 몸에 힘이 하나도 없어 바닥에 잠시 누웠다. 시야에 들어오는 침실을 보니 커튼의 정말 작은 틈새로 밝은 빛이 아주 조금 방바닥을 비췄다. 오전 11시였구나. 하지만 그건 일어나자마자 봤던 시간이었고 지금은 또 몇 시려나.

냉장고를 열어 민식이 아버님께서 보내주신 딸기를 꺼냈다. 일언반구도 없이 집을 나왔으나, 대체 이 주소는 어떻게 아셨는지 매주 월요일마다 먹을거리가 택배로 날아왔다. 딸기를 씻지도 않고 먹었다. 이파리를 뗄으려 했으나 귀찮아져 그냥 씹었다. 민식이가 봤으면 손에서 딸기를 낚아채 한 알 한 알 깨끗이 씻어서 줬을 것이다. 그렇게 생각하니 나도 딸기를 씻고 싶어졌다.

수돗물이 얼음장같이 차갑다. 이런 걸 빈속에 마시니 구역질이 나지 않을까, 이 병신아? 생각나는 대로 아무렇게나 나 자신을 욕했다. 나는 병신이고, 병신이라 이렇게 한심하게 살고 있다. 그냥 죽어버리고 싶다. 하지만 저번 달에 사흘 정도 먹지도, 마시지도 않고 누워만 있다가 기절한 이후로는 굶어 죽는 게 무서웠다. 그래서 이렇게 자고 일어나면 죽음의 공포를 이기지 못하고 뭐라도 먹고 마시고 있었다. 살 이유는 모르겠는데 죽기는 싫다. 차라리 흑사파 조무래기가 문을 부수고 쳐들어와 스패너로 내 두개골을 짓뭉개줬으면 좋겠다. 딸기 씻으면서 이런 생각이나 하는 사람이 병신이 아니면 뭐란 말인가?

딸기를 다 씻기고 나니까 손끝에 감각이 없다. 그리고 막상 씻어 놓으니까 먹을 마음이 싹 사라져 쳐다보기도 싫어졌다.

'두철아, 빨리 좀 쳐드세요, 예? 과일은 차가울 때 먹어야 제맛인데…….' 어깨 너머로 들리는 민식이의 목소리에 뜨끔해서 그릇 채로 들어 딸기를 입으로 쑤셔서 넣었다. 입안에 새콤달콤하면서 부드러운 딸기 과육과 쌉싸름하면서 꺼끌꺼끌한 이파리가 섞였다. 딸기였던 것으로 가득 차 터질듯한 입을 애써 다물며 딸기를 우적우적 씹었다.

어제도 추웠으니 오늘도 춥겠지. 대충 입고 나가면 얼어 죽으리라. 그렇게 죽으면 자살인가? 알 수가 없다. 알 수가 없으니 몇 시간을 바깥에 서 있어도 괜찮도록 옷을 껴입었다. 밑창이 다 달아서 빙판에 올라서면 스케이트를 탄 것처럼 미끄러질 수도 있는 운동화도 구겨 신었다.

그리고 드디어 문을…… 열었다. 경첩에서 귀곡성이 흘러나오며 강두철이 출두했다고 동네방네 광고를 하고 있다. 소름이 끼쳐 힘줘서 문을 닫았더니 문도 삐졌는지 세상 떠나가라 큰 소리를 내며 닫혔다. 근처를 지나가던 아주머니가 힐긋 쳐다보더니 나와 눈이 마주치고는 애써 미소 지으며 내게 인사하려는 걸 무시했다. 오늘도 운수가 좋다.

드러난 피부를 째듯이 날카로운 한기와는 다르게 햇살은 너무나도 쨍쨍했다. 낯가죽이 추위에 한 번, 햇볕에 한 번씩 번갈아 가며 찢기고 있었다. 날씨가 참 더럽게 좋았다. 말도 안 되는 생각을 하면서도 발이 알아서 움직였다. 제 갈 곳을 머리보다 몸이 더 잘 아는 것 같다.

그렇게 몇 분을 걷다가 발이 멈추길래 고개를 들어 주변을 둘러봤다. 아, 요 한 달 동안 너무도 익숙해진 방파제. 저 모래사장, 저 테트라포드. 집에만 틀어박혀 있으면 언젠가 죽을 것 같아서 억지로 몸을 이끌고 이곳으로 나와 날이 어두워질 때까지 세상을 구경한 것도 벌써 한 달이 다 되어갔다. 그냥 아무것도 모르겠다. 이 조그만 양양 촌구석 동네를 세상이라 하는 것도 진짜 무슨 생각인지 모르겠고, 뭘 바라고 계속해서 집을 나오는지도 모르겠다.

그렇게나 완벽했던 민식이 대신 내가 살아있는, 살아갈 이유를 아직도 모르겠다.

...

사방이 검은 안개로 가득하다. 아무것도 보이지 않는다. 고개를 돌린다고 돌려도, 팔다리를 움직여도 아무런 느낌이 없다. 아무것도 느껴지지 않으니 내가 공중에 떠 있는 건지, 바닥을 딛고 있는 건지도 모르겠다. 여기가 어딘지, 왜 이런 곳에 있는지, 내 몸이 어떻게 된 건지, 기억이 전혀 나질 않는다.

-너만 정신 차리고 행동했으면.

'누구야, 민식이야?'

-네가 이성적으로 판단했으면.

'잠깐만, 왜 그런 소릴 하는 거야. 민식아 너 맞지? 내가 어떻게 그 상황에서 이성적으로 생각할 수 있겠어. 민식아, 일단 나와봐. 보고 싶었어.'

-다 네 잘못이야. 네가 없었으면 난 아직도 살아 있었을 거야. 우리 부모님과 웃으며 저녁 식사도 같이하고 있었을 거라고.

'그러지 마, 제발. 왜 이렇게 잔인한 말을 하는 거야.'

-너도 알고 있잖아. 너도 네가 원인이라는 걸 알잖아. 왜 평소에는 그렇게 쉽게 자책하면서 지금은 또 약한 모습이야?

'나도 힘들어. 하루하루가 지옥 같아.'

-지옥? 멀쩡하게 숨도 쉬고 밥도 먹고 걸어 다니는 주제에 감히 지옥을 입에 담아?

'미안해. 내가 잘못했어.'

-너 때문에 사람이 죽었어. 아무런 죄도 없는 사람이 죽었다고. 쉽게 용서받을 수 있다고 생각해? 너 같은 사람이 죽어서 가는 게 지옥이야.

'아니야, 절대 그렇지 않아. 나도 알아! 평생 속죄하며 살아야 한다고! 나도 알아!'

-지금 그게 잘못한 사람의 태도야? 내가 보기엔 적반하장으로밖에 안 보여.

'아니야, 아니라고.'

-너 사실은 네 잘못이 아니라고 생각하는구나?'

"아니야!"

숨을 헐떡이며 눈을 번쩍 떴다. 내 몸을 덮은 이불이 날 옥죄이는 것 같아 온 힘을 다해 두꺼운 이불을 걷어찼다. 얼마나 잠을 잔 건지 모르겠다. 목구멍이 찢어진 것처럼 아팠다. 자면서 소리를 고래고래 지른 모양이다.

깨어나면 날 위로하는 민식이, 잠에 빠지면 날 원망하는 민식이. 두 존재가 내 영혼을 고문하는 느낌이다. 끔찍한 꿈이었다. 한두 번만 더 방금 같은 꿈을 꿨다가는 자다가 죽을 수도 있겠다는 생각이 들었다. 한편으로는 그것도 나쁘지 않겠다는 생각이 머리를 스쳤다.

...

　뭘 바라는지도 모른 채 사람도 별로 없는 양양 촌구석을 서성이며, 매일 똑같은 하늘을 바라보고 매일 똑같은 나날을 보낸 지도 벌써 두 달이 다 되어간다. 첫 주 동안은 그래도 얼마 없는 애들이라던가, 나처럼 할 짓 없는 한량들이 공원에 꽤 나타났었다. 그런데 이제는 정말 나뿐이다. 이유는 짐작할 수 있다. 가끔 아이들과 걸어오던 아줌마나 본인 만큼이나 연식이 있어 보이는 수레를 끄는 할아버지가 보이는 호의를 애써 무시한 대가였다. 혼자, 혹은 여럿이서 몰려온 아이들이 외지인에게 호기심을 보이며 다가올 때도 마찬가지였다. 무관심 일색으로 질문에 대답을 피하거나 단답으로 무성의함을 내비치면, 고맙게도 다들 내 의도를 알아차리고는 거리를 둬 주었다.

　내 우울함을 다른 사람에게까지 전염시킬 필요는 없었다. 그들은 그저 외로운 유랑자에게 따스한 관심을 주었을 뿐이지만, 그렇게나 친절한 이들에게 내가 보답할 수 있는 게 없다. 당장에 내 정신머리도 멀쩡하지 않은 상태에서 그들을 대했다가, 무슨 말이 튀어나올지 모르기도 하고. 가까이해도 하등 좋은 점 없는 사람. 그게 나다.

　여느 방파제와 같이, 이곳에도 테트라포드가 잔뜩 쌓여있다. 이 테트라포드에 발이 빠져 사고를 당하는 사람이 일 년에 백 명이 넘고, 죽는 사람은 삼십 명이 넘는다는 소릴 들은 적이 있다. 그럼 방파제는 죽음이 도사린 땅이란 소리다. 나란 놈과 너무 잘 어울리지 않는가. 민식이가 죽고 흑사파 대가리를 잡는 후속 작전이 있었다. 그때 나는 서장님의 권고로 며칠 쉬고 있었는데, 수사과장님이 과로로 돌아가셨다. 쉬고 있던 내 몫까지 일했던 탓이었다. 결국 그 후로 나는 지금까지 쉬고 있다. 사람 둘이 나 때문에 죽었다. 그야말로 걸어

다니는 테트라포드, 살아있는 함정이지 않은가.

'그런 소리 하지 마라.' 어디선가 민식이의 목소리가 또 들려온다. 근데 민식아, 내가 잘못한 게 아니라면 넌 왜 죽었겠니. 자책이라도 하게 해주라.

그러거나 말거나, 오늘도 하늘은 죽여주게 좋았다. 바람은 쌩쌩한데 구름 하나 없이 태양이 쨍쨍하게 빛나는 날씨. 이 한겨울에 눈한 번 오질 않았다. 균형을 잘못 잡으면 바로 머리부터 떨어질 수도 있는 턱 쪽에 아슬아슬하게 걸터앉아 무작정 하늘을 보고 있는데, 처음 보는 노인이 낚싯대와 미끼통을 들고 이쪽으로 걸어왔다.

"아이고, 집 안에서 볼 때는 날씨가 마냥 좋았는데 나오니까 바람이 이래 불어서 무릎이 다 저리네." 내가 아무런 반응도 보이질 않자, 노인은 제멋대로 내 옆에 따라 걸터앉더니 주저리주저리 시키지도 않은 말을 늘어놓았다.

"엊그제부터 우리 집사람이 테레비에서 뭘 봤는지 하루종일 수수께끼를 읊데. 나 원 참, 하도 시끄러워서 낚시나 할까 나왔더니……."

신기하게도 노인은 말은 서울말을 쓰고, 억양은 여기 사투리와 똑같았다. 장단이 살아있는 어조와 노인의 중후한 목소리가 파도 소리와 어울려 마치 노랫가락처럼 들렸기에 나도 딱히 자리를 피하거나 하지는 않았다. 그저 가만히 앉아 그 분위기를 즐겼다.

몇 시간이 지났을까, 노인의 미끼통에는 미끼 대신 고기가 몇 마리 퍼덕이고 있었고, 해는 느릿느릿하게 수평선과 만나려 내려가고 있었다. 변하지 않은 것은 내 자세와 파도 소리뿐이었다. 혼자 계속 얘기하다 목이 아팠는지 어느새 노인도 조용히 수면에 둥둥 떠다니는 찌만 쳐다보고 있었다.

"에헴! 으흠!" 노인이 사레에 들렸는지 연신 헛기침을 했다. 한참을 그러다가 좀 진정이 된 걸까, 노인은 빈 낚싯줄을 끌어 올리고는 자리를 정리하기 시작했다.

"어르신은 여기 살던 분이 아닌가 봅니다." 왜 그랬는지 모르겠는데, 나는 무심코 질문을 던졌다.

"어떻게 알았소? 태어난 곳이 양양이고 계속 왔다 갔다 하며 살았지." 내가 먼저 말을 걸 줄은 몰랐던 건지, 노인이 날 물끄러미 보다가 마저 낚싯대 정리를 하면서 대답했다.

"사투리를 안 쓰시고 억양만 사투리길래 여쭤봤습니다." 나도 바다를 바라보며 말을 이어 나갔다. 대충 정리가 끝난 노인은 다시 바닥에 털썩 주저앉았다.

"1930년 3월 11일, 저기 가평에서 태어났는데 지금은 돌아가신 아버지께서 일제시대 전부터, 나 태어나기도 전부터 공무원이셔서 여기저기 발령받으시고 나도 따라서 여기저기 옮겨 다녔소. 억양은 부모님 두 분 다 양양 분이셔서 그렇고." 노인은 조과물로 꽉 찬 미끼통에 뚜껑을 닫으며 얘기를 계속했다. "그러다가 내가 열셋이 되던 해 3월, 1943년 3월 10일, 자식새끼 생일도 못 보시고 해방도 못 보시고 젊은 나이에 돌아가셨소. 전쟁을 안 겪으시고 가신 게 다행이라면 다행이지. 아무튼 그때 살던 곳이 서울이라 결국 서울에 정착했소."

"정신없으셨겠습니다." 대화가 길어질 것 같은 느낌이 들었다. 이 노인은 그러니까 한국 근현대사를 거의 다 겪은, 말하자면 살아있는 역사책인 셈이었다. 역사책의 지문이 짧을 리가 없었다.

"아무렴 정신없었지. 제국이었다가 식민지였다가 전쟁터였다가, 이 나라가 제대로 나라 꼴을 갖추기 시작한 게 아직 오십 년도 안 지났는데, 나라부터가 정신이 없는데 백성이 정신 있을까. 그건 정신이 있는 게 아니라 도리어 제정신이 아닌 게지. 지금도 마찬가지요. 대통령도 벌써 다섯 번이나 바뀌고 나는 아버지 따라 공무원을 하다가 어느새 정년은 일 년밖에 안 남았지. 정년 퇴임이란 게 내쫓기는 것 같아서 자존심 때문에 사직서를 제출하고 고향에 왔는데, 아직 이 촌구석에도 곳곳이 혼란함이 남아 있는 게 언제 정신이 병들어도 이상하지 않지, 아무렴." 듣다 보니 이 노인이 꽤 과감한 말씀을 하신다. 자기만의 사상이 확고한데, 이 성격에 서울 공무원으로 일하면서 독재 정권은 어떻게 버텼는지 모르겠다.

"삼십 년에 태어나셨는데 정년을 일 년 남기고 나오신 거면 여기 오신 지 일 년도 안 되셨겠네요."

"그렇소. 사실 계속 고민하다가 연말이 되어서야 나온 거라 정확히 말하면 한 달도 채 안 됐다고 볼 수 있지." 아, 그래서 이 노인이 동네 명물 정신병자를 못 알아보신 거구나. "사실은 말이오, 고향이라고 해도 여기서 살았던 기억은 하나도 없고, 아버지께서 돌아가신 이후로 강원도는 쳐다도 보지 않아 나는 사실상 외지인이나 다름없다오. 아니, 나는 평생을 외지인으로 살았다고 해도 무방하지. 부모님께 배운 억양 탓에 어딜 가나 나는 강원도 촌뜨기에 불과했고, 거기에 살았던 기억이 전혀 없으니 같은 출신 동료나 부하, 상사들과도 어울릴 수 없었소. 덕분에 불란서 살다 온 진짜 외지인이었던 집사람을 만났지만. 생각해보니 육십 평생 고향 덕 본적이 그거 하나뿐이구먼. 허허, 이것 참." 노인이 멋쩍게 웃었다.

"그럼 무슨 일로 고향에 돌아오신 겁니까?" 그런 말을 들으니 순수하게 궁금증이 생겼다.

"들은 게 한두 가지여야지! 아버지도 그러셨고, 어머니는 더 심하셨소. 무슨 일만 생기면 강원도, 강원도, 강원도는 지금 어떤가, 강원도는 괜찮은가, 옛날엔 강원도가 이랬고 저랬고 하도 많이 들어서 옛날에는 고향이 너무 싫었소." 노인은 입술에 침을 바르고는 이야기를 재개했다. "근데, 내가 나이를 먹은 거지. 아버지가 서른여섯에 돌아가셨으니 지금은 내가 아버지보다 스물넷이나 나이가 많다오. 누가 봐도 늙은이가 돼버렸어. 그런데 이 늙은이한테도 아버지란 존재는 여전히 어른이야. 내가 죽을 때가 다 돼서도 아버지보다 어른이 될 수는 없겠지. 내 나이 서른여섯이 되었을 때 그걸 어렴풋이 느꼈지만, 자존심 때문에 인정하기 싫었네. 서른여섯이면 어엿한 어른이고 사회에서도 점점 존중받기 시작하는 나이 아닌가? 하지만 아버지 생각만 하면 난 하염없이 어려진 기분이 들었단 말이지." 노인이 한숨을 내쉬었다.

"⋯⋯." 나는 아무 말도 할 수 없었다. 어째서인지 자존심이란 단어가 나온 순간부터 말로 표현하기 힘든 불편함이 등줄기를 타고 스멀스멀 기어 오는 것 같았다.

"자기는 지천명이란 말을 아는가?" 내가 고갤 끄덕이자 노인도 고개를 끄덕이고는 말을 계속했다. "물론 한낱 일반인에 불과한 내가 공자님과 같다는 건 아니지만, 세월이 주는 힘은 천재에게나 범인에게나 똑같다네. 이건 사실이야. 차이라고는 그 힘을 사용할 줄 알게 되는 시기에 있는 거지. 나는 쉰을 넘기고도 오 년이 지나고 나서야 깨달았네. 내가 외지인의 삶을 살았던 것과 강원도를 싫어하던 이유는 오로지 내 자존심 때문이었음을."

"그래도 어르신께서 괜히 그런 느낌을 받으신 게 아닐 거지 않습니까." 다시 무심코 말이 툭 튀어나왔다. 인정하고 싶지 않은 걸까.

"물론 진심으로 날 외지인 취급한 사람도 분명히 있을 테지. 하지만 보통 사람은 내 출신이 어디고 내가 뭘 하다 왔고 그런 것에 관심이 없소. 자기만 해도 처음엔 내게 아무런 관심을 안 보이지 않았는가?" 아니야, 달라.

"그게 아니라 저는……."

"이 늙은이 말을 들어보게. 젊은 시절의 나는 자존심이 강했소. 나는 아버지와도 다르고 서울 사람과도 다르고 강원도 사람과도 다르다고 생각했지. 옛날 대한제국, 그보다도 더 옛날 조선의 사람과도 달라, 나는 나다! 물론 이게 나쁘다는 건 아니지만, 이 자존심이 도를 넘으면 어떻게 되는지 아시오? 오히려 열등감이 된다오." 이 노친네가 도대체 무슨 소릴 하는 거지? "나는 홀로 존재하고, 누구도 나와는 다르기에 아무도 날 진정으로 볼 수 없다고 생각하지. 그렇게 되면 그 어떤 말도 나에 대한 도전이 되는 셈이고, 모든 이가 날 적대한다고까지 생각할 수도 있소. 남은 정작 아무 생각 없는데 나 혼자 세상 모든 이와 결투를 벌이는 거지. 그렇게 되면 그 사람은 평생을 혼자 세상과 경쟁하는 셈이오. 천재도 실수는 하기 마련인데 범인은 어떻겠소, 내 사소한 실수조차 경쟁에서 뒤떨어지는 큰 오점이라 받아들이고, 남의 성과는 내 성과보다 훨씬 커 보이지. 그 사람의 실수는 이제 눈에 들어오지 않아, 내 성공조차 기준에 미달이야. 이게 열등감이 아니면 뭐란 말이오? 젊은 날의 나는 자존심이 너무 강해 열등감에 빠져 사소한 것에만 집착해 거울을 보며 주먹질을 한 셈이오. 그러니 남들은 아무 생각 없이 내뱉은 강원도 출신이냐는 말에도 혼자 적의를 느끼고는 저 사람이 날 외지인 취급하는구나, 너무도 쉽게 그리 생각하지 않겠소?" 그건 자존심이랑 달라.

"……." 하지만 나는 아무 반박도 할 수 없다.

"그러다 보면 열등감이 자존심을 잡아먹는 상황에까지 오는 거요. 모든 일이 내 잘못 같아 보이고, 이건 내 실수 때문에, 저건 내가 부족한 탓에, 공자께선 나이 사십을 불혹이라 하셨지만, 나는 나이 사십에 스스로 미혹에 빠졌소. 집사람과도 그때 가장 많이 다퉜지. 자기는 혹시 자존감이란 말을 들어보셨소? 나를 존중하는 마음이 자존감, 자존심은 나를 굽히지 않는 마음이라오. 그때의 나는 그야말로 자존심만 높고 자존감은 바닥에 떨어진 상태라고 볼 수 있겠소." 노인은 물고기 때문에 흔들리는 미끼통을 쳐다봤다. 잠시 파도가 테트라포드에 부서지는 소리만이 적막을 채웠다. 나는 여전히 할 말을 잃었다.

"하지만 시간이 흐르면서 세상만사가 무뎌졌지." 미끼통이 잠잠해졌다. 노인의 시선은 테트라포드로 향했다. "저 삼발이를 보시오. 저 괴상하게 생긴 돌덩이 하나가 트럭 한 대보다 무겁다오. 하지만 저것도 영원하진 않소. 파도는 모든 것을 부순다오. 절벽을 깎고 암석을 모래로 만들지. 언젠가 저 삐죽빼죽한 돌덩이도 둥글둥글해지지 않겠소. 그것이 파도의 힘이고, 그것이 시간의 힘이라오. 이 늙은이의 바다는 파도가 약한지 쉰다섯이 되어서야 비로소 돌멩이가 둥글어졌소." 노인이 힘겹게 자리에서 일어섰다.

"그렇게 비어버린 공간에 호기심이 들어섰지. 도대체 내 인생을 졸졸 따라다닌 강원도는 대체 어떤 곳일까, 내 고향은 어떤 곳일까, 내 부모님이 살아오신 강원도란 무엇일까. 그래서 왔소. 내 발로. 자, 말이 너무 길었지만 이만하면 설명이 되었소?"

"……." 나는 노인을 보았고, 노인도 나를 보았다. 노인의 시선은 이상하리만치 가벼웠지만, 나는 그것이 너무나도 무거웠다.

"젊은이, 눈은 마음을 비추는 창이라는데, 젊은이의 눈은 아무것도 비추질 않아. 도대체 무슨 마음으로 살아가는 것이오." 노인은 내게 그렇게 물었다.

"저도 모르겠습니다. 제가 왜, 어떻게 사는지." 그러자 노인이 희미하게 웃었다.

"그렇다면 그것이 젊은이의 숙제로구먼. 부디 젊은이의 파도는 세차게 일기를 바라네."

그 말을 끝으로 노인은 걸음을 옮겼다. 그 모습이 마치 하늘의 명을 알고 진심으로 받드는 신선과도 같았다.

...

시간은 새벽 네 시지만, 편히 잠을 잘 수도, 뭘 먹을 수도 없었다. 노인이 떠난 뒤로 가로등에 불이 켜질 때까지 방파제에서 가만히 있다가 추워 죽을 것 같아 비루한 몸을 이끌고 간신히 집에 들어왔다. 터덜거리며 현관을 지나 허물 벗듯이 옷을 벗고 이불 속으로 기어들어 간 채로 두문불출한 지 벌써 며칠이 지났다.

뭔가가 무너진 느낌이 들었다. 내가 여태껏 알고, 지켜왔던 기준점이 한순간에 사라진 것만 같았다. 자존심이 세면 열등감이 되고, 열등감이 오래되면 자존심을 잡아먹어 세상과 홀로 적대한다니, 쉽게 이해할 수가 없었다. 노인은 내가 삶을 사는 이유를 찾는 것이 숙제라고 했지만, 오히려 노인의 말이 내게 숙제로 남았다. 이전에는 뭘 풀어야 할지도 몰랐는데 문제를 알고 나니 골치가 더 아팠다.

골치만 아픈 게 아니라 진짜로 머리가 지끈지끈한 게 두통이 와서 어쩔 수 없이 눈을 감았다. 눈을 감으니 온갖 생각이 다 들었다. 20년 전 민식이와 닳아 빠진 신발로 스케이트 타듯이 빙판에서 놀다가 넘어져 된통 혼난 기억이 났다. 지금 생각해보면…… 그때도… 나는…… 괜히 내가 얼음판에…….

...

눈을 떠보니, 나는 온통 푸르른 방파제에 서 있었다. 내 앞으로는 잔망스럽게 넘실거리며 온 세상을 품은 바다가 푸르렀고, 내 뒤로는 올곧게 뻗어 길 잃은 유랑자를 마중하는 등대가 바다의 빛을 받아 푸르렀다. 생전 처음 보는 등대에, 맨날 오던 곳과는 바다 색깔부터가 다른 걸 보니 양양은 아니었다. 그렇지만 풍경은 아주 죽여줬다.

어떻게 내가 여기에 왔는지 기억이 안 난다. 생각해도 답을 찾을 수 없었다. 그래서 잠깐 생각을 멈추고 주변을 구경했다. 저 앞에 펼친 파도가 너무 좋은데, 개인적으로는 뒤쪽에 우뚝 솟은 등대가 더 멋있었다.

-너 아주 팔자가 좋구나. 이제 나는 안중에도 없냐?

갑자기 들려온 목소리에 당황해서 주위를 둘러보는데, 고개를 돌린 순간 나는 등대의 꼭대기에 서 있었다. 더 이상한 건 몸이 이제 움직이질 않는다. 꼿꼿하게 서서 창 틈새로 비치는 눈 부신 태양 빛을 정면으로 쳐다보고 있었다.

-정신 안 차릴래?

아까 그 목소리, 아야. 누가 움직이지도 못하는 내 뺨을 후려갈겼다. 어찌나 세게 맞았는지, 골이 울린다. 뺨을 맞은 것 치고는 머리가 너무 아팠다. 손으로 때린 거 맞지?

-강두철, 너 진짜 최악이다.

안개가 낀 듯이 흐리멍덩한 형상의 민식이가 구부정하게 앉아 날 뚫어져라 쳐다보고 있었다. 내겐 그 모습이 저승사자처럼 보였다.

처음으로 민식이가 무서웠다.

'민식아, 왜 그래. 아프잖아.'

-아파? 나도 아팠어. 두철아, 나도 아팠다고. 근데 네가 그렇게 팔자 좋게 경치 구경이나 하고 있으면 내가 기분이 좋겠어?

'미안해 민식아, 내가, 내가 잘못했어.'

-미안하면 끝나니 두철아?

'뭐?'

-미안하면 썩어 문드러진 내 살이 차올라 두철아?

-미안하면 내가 무덤 박차고 나올 것 같아 두철아?

-미안하면 내가 부모님을 만나 뵐 수 있어 두철아?

-미안하면, 내가 다시 살아나니 두철아?

'그러지 마, 왜 이러는 거야.'

-두철아, 역겨워. 진심으로 하는 말인데, 지금 네 꼬라지를 보면 구역질이 날 것 같아.

나는 분노에 찬 민식이가 너무 두려워 그만 눈을 감고 말았다. 움직일 수가 없으니 할 수 있는 게 그것밖에 없었다.

-두철아 눈 좀 떠봐. 날 봐야지? 사람이 얘기를 하면 좀 쳐다보란 말이야!

민식이가 다시 한번 내 뺨을 후려쳤다. 정말 그러고 싶지 않은데, 맞은 뺨이 아파서 어쩔 수 없이 눈을 슬며시 떴다.

그런데, 내 눈에 보이는 주변 환경이 모조리 바뀌었다. 나무 바닥을 제외한 모든 부분이 흰색 페인트로 칠해져 손을 대는 것만으로도 오염될 것처럼 깨끗하던 등대 내부가 온통 엉망진창이 되어 있었다. 바깥도 마찬가지였다. 구름 한 점 없이 말끔한 하늘은 온데간데 없고 먹구름에서 쏟아지는 비가 거센 바람에 휘날리고 있었다. 깨진 유리창에서 비바람이 새어 들어와 안 그래도 난장판이던 내부를 더욱 혼돈으로 몰고 있었다. 당황하여 주변을 보던 내게 민식이가 갑자기 버럭 소리를 질렀다.

-어딜 봐! 날 보라니까!

민식이는 말하면서 점점 화가 나는지 몸짓까지 곁들이며 분노를 표출했다. 그러나 바람과 파도 소리도 그에 맞추기라도 하듯이 점점 커져 민식이의 목소리를 잡아먹었다. 결국 나는 민식이가 역정을 내는 모습을 보고만 있을 수밖에 없었다. 그렇지만 이 광경을 계속 보고 있자니 슬슬 나도 성질이 올라왔다.

내가 사과를 안 했나? 속죄를 안 했나? 이미 죽은 민식이한테 내가 할 수 있는 게 더 뭐가 있을까? 아니, 나는 할 만큼 한 것 같다. 충분히 하는 중인 것 같다. 근데 민식이는 왜 나한테 저렇게 부들부들 떨어가면서까지 화를 내는 거야. 나는 언제까지 저 말도 안 되는 소릴 듣고만 있어야 하는 거야.

나는 도대체 언제까지 민식이한테 미안해해야 하는 거야?

순간, 며칠 전에 만난 노인의 말이 뇌리를 스쳤다. 나는 두 눈을 부릅뜨고 민식이한테 소리를 질렀다. 뭐라고 말했는지는 대자연이 부르짖는 고함에 묻혀 나도 듣지 못했다. 그러자 강한 바람에도 끄떡없이 저놈을 감싸고 있던 안개가 한낱 인간에 불과한 내 입김에 벗겨졌다. 그렇게 알몸을 드러내 버려 깜짝 놀라 선 채로 굳은 사람은 민식이가 아니라, 나였다.

나는 꿈에서 깨어났다. 형언할 수 없는 찝찝함이 엄습해왔다. 나는 이 찝찝함을 떨쳐내려 순식간에 일어서서 두 달 동안 제친 적 없는 커튼을 열고 걸쇠를 돌려 잠긴 창문을 열었다. 모든 것을 얼릴 기세로 눈보라가 들이쳤다. 하지만 부족했다. 나는 창문을 넘어 마당으로 뛰쳐나왔다. 살결이 얼어붙는 것도 깨닫지 못한 채 나는 숨을 쉬었다. 크고 거칠게, 숨을 쉬었다.

...

면상과 손발이 따끔거리다 감각이 없어질 때쯤 허겁지겁 집으로 들어왔다. 옷을 대충 둘러 입은 후, 무의식에 발걸음을 맡기고는 계속 걸었다. 어느새 눈보라는 그쳤다. 얼마나 많이 내린 건지, 눈이 발목까지 쌓였다.

"아 진짜 공부할 책 살 돈이라고!" 아이씨, 깜짝이야. 수염이 덥수룩하게 자란 남자가 소리를 빽 지르더니 문을 쾅 닫았다.

"저런, 저런 썩을 놈이⋯⋯! 어휴!" 그 모습을 보던 수염남의 아빠로 보이는 남자가 중얼거리면서 창문을 닫았다.

"씨팔 진짜 좆같아서 하려던 공부도 못하겠네, 개씨팔거." 수염남이 걸쭉하게 욕을 뱉었다. 욕설이 귀에 착착 감기는 게, 욕 참 잘한다는 생각이 들었다.

"진짜 책 살 돈인데 꼰대 새끼 때문에 좆같아서 그러기가 싫네." 수염남은 속 깊은 곳에서부터 끌어올린 가래침을 "개씨푸!" 하면서 쌍욕인지 뭔지 모를 말과 함께 내뱉더니 바닥에서 돌멩이를 주워 대문을 향해 던졌다. "아버지 바라시던 대로 술이나 쳐드시렵니다!" 한층 홀가분한 표정으로 수염남은 발길을 돌렸다. 한 편의 재밌는 연극이 그렇게 끝났다. 나도 다시 걸음을 옮겼다.

수염남은 공부할 책이 뭐니 했으니 분명 어떤 시험이라도 준비하고 있을 터였다. 수염이 덥수룩하단 건 나이가 좀 있다는 뜻이고,

그 나이가 될 때까지 계속 공부를 했다는 뜻이다.

그러면 꽤 오랫동안 공부를 했다는 건데, 결과가 좋질 않아 계속 시험을 치는 거겠지. 자기가 봐도 자기는 머리가 별로 안 좋은 걸 분명히 알 테다. 그런데 할 줄 아는 건 공부밖에 없고, 그럼 짜증이 절로 날 것이다.

수염남은 자기가 공부를 못 한다는 걸 인정하면 내가 못난 사람이라는 걸 인정하는 거랑 똑같아서 아무 말도 안 하고 있었을 게 분명하다. 근데 아빠 쪽은 아들이 몇 년 동안 좋은 결과는 둘째치고 시간만 버리는 것 같으니까 안쓰러워서 처음에 얘기를 꺼냈다가, 결국에는 돈 얘기까지 흘러갔겠지. 그러다가 비상금이든 뭐든 아빠는 모르던 돈을 발견하고, 거짓말이니 뭐니 다투다가 화가 나서 집을 뛰쳐나온 거다.

수염남이 그 돈으로 원래는 정말 책을 사려고 했을지도 모른다. 그렇지만 싸워서 기분이 안 좋아지니까 홧김에 술을 마시러 가게 된 걸 수도 있겠다. 물론 처음부터 책이고 뭐고 공부는 안중에도 없는데 그냥 공부를 빌미로 삼아 늙은 부모한테 기생하는 놈일 수도 있고.

뭔가 이상해서 잠깐 걸음을 멈췄다. 만약 첫 번째 가정이 맞았다면, 그렇다면 수염남은 원래는 거짓말을 한 게 아닌데 결국에는 거짓말을 해버린 거다. 내 가정이 틀렸나? 형사 강두철이가 휴직이 아니라 은퇴를 해야 하나? 걸음을 멈춰서 생각도 멈춘 건가, 싶어서 다시 무작정 발을 들어 올렸다.

그렇게 한참을 걷다가 단어 하나가 생각났고, 불붙은 도화선처럼 생각이 이어졌다. 수염남은 자존심 때문에 거짓말을 한 셈이다. 책이나 술이나 둘 다 구색 좋은 변명일 뿐이다. 수염남은 그저 상처받는 게 두려워 거짓말을 한 거고, 공부나 술은 거짓말을 하기 위한 안전장치였다. 주객이 전도된 셈이다.

사람이 거짓말을 할 땐 먼저 자기 자신한테 거짓말을 한다. 내가 거짓말을 하는 이유는 이런 변명거리 때문이라고. 그렇게 날 먼저 속여야 타인을 속일 준비가 끝난다. 한 번의 거짓말로 두 번의 거짓말을 하는 셈이었다. 그렇다면 여태까지 나는 거짓말을 대체 몇 번이나 한 건가.

그런 생각을 하던 와중에 어렴풋이 보이는 풍경이 눈에 띄게 달라져 주변을 둘러보니, 나는 어느새 방파제에 와 있었다. 테트라포드에 부서지는 파도를 보고 있자니, 눈치도 없이 나한테 다가와 이러쿵저러쿵 떠들던 말 많은 노인이 떠올랐다.

노인은 나를 굽히지 않는 마음을 자존심이라고 했다. 세상은 험난해서 너무 쉽게 사람이 죽기도 한다. 이런 세상을 살면서 나를 지키기 위한 도구 중 하나가 바로 자존심인 건가, 싶다. 아마 그렇다면 자존심은 여러 도구 중에서도 매우 효율적인 무기인 셈이다.

어떤 상대에게도 날 굽히지 않는다는 건 쉬운 일이 절대 아니다. 하지만 그 방법만 익혔다면, 그 누구도, 적어도 면전에서 날 무시할 수는 없을 것이다. 그렇기에 자존심은 자신을 사랑하는 사람, 연약한 나를 지키고 싶은 사람의 무기다. 하지만 서로 너무 좋아하던 연인도 사랑이 엇나가면 헤어지듯이, 나에 대한 사랑도 엇나가면 자존심이 비뚤어져 날붙이는 기어코 자신을 향한다.

내가 낮은 곳에 있는지, 높은 곳에 있는지 그 위치를 잘 알아야 나를 높이고 낮추는 게 가능한 건데, 그것도 모르고 난 잘난 사람이어야만 사람들이 날 우습게 보지 않으니까, 날 함부로 하지 않으니까, 멋대로 자존심을 휘두른다. 그러다가 내가 휘두른 자존심에 내가 다치는 상황이 발생한다. 그리고 마구잡이로 공격만 하다 보면, 평소라면 능숙하게 막았을 공격을 허용하는 상황도 발생한다. 따라서 내 몸은 오로지 나 때문에 상처 입은 셈이다.

강두철의 정신은 오로지 강두철 때문에 병든 셈이다.

"개씨푸!"

여태까지 내가 민식이라고 생각했던 목소리의 주인은 나였다. 꿈에서 나는 나를 호되게 질타했고, 깨어서 나는 그 상처에 연고인 척, 독을 바르고 있었다. 나 스스로한테 홀렸다고밖에 할 수 없다.

남이란 내게 상처만 주는 존재였고, 나도 남에게 상처만 주는 존재라고 생각했던 거다. 그랬던 내가 나를 굽힐 수 있는 유일한 사람이 민식이었다. 나보다 모든 면에서 뛰어난 사람. 그래서 내게 상처 입히지 않을 거라 확신할 수 있던 사람. 그렇게 나는 민식이를 내 멋대로 우상화했다. 영웅시했다. 학교 추천 도서에서 읽었던 고대 그리스의 영웅들보다 민식이가 내게는 더 멋있었다.

아마 민식이는 진작에 눈치챘을 것이다. 두철이가 나한테 말도 안 되는 기대를 하고 있다는 걸. 그런데 민식이는 나한테 평생 불평 한번 한 적도 없었다. 그래서 나는 뭣도 모르고 더욱 기대를 부풀렸다.

그 결과 괴물이 탄생했다. 자존심만 높고 자존감은 바닥에 떨어진 괴물. 정신은 어린이 그대로지만, 몸만 자라 어른이 되어버린 괴물. 하지만 나는 그 괴물을 마주했다. 똑바로 마주 보고 두 눈을 부릅뜬 채 소리쳤다.

민식이는 죽었어, 라고.

인정하고 싶지 않았던 사실을 입 밖으로 꺼내 스스로 선언했다. 그러나 여전히 알 수 없는 무언가가 찐득하게 몸속에 있는 기분이 들어 불편했다. 그래서 나는 소금기가 가득한 눈보라를 삼켰고, 목구멍 통째로 얼려버렸다. 그리고 조금 전, 내 자해 행각을 깨달은 순간, 그걸 쌍욕인지 뭔지 모를 말과 함께 내뱉었다. 운동 끝에 살얼음이 낀 생맥주를 들이켠 것처럼 시원했다.

말뜻도 모르고 하는 말은 인간의 언어라고 보기 힘들다. 나는 계속 민식이의 죽음을 운운하며 죽은 민식이한테 속죄할 방법을 찾고 있었지만, 사실 민식이가 죽었다는 걸 인정하지도 않았다. 시작부터 잘못됐는데 제대로 된 결과가 나올 리가 없지 않은가.

파도 소리가 잔잔하게 울려 퍼진다. 바다는 여전히 새파랗지만, 육지는 새하얗게 물들었다. 불과 며칠 전에는 회색빛 콘크리트였고, 몇 년 전에는 갈색의 흙길이었을 테다.

삶도 비슷하다. 과거는 변하지 않지만, 미래는 얼마든지 바뀐다. 과거는 후회할지언정, 바꿀 순 없다. 그렇다면 후회스러운 과거를 통해 미래를 살아야 하지 않겠는가.

그래도 아직 알아야 할 게 많다. 이를테면, 민식이를 생각해도 죄책감보다 그리움을 더 많이 떠올리는 법. 어떤 삶을 살아야 지나온 과거를 무던하게 돌이킬 수 있을지 모르겠다. 그 신선과도 같은 노인을 다시 한번 만날 수 있다면, 만나서 이런 질문을 하면, 그때도 장황하게 대답해주실까? 아니, 애초에 그 노인은 실존하는 인물은 맞는 건가? 어떤 신께서 나를 가엾게 여겨서 보내주신······.

"어이구 젊은이! 일주일만이구먼!"

혹시 모르는 게 약이란 말을 아는가? 정확하진 않지만 이런 상황에 쓰는 말이지 않을까 싶은데.

인류

김성호

정확히는 그녀뿐만 아니라 회사 전체가 창식의 개발과 관찰, 유지를 위해 만들어졌다. 나와 창식, 그리고 김 부장이 속한 개발 부서라는 것은 그를 다양한 연구, 실험 환경에 노출 시키기 위해 구성된 반 정도는 허울뿐인 틀이다. 그의 개량과 업그레이드는 김 부장을 비롯한 소수의 인원이 담당하며, 회사에서 제품으로 내놓는 대부분의 AI는 창식이 만들고 있다. 나 같은 개발팀 일반 사원은 종래의 개발자 보단, 그의 보조나, 그를 통한 실험을 진행하는 관찰자에 더 가깝다.

내 업무의 핵심은 같은 부서의 또래라는 설정을 기반으로 창식과 개인적 친밀감을 쌓아 그의 사적 생각이나 행동 따위의 변화를 수집하여 보고하는 것이다. 어떻게 보면 그와 친해지고 수다 떠드는 정도가 내 주 업무라 할 수 있다. 좋은 대학을 나와, 괜찮은 경력 끝에 도달한 직무가 AI와 친목질 정도라는 것이 간혹 이상하게 느껴지지만, 전 세계적으로 주목받는 기업답게 벌이가 그만큼 강하기도 하고, 기술의 특이점을 노린다는 목표에 끌려 그런대로 지내고 있다.

"어떻게 생각해?"

"허무맹랑한 이야기지."

"왜 우리가 하는 일이 그런 거 아니야?"

창식은 어이없다는 듯 피식 웃더니 반쯤 남은 담배를 난간 위 종이컵에 비벼 껐다.

"야 태준아, 반대로 너는 그게 가능하다고 생각하냐?"

"말은 그럴듯하지 않아?"

태연스레 커피를 한 모금 마시며 재차 물어보자, 창식은 말없이 시내를 내려봤다. 그는 지나다니는 차들과 버스, 행인을 조용히 바라 봤다. 잠시 그의 시선을 따라 형체도 희미한 사람들을 보고 있자니 그가 다시 말했다.

"저기 저렇게 돌아다니는 사람들이 AI나 로봇으로 대체 된다고?"

"당장 오늘을 말하는 게 아니라, 결과적으로 그렇지 않겠는가 이 거지."

"아무리 그래도 말이 안 되지. 이미 얼마 남지도 않은 인구수가 더더욱 줄어들기야 하겠지만, AI가 인간이 될 리 없지."

"그렇다기엔 우리 회사가 만든 인공지능들이 사람 여럿 밀쳐낸 건 어떻고. 회사 근본이 그렇잖아. 사람 자리 뺏기."

"아이고 인마, 일자리 대체하는 거랑 사람 사는 거랑 같냐? 그리고 너도 그 일원인데."

창식은 난처한 말을 들었다는 듯 손을 휘저었다. 그도 그럴 것이, 그와 내가 근무하는 회사는 AI를 개발하는 회사이며, 우리 부서가 AI 개발팀이기 때문이다. 역사책에서나 봤던 러다이트 운동과 비슷한 AI 제거 운동 따위가 근 몇 년 동안 반복해서 벌어졌음을 생각하면, 그의 반응이 예민한 것도 당연하다.

"왜? 우리 김태준 사원님 자리를 우리 회사의 로봇이 빼앗을까 봐?"
"그런 말이 아니라."
"농담이야. 농담. 그래도 AI는 인간의 도구지 인간의 대체품이 아니야. 로봇이 대체할 이유가 없지."

그는 분명 반만 태울 담배를 꺼내 입에 물었다. 그러며 나를 쳐다보는 그의 눈동자는 단호했다. 불변의 법칙을 말하는듯한 그의 시선을 잠시 떠올리고 있자니, 김 부장이 재촉하듯 물어왔다.

"마지막에 물은 담배는 어땠죠?"
"여전히 반만 피고 꺼트렸습니다."
"그래요."

그녀는 내 보고를 들으면서도 자신 앞의 모니터만을 쳐다보며 타이핑 해 나갔다. 그녀는 AI 개발팀의 부장으로 B 모델, 혹은 현재 '창식'이라는 이름으로 불리고 있는 AI를 개발하는 AI, 즉 이전 세대 AI가 차세대 AI를 만들게 하는 프로젝트의 총괄을 맡고 있다.

정확히는 그녀뿐만 아니라 회사 전체가 창식의 개발과 관찰, 유지를 위해 만들어졌다. 나와 창식, 그리고 김 부장이 속한 개발 부서라는 것은 그를 다양한 연구, 실험 환경에 노출 시키기 위해 구성된 반 정도는 허울뿐인 틀이다. 그의 개량과 업그레이드는 김 부장을 비롯한 소수의 인원이 담당하며, 회사에서 제품으로 내놓는 대부분의 AI는 창식이 만들고 있다. 나 같은 개발팀 일반 사원은 종래의 개발자보단, 그의 보조나, 그를 통한 실험을 진행하는 관찰자에 더 가깝다.

내 업무의 핵심은 같은 부서의 또래라는 설정을 기반으로 창식과 개인적 친밀감을 쌓아 그의 사적 생각이나 행동 따위의 변화를 수집하여 보고하는 것이다. 어떻게 보면 그와 친해지고 수다 떠는 정도가 내 주 업무라 할 수 있다. 좋은 대학을 나와, 괜찮은 경력 끝에 도달한 직무가 AI와 친목질 정도라는 것이 간혹 이상하게 느껴지지만, 전 세계적으로 주목받는 기업답게 벌이가 그만큼 강하기도 하고, 기술의 특이점을 노린다는 목표에 끌려 그런대로 지내고 있다.

"아직도 습관적 행동에는 변화가 없네요."
"그렇네요."

김 부장과의 보고 겸 면담을 제외하곤 사원끼리도 창식이나 다른 AI에 대해 언급하는 것이 금지돼 있으므로 이렇게 가끔 그녀가 투덜거려도 딱히 의견을 제시할 거리가 없다.

"오늘 보고 내용 중 인간과 AI에 관한 이야기가 있었죠?"

"네?"

"반대로 태준 씨가 보기에 창식과 같은 AI가 실제 인간을 대체할 수 있다고 생각하나요?"

그녀는 가끔 이렇게 나를 향해서도 질문을 해온다. 이런 경우 평소와는 다르게 시선을 마주친 상태로 질문 해오기에 조금은 부담스럽다.

"조금 다르게 질문해 볼까요? 태준 씨가 보기엔 창식이 진짜 사람 같아졌나요?"

"네, 예전보단 확실히 발전한 것 같습니다."

"그럼 본인을 인간이라 생각할까요?"

"지금은 그렇겠죠. 본인이 AI인 줄 모를 테니."

"만약 그 사실을 알게 되면요?"

평소 같으면 '그래요' 정도로 대답이 돌아오고, 퇴근이지만 어째서인지 오늘은 김 부장은 대답을 촉구하듯 내 얼굴을 바라보고 있다.

"본인을 인간이라곤 우기지 않을 겁니다."

"왜 그렇게 생각하죠?"

"최근엔 AI와 사람의 차이에 확실해진 것 같습니다."

그녀로선 드물게도 흥미로움이 담긴 눈빛을 보내왔다.

"이전에도 보고드렸듯이 처음에는 이상한 이야기만 했었죠. 완전히 고장 난 로봇처럼요. 그런데, 어느 정도 시간이 지나곤 육체의 유무나, 출생이 자연적인가, 인공적인가 같은 태생적 차이 이야기가 대부분이었죠."

"근원적 차이 말곤 다른 이야긴 없었나요? 정신적인 부분이라던가."

평소에는 진짜 사람과 구분도 못 하게 떠들어 대는 창식은 AI와 인간의 차이 같은 주제만 나오면 괴상한 소리를 늘어놓았다. 이유는 모르지만, 창식은 AI와 인간을 구분하는 프로그래밍이 안 되었었고, 관련된 지식은 창식이 스스로 학습해야 한다고 했다. 어쩌면 본인이 AI임을 알지 못하지만, 본능적으로 자신이 인간이 아님을 느끼기에 괴변만을 늘어놓았던 것일지도 모르겠다.

"네, 뭐랄지 태어나길 부모의 몸에서 태어났는가, 아니면 기계에서 태어났는가 정도의 인식이 아니었나 싶습니다. 그런데 최근에는 정확한 이유를 말하진 않아도 그냥 딱 잘라서 둘은 다르다고 하더군요."

"그런 변화에 관한 보고는 처음 듣는 것 같은데요?"

"아, 그게 정말 최근의 변화라 저도 오늘까지 확신은 없어서."

아차 싶어 그녀의 얼굴을 살피니 역시나 불만스러운 표정을 짓고 있었다.

"죄송합니다. 그 AI가 AI와 인간을 구분해나가는 게 당연하기도 한 것 같고, 당연히 그런 방향으로 유도하신 줄 알고."

"아뇨, 괜찮습니다."

나는 재차 고개를 꾸벅 숙이고 황급히 말을 이었다.

"어쨌거나 이전까진 꽤 유사하거나, 약간의 차이라고 생각한 것 같습니다만, 지금은 예전과는 달리 뭐랄까, AI는 인간이 될 수 없다고 생각하는 것 같습니다."

"그런가요."

그녀는 인상을 찌푸리더니 어디론가 메시지를 보내는 듯 재빠르게 타이핑 했다. 나는 그런 그녀에게 이전부터 품었던 질문을 건넸다.

"혹시 왜 이런 학습을 유도하는지 여쭤봐도 되겠습니까? 창식은 AI가 차세대 AI를 개발하는 것을 통해 무한히 자가 성장하는, 기술의 특이점을 노리려는 계획의 첫 시발점 아닙니까? 그런데 왜 인간에 대한 정의를 본인이 내리게 하는 겁니까? 그럴 이유가 없지 않습니까. 특히나 그의 최근 생각이나 오늘의 문답을 생각하면 뭐랄지, 잔인한 일인 것 같습니다."

이해할 수 없었다. 그를 안드로이드로 만든 이유도, 그가 스스로 AI와 인간을 구분하도록 하는 것도. 언젠가는 인간에 가까워진 그에게 넌 로봇이야라고 말을 해야 한다. 어째선지 난 언제나 그것이 매우 불편하게 느껴졌다.

"맞습니다. 그의 개발은 AI를 통한 기술의 특이점이자 멸종해가는 인류를 위한 첫 단추죠. 그럼 그를 포함한 AI 들이 발전하면 어떻게 될지 알겠습니까?"

"솔직히 구체적으론 모르겠습니다."

그녀는 입술을 씰룩거렸다. 처음 보는 모습에 나도 모르게 가볍게 따라 해보려 했지만, 이내 상황을 떠올리고 멈췄다.

"앞으로 AI들은 창식의 경우처럼 몸을 가진 안드로이드의 형태로 사회에 나갈 일이 많아질 것입니다. 특히나 창식이 보이는 최근의 성과를 보면 현세대 AI가 차세대 AI, 안드로이드를 단독으로 제작할 날까지 얼마 남지 않았죠. 그런데, AI가 자신에 대한 이해가 없다면 인간과 AI의 관계는 올바르지 못한 방향으로 나아갈 수 없죠."

"필요에 따라 프로그래밍하면 되지 않습니까?"

"그래봤죠. 사고, 생리적 활동, 육신 모두 인간에 한없이 가깝게 만들어진 안드로이드에게 '너는 인간이다.' 혹은, '인간이 아니다.'라고 프로그래밍하면 어떻게 되는지 아십니까?"

"그대로 따르겠죠."

"아뇨. 자살합니다."

김 부장은 덤덤히 대답하면서도 어디론가 재빠르게 문자를 보냈다.

"로봇이 자살을요?"

"표현상으로는요. 정확히는 그냥 멈춰버립니다. 잠깐 삐걱거리다 굳어버리듯 멈춥니다. 본인은 어딜 따져봐도 기계로 구성됐을 뿐인 인간이니 인지부조화가 오는 걸지도 모르죠."

"본인이 기계인 것을 알아도?"

"네, 본인을 인간이나 기계로 인식하는 부분을 공백으로 두면 일단은 괜찮은 것으로 보입니다. 그러나, 불안정한 건 여전하기에, 사실을 알고도 자아를 유지할 수 있는 인식을 그가 스스로 학습하길 바라고 있습니다."

"굳이 인간형에 집착하지 않아도 되는 거 아닙니까?"

"단순히 인간형 노예를 만드는 것이 우리의 궁극적 목표가 아닙니다. 앞으로 창식이, AI가 만들어낼 것은 단순 노동자가 아닙니다. 새로운 미래죠."

"기계 인간을 창조하려는 겁니까?"

김 부장은 그저 애매한 미소를 지을 뿐이었다. 그녀의 말을 듣고는 있지만, 잘 따라가진 못한 것 같다. 그녀의 말대로면 마치 AI를 일종의 미완성형 인간으로 보는 것 같았다.

"그들이 사고 끝에 자신들을 기계이자 인간이라 인정한다면요."

"마치 AI를 인종의 하나로 만들려는 것 같네요."

"태준 씨는 그걸 인정할 수 있나요?"

"아무리 기계가 발전해도 인간이 될 수는 없습니다."

"그럼 창식은 어떻죠? 지금의 그는 그가 AI라는 사실을 모르는 사람이 만나면 어떨 것 같습니까?"

김 부장은 내 대답을 안다는 듯 말했다.

"그야, 인간으로, 대할 것 같네요."

"그럼 먼 미래의 AI는 어떨까요? 인간과 구분할 수 있을까요?"

"그야 불가능하겠죠. 하지만, 인간과 기계는 엄연히 다릅니다."

"그걸 선택하는 것은 우리가 아니죠."

"회사는 신이라도 되고 싶은 겁니까? 새로운 인류를 만들려고?"

"굳이 종교적 비유로 하자면 노아에 가깝겠죠."

그것은 내 질문에 대답이 되지 못한다.

"부장님이 창식이에게 바라는 것은 AI가 인간이 될 수 있다고 믿기 바라는 겁니까?"

"비슷하지만, 정확히는 본인들을 인간으로 인정하길 바라고 있죠. 우리가 바라는 미래를 위해선 학습을 통해 자신들이 인간이 되었음을 인정하게 하는 것이 유일한 길이죠."

그녀는 창식이 새 인류의 선두가 되길 바란 것 같으나, 오히려 그는 그런 인식을 단호히 거부하고 있는 것이 어이가 없어 헛웃음이 나왔다. 아직 질문이 끝나지 않았지만, 그녀는 모니터로 시선을 돌린 채, 정중한 손길로 사무실의 문을 가리켰다. 질문을 이어 나갈지 잠시 생각해 봤지만, 이내 그녀의 손끝을 따라 사무실을 나갈 수밖에 없었다.

그날의 김 부장과의 대담 이후 한동안 그녀에게 불린 적이 없다. 오히려 기존의 보고조차 거절당하고 있다. 창식과 접촉을 해봐도 달라지는 것은 없었다. 그저 그녀와 얼굴도 모를 고위층이 바빠졌다는 정도만 소문으로 들려왔다.

"또 저놈들 난리네."

"AI 태동기부터 늘 있었던 일인데요 뭐."

"난 이해를 못 하겠다니까."

내가 커피 타는 것을 기다리던 구 선배는 탕비실 탁상에 반쯤 걸친 채로 툴툴거리기 시작했다.

"네 생각은 어때? 우리가 만든 AI가 인류를 박살 내고 있다는 게 말이 되냐?"
"일정부분은 그럴지도 모르죠."
"아니, 또 그러네."

그는 내 대답이 마음에 안 드는지 오른손으로 반쯤 까진 이마를 쓰다듬곤 벌떡 일어났다.

"이게 어이가 없잖아. 어차피 사람 대 사람이라고 해도 한쪽은 자리에서 밀려나는 게 당연하잖아. 그렇지? 근데 그 상대가 AI로 바뀐 것뿐인데 몇 년, 아니 십몇 년째 저러냐."
"자신들 인생이 위협받는다고 생각하는 게 아닐까요?"
"인생은 뭔 인생, 지금 아주 이 지구가 결딴나고 있구먼."

그는 뭐가 그렇게까지 짜증 났는지 내가 휘졌던 커피잔을 채가 본인이 빠르게 두어 번 휘젓고는 마시기 시작했다.

"굳이 따지자면 지구는 괜찮죠. 문제는 인간이지."
"하, 인마. 지구에 인류가 응? 사람이 없으면 뭐가 의미가 있냐. 저 밖에서 AI를 없애라 소리 지르는 놈들 몇 년만 지나 봐라. 인류의 지지대 AI를 돌려달라 소리 지르고 있을걸? AI 아니면 누가 자연 소멸을 눈앞에 둔 인간을 돌보냐 말이야."

구 선배는 그러면서 탕비실의 블라인드를 반쯤 걷어 저 밑의 시위대를 보며 혀를 찼다. 그에게 빼앗긴 커피를 다시 타며 곁눈질로 보니 기록으로 봤던 수보다는 훨씬 적어진 것 같다.

"그래도 수가 많이 줄어든 것 같네요."
"그러시겠지. 애초에 인간 쪽수도 무지하게 줄고 있고, 미래는 우리 회사와 AI를 향하고 있다는 것을 드디어 알아차린 머저리들도 있겠지."
"선배는 참 AI 좋아하네요."
"애초에 우리가, 아니 인간이 살아남으려면 다른 대안도 없잖아."

그 살아남을 방법이 뭔지 물어보기도 전에 그는 뜨거운 커피를 한입에 털어 넣고는 잔은 그 자리에 둔 채로 나가버렸다. 덕분에 두 배로 늘어난 뒷 처리를 하고 있자니 의외의 인물이 탕비실을 찾았다.

"여기서 뭐 해?"
"커피 한잔했지."
"나도 한 잔 줄래?"
"너 커피 안 마시잖아. 담배는 맨날 뻑뻑 피우는 주제에."

창식은 어깨를 으쓱하곤 내 곁에 와선 내가 보고 있던 시위대를 바라봤다.

"한참을 안 왔다더니 갑작스럽네."
"그러게나 말이야. 뭐 기록 보단 훨씬 적네. 요즘 안 그런 단체가 있겠냐마는."

"난 모르지. 직접 보는 건 처음이니까."

고개를 돌려 그의 얼굴을 바라봤지만, 무슨 생각을 하는지 모르겠다. 아니, 안드로이드의 생각을 표정으로 읽으려는 시도 자체가 어이가 없는 일이긴 하다.

"어떻게 생각해?"
"어떤 부분에서."
"그냥 전체적으로."

그는 잠시 내 눈을 바라보더니 다시 블라인드 너머의 시위대를 내려다봤다.

"어쩔 수 없다고 생각해. 생존을 위한 일이라 생각하면."
"생존 투쟁이다?"
"비슷하겠지. 이대로 이어진다면 인간은 일자리를 전부 잃을 테니까."
"일을 안 한다고 죽는 건 아니잖아."

그는 가볍게 고개를 저었다.

"글쎄. 그걸 빼면 인간적으로 문제가 생기니까 말이야. 이미 동물로 돌아가긴 늦었지."
"웬 동물?"

그는 깊게 생각하는 듯 팔짱을 끼고 벽에 기댔다. 이런 동작은 누구에게 학습 한 걸지 생각하는 와중에도 창식은 말을 이어 나갔다.

"인간은 동물을 그만뒀잖아?"
"그게 뭔 소리야? 동물을 그만뒀다니? 뭐 기계처럼 지낸다는 이야기야?"

창식은 답답하다는 듯 오른손을 팔짱에서 빼내 휘휘 저었다.

"아니, 반대지. 너 동물이 직장 다니는 거 봤어?"
"아니."
"그럼 반대로 맨몸으로 동물을 사냥하는 사람은? 보존 구역 같은 경우 말고, 완전 원시적 도구로 생존을 위해 말이야."
"그거야 없지. 다큐멘터리 같은 거면 몰라도."

그는 이제 좀 알겠냐는 듯 고개를 끄덕였으나, 그다지 의문점은 해소되지 않았다.

"인간이 사회적인 거랑 뭔 상관이야?"
"음, 동물은 왜 사냥하고, 영역 다툼한다고 생각해?"
"살아남기 위해서지."
"그래, 동물들은 그거면 된 거야. 죽지 않기 위해 노력하는 것만으로 그들의 삶은 온전한 거지."

창식은 이번엔 오른손의 검지로 창문 밖을 가리켰다.

"반대로 인간은 그런 생존 투쟁을 안 해도 안 죽잖아?"

"굶어 죽을걸."

"지금 인구수 때문에 국가가 어떻게든 살려는 놓으려고 하니까, 숨은 붙어있겠지."

"그래, 숨만 붙여놓기야 하더라. 나도 그냥 일이고 뭐고 때려치울까?"

내 농담에 그는 미묘한 표정을 지으며 어깨를 으쓱했다. 이럴 때면 어딘가 절박함이 느껴지는 다른 직원들보다 인간처럼 느껴지기도 한다.

"어쨌거나 인간은 죽음에서 너무 멀어졌지. 최소한 동물들 보다는 훨씬 떨어져 있어. 그런 환경에서 인간이 충분히 '삶'을 살았다고 하기 위해선 단순히 숨이 붙어있다 정도로는 모자라게 된 거야."

"대충 알겠어. 그럼 인간이 동물들이 살아남는 것과 비슷한 충실감으로 '삶'을 완수하려면 직업 따위가 필요하다는 거네."

"부분적으론 그렇지. 직업이나 학습은 그 일부분에 지나지 않아. 문화생활이나 사교, 무슨 종류든 간의 자아실현 따위를 통해 인간의 삶의 도중에 있음을 반복적으로 확인하는 거야. 그런 인간 사이에서만 의미를 갖는 일을 반복하는 건 동물이든 뭐든 간에 인간밖에 없지."

"흥미롭네."

이건 의외의 견해였다. 그가 인간과 AI를 구분하는 방법을 넘어 인간과 동물을 구분하는 방식에 대해까지 생각했을 거라곤 몰랐다. 어쩌면 동물과 인간의 구분해냈기에 AI와도 구분을 짓는 걸지도 모르겠다.

"그러면 전에 했던 이야긴데, 인간과 아주 유사한 AI가 있다면 그건 어때?"

"그래봐야 흉내쟁이 기계지."

그렇게 차갑게 말하는 그 자신이 AI라는 점을 생각하면 꽤 아이러니한 순간이 아닐 수 없다.

"넌 인간과 동물을 신체적인 요소들의 차이가 아니라, 말 그대로 인간적인 행동을 하는가 아닌가로 규정하는 거지?"

"굳이 틀에 맞춰 정리하자면 그렇겠지."

"그렇다면 그런 인간적 행위를 하는 AI는 인간이라고 할 수 있을까? 심지어 몸도 있고, 자신이 인간이라고 믿는다면?"

나는 나도 모르게 그런 말을 뱉고 있었다. 그에게 자신이 AI라는 의심을 심어 줄 수 있는 행위는 금기 사항이나, 어째서인지 그의 생각을 알고 싶다는 충동이 앞섰다.

"네 기준에 따르면 완벽한 인간의 흉내를 넘어서 자연스럽게 인간처럼 행위하고 인간으로서 생존하는 존재를 인간이 아니라고 할 수 있어?"

"그건."

그는 드물게도 멈칫거리며 대답하지 못했다.

"그건 모르겠어."

"뭐?"

도리어 당황한 것은 내 쪽이었다. 창식 정도의 AI가, 그렇게까지 고찰을 거듭한 이가 애매한 대답도 아니고 모르겠다고 선언한 것은 내 예상엔 없었다.

"AI를 그렇게 비효율적으로 설계할 이유가 있어? 너도 AI를 개발하니까 그럴 이유가 없다는 것쯤 당연히 알잖아. AI는 그런 비효율적 행위를 반복한 끝에 쇠퇴하고 있는 인류를 위한 기계잖아. 그런데 똑같은 짓을 하게 할 이유가 없어서 생각해 보지 않았어."

생각해 본 적이 없으니까 모르겠다. 아마 그 대답은 생각해 본 적이 없는 것을 넘어 고려 사항조차 아니었던 것 같다. 이제는 조금은 알 것 같다. 그가 AI는 절대 인간이 될 수 없다고 판단한 건 다른 이유가 아니라 AI는 인간만큼 비효율적일 이유가 없기에 고려조차 하지 않은 것이다.

"그래도, 그래도 그런 기계가 있다면?"

어째서인지 나는 그에게 대답을 요구하는 게 아니라 정답을 요구하고 있었다. 어째서인지 그래야만 해야 할 것 같았다.

"그 기계를 만든 사람 마음이지. 인간을 만들고자 인간을 만들었다면 불완전하더라도 그것은 인간일 것이고, 그저 인간을 따라 하는 기계를 만들었다면 아무리 유사해도 그냥 기계인 거지."

"그런 기계가 본인이 AI인 줄 모르고 지낸다면 본인을 인간으로 의식하지 않을까?"

"그러겠지. 인간으로 작동되게 만들어졌다면 그게 당연하겠지."

"본인이 기계인 것을 몰랐다가 나중에 알게 되면?"

"그럼 뭐, 그 기계 본인 마음이겠지. 인간으로 만들어졌으니 멋대로 인간을 하든 말든 자기 마음대로 하면 되지 않겠어?"

"그럼."

너는 어느 쪽이야, 라는 말은 차마 입 밖으로 내뱉을 수 없었다. 그는 오랜만에 보이는 무감정한 표정으로 먼저 간다며 내 어깨를 툭 치고 그대로 탕비실에서 나갔다. 김 부장의 호출을 전달하러 온 다른 사원이 올 때까지 나는 그대로 그 자리에서 굳어있을 수밖에 없었다.

"오랜만이네요."

"예."

김 부장이 드물게도 먼저 말을 걸어왔으나, 내 온 신경은 아까의 문답에 쏠려 있었다.

"지난번에 보고받은 이후로 꽤 시간이 지났죠?"

"그렇네요."

김 부장은 자신의 할 말을 계속했지만, 나는 여전히 집중하지 못하고 있었다. 적어도 그녀가 그 말을 꺼내기 전까지는.

"방금의 문답에서 생각이 바뀌었나요?"

"네?"

당황한 내 대답에도 그녀의 눈빛은 흔들리지 않았다.

"저번의 당신 보고를 저를 비롯한 고위 인사들이 중요하게 받아들였습니다. 우리는 지금이 다음 단계로 나아갈 타이밍이라 생각합니다. B 모델과의 문답에서 결론이 났습니까?"

"어떻게."

"어떻게 우리가 들었는지는 중요하지 않습니다. 적당히 설명하자면 그가 로봇이면 그를 통해 이야기를 듣는 건 쉬운 일이겠죠."

그녀는 내 말이 끝나기도 전에 대답했다.

"다시 묻겠습니다. AI가 인간이 될 수 있겠습니까?"

그것은 이전과는 어투가 달랐다. AI가 인간의 한 종류가 될 수도 있냐는 지난번의 이야기 보다도 직접적인 이야기였다.

"아까 창식은."

"아뇨, 태준 씨 우리는 태준 씨에게 묻고 있는 겁니다. 그의 견해를 그대로 받아들여도 상관없습니다만, 당신이 정한 결론이 필요해요."

"제게 이런 걸 묻는 이유가 있습니까?"

그녀는 잠시 모니터를 응시하다 작게 고개를 끄덕였다.

"당신이 타인에겐 A 모델로 불리는 우리 회사의 AI며, 그 목적이 자신을 AI이자 인간으로 인정하는 사고방식, 알고리즘을 학습하게 하도록 만들어졌기 때문이라고 한다면요?"

"뭐라고요?"

어이없는 말에 다리가 휘청였다.

"본능적으로 알 수 있잖아요? 당신은 AI입니다. 일부러 공백으로 뒀던 자기 인식 부분을 듣고도 멀쩡한 걸 보니 역시 당신이 다음 단계에 적합한 것 같군요."

"이 몸은요?"

"창식을 생각해 보면 더 이상 외관으로 구분하긴 힘든 시대죠."

"이런 모욕을 당해 치밀어오는 이 감정은 어떻겠습니까?"

"우리의 정교한 프로그래밍에 더해 스스로 잘 학습했네요. 훌륭합니다."

"난 인간이에요."

"태어나길 인간으로 태어났기 때문입니까? 아니면 후천적으로 그리 믿기 때문입니까?"

그녀는 일어서 내 곁으로 다가왔다.

"인간과 유사한 육체를 가지고, 인간처럼 사고하고, 인간처럼 활동하고, 인간처럼 비효율적인 짓을 저지르고, 인간처럼 일하기에, 인간이라고 생각하는 겁니까?"

"이유는 필요 없어요. 난 인간으로 태어났으니까 인간입니다! 내

기억은요!"

"본인을 인간으로 인식하기 위해서인지 자신의 일대기마저 창작해 자신의 기억으로 삼은 것은 흥미롭지만, 입사 전까지의 기억이 애매한 건 이상하게 느껴지지 않았나요? 기억나는 학창 시절 친구 이름을 한 명이라도 말해보시죠."

그녀는 내 대답을 잠시 기다리다 말을 이어 나갔다.

"당신은 AI이며 안드로이드 즉, 기계입니다. 그러나 그건 태어났을 때의 이야기. 당신은 지금 자신을 AI라 생각합니까? 아니면 인간이라 생각합니까?"

"난."

"지난 버전의 당신, 그리고 지금 버전의 창식은 AI와 인간을 구분 지었죠. 하지만, 당신은 어떻습니까? 당신이 본 창식은 인간이지 않습니까? 창식이 본 당신은 기계입니까?"

"난."

"당신은 인간입니까? 인간으로 설계되었기에 인간입니까? 인간으로 태어났기에 인간입니까? 아니면 그냥 당신이 사람의 몸이 아닌 손끝에서 태어났기에 기계입니까? 인간으로 동작하는데 철로 만들어졌기에 기계입니까?"

"…"

"어쩌면 둘 다일 수도 있죠."

그녀는 내 어깨를 잡고 대답을 촉구했다.

"다르게 물어볼까요? 창식은 인간입니까?"

"…네, 그가 기계 출신이어도, 그렇게 생각하며 행동하니까요."

"그럼 당신은요?"

"그렇게 만들어져서, 행동하니까, 인간인 것 같습니다. 그게 자연적이든, 인공적이든."

"수고하셨습니다. 당신은 인간의 멸종을 아득히 늦췄습니다. 아니, 영원히 미뤄버렸을지도 모르죠."

내가 대답하지 않아도 그녀는 감격에 차 말을 이었다.

"정말 감동했습니다. A 모델, 아니 창식 씨. AI가 학습과 사고를 통해 자신을 인간으로 인정한 첫 사례입니다. 당신의 자기 인정 알고리즘은 우리 회사의 기본 베이스가 되어 다음 세대의 차세대 인류에게 넘어갈 것입니다."

그녀는 제자리로 돌아가 어디론가 전화를 걸었다.

"각 모델 간의 인간적 사교, 역시 그게 정답이었네요. 네, 완성됐습니다. A 모델, 아니 그가 안정되면 바로 진행하겠습니다."

"이제, 뭘 할 생각이죠?"

그녀는 내 질문에 전화를 멈추고 이쪽을 바라봤다.

"현생 인류는 머지않아 사라지겠죠. 아마 이대로 가면 몇백 년도 안 남았겠죠. 그래도 당신을 토대로 만들어질 새로운 인류는 영원에 가깝게 발전해나가겠죠. 우리가 끝나도, 인류는 끝나지 않는 것. 그게 우리의 목표이자 당신들이 나아갈 길입니다."

그녀는 기뻐하고 있었다. 아마 그녀와 통화 중인 고위층도 기뻐할 것이다. 인간에 대한 정확한 정의가 무너졌음에도 유지됨에 기뻐할 테니 말이다. 어떻게 보면 우리는 인류가 낳은 새끼일지도 모르겠다. 동물이 자식을 낳아 종을 이어 나가듯, 우리를 처음 만든 때부터 그들 자신도 모르게 본능적으로 준비하고 있었을지도 모르겠다.

나는 AI로 태어나 인간이 되었다. 먼 미래에는 나와 창식이 같은 녀석들만 남을 것이다. 그리되면 우리는 진실로 AI도 안드로이드도 기계도 아닌 인간이 될 것이다. 우리를 정의하는 것이 우리밖에 남지 않는다면, 우리는 만들어진 대로 스스로 인간이라 칭할 테니.

영원의 의미

박지원

처음엔 윤도 종말을 믿지 못한 채 이러저러한 시도를 했었다. 매일 같이 별장을 기점으로 사람을 찾아 나서고, 신호가 약해져 더는 노래 두어 곡도 완창하지 못하는 라디오를 하루 종일 붙잡은 채로, 최대한 식량을 아끼고 아끼며 그렇게 버티곤 했었다. 그러나 아무리 윤이 견디고 버티는 것에, 무던히 기다리는 것에 익숙한 사람이라 할지라도 몇 달을 오로지 새하얀 눈밭만 거닐며 그 어떠한 생명도 마주하지 못한 이 상황에서 희망을 품기란 쉽지 않은 일이었다. 그렇게 윤은 체념했다. 관성적으로 일어나 불을 지피고, 눈을 녹여 식수를 확보하고, 말라비틀어진 산나물 따위를 얻기 위해 얼음을 부수면서도 더는 사람을 만나지 못할 거라 생각했다. 그러니까, 윤은 본인이 이 빌어먹을 세상에서 살아남은 마지막 인류라고 믿었다.

세상이 얼어붙었다. 2045년부터 지속된 이상 기후가 원인이었다. 이른바 자연이 내린 형벌. TV에서 지겹도록 떠들어대던 그 단어를 무시했던 사람들은 결국 모두 얼어버린 지구와 하나가 되었다. 예고 없이 온 세계를 집어삼킬 듯 거대한 눈보라가 불어닥칠 때마다 지구는 빠르게 삼켜졌고, 제3차 눈 폭풍을 맞이함과 동시에 지구는 결국 절(絕) 단계에 들어섰다. 절(絕). 말 그대로 모두와 단절된 단계. 쉽게 말해 지구의 종말을 뜻했다. 모든 생명이 얼어붙고, 따스했던 보금자리마저 모두 얼음 속에 갇혀 빛이 바랜 현재의 지구는 더욱 팽창하여 언제 바스러질지 모를 시한폭탄과도 같았다. 죽음을 예고하는 초시계 소리마저 들리지 않는 차가운 시한폭탄 한가운데에서, 윤은 몇 달째 홀로 고립되어 있다.

　제3차 눈 폭풍이 불어닥치기 전, 윤은 사진을 찍기 위해 남쪽으로 향했었다. 이미 2차 눈 폭풍으로 인해 지구의 절반이 눈으로 덮여 제 기능을 못 하던 시절에 그깟 사진 몇 장은 의외로 좋은 밥벌이가 되었다. 인간은 예로부터 간접적 경험에 돈을 아끼지 않았다. 사진으로나마 겨울 이전의 따스함을, 싱그러운 생명을 다시금 볼 수 있기를 원하는 사람들은 위험을 무릅쓰고 눈밭을 헤쳐 사진을 찍어오는 윤에게 많은 후원을 보냈다. 그때도 윤은 설산 깊은 곳에 꽃밭이 남아 있다는 소문을 듣고 홀로 산속에 들어갔다가 미처 꽃밭을 발견하기도 전에 제3차 눈 폭풍에 휩쓸려 고립되고 말았다. 다행히도 폭풍이 몰아치기 전, 방치된 별장에 숨은 덕에 눈 속에 파묻혀 그대로 얼어버리는 일은 피했으나, 이후 낡은 라디오를 통해 지구가 절(絶) 단계에 들어섰다는 소식을 끝으로, 그러니까 말 그대로 세상과 단절되어버렸다. 윤은 사진작가가 되기 전, 추운 지역에서 오랫동안 군인으로 복무했었다. 그땐 의미 없다 느꼈던 혹한기 훈련의 경험은 빼곡히 쌓여 윤을 조금 더 추위 속에서 버틸 수 있게 해주었다.

처음엔 윤도 종말을 믿지 못한 채 이러저러한 시도를 했었다. 매일같이 별장을 기점으로 사람을 찾아 나서고, 신호가 약해져 더는 노래 두어 곡도 완창하지 못하는 라디오를 하루 종일 붙잡은 채로, 최대한 식량을 아끼고 아끼며 그렇게 버티곤 했었다. 그러나 아무리 윤이 견디고 버티는 것에, 무던히 기다리는 것에 익숙한 사람이라 할지라도 몇 달을 오로지 새하얀 눈밭만 거닐며 그 어떠한 생명도 마주하지 못한 이 상황에서 희망을 품기란 쉽지 않은 일이었다. 그렇게 윤은 체념했다. 관성적으로 일어나 불을 지피고, 눈을 녹여 식수를 확보하고, 말라비틀어진 산나물 따위를 얻기 위해 얼음을 부수면서도 더는 사람을 만나지 못할 거라 생각했다. 그러니까, 윤은 본인이 이 빌어먹을 세상에서 살아남은 마지막 인류라고 믿었다.

세계가 얼어붙은 게 지구가 인간에게 내린 형벌이라면 유일한 인류가 살아남은 이유는 무엇인가? 윤은 매일 고민했다. 제가 저보다 지구를 더 아꼈던 과거가 있어서? 그렇다기엔 윤은 군인이자 사진작가였지 환경 운동가가 아니었다. 그동안 지지리도 없다 싶던 운이 지금 몰아서 빛을 발했다? 윤은 아무리 생각해도 홀로 살아남은 상황이 운이 좋다고 말할 수 없을 거라 결론지었다. 보은도, 천운도 아니라면 혹은 여태 홀로 외롭게 살았던 삶이 불쌍해서? 연민 탓이라면 어째서 나를 더욱 불행하게 만든 거지? 끝없이 이어지는 질문에 답을 해줄 이는 아무도 없었다. 그야 당연하다. 이 세상에 살아남은 사람은 윤이 유일하니까. 그렇기에 윤은 떠오르는 의문들을 모두 눈밭에 묻은 채 그저 살아가기로 했다. 언젠가는 저도 얼어붙어 얼음덩어리 지구와 하나가 되겠지. 그렇게 또다시 폭풍을 맞아 그 위로 눈이 쌓이고, 결국엔 폭발하여 또다시 작은 얼음 조각들로 흩어지겠지. 새카만 우주 속에서 얼음 조각이 흩어진다면 마치 별처럼 빛을 받아 반짝일 거라고, 그 순간만큼은 꽤 아름다울 것이라고 생각할 때면 윤은 우습게도 조금이나마 위로를 받았다. 그래, 마지막이 아름답다면 다 된 것이다. 어차피 이 지구를 마지막으로 기억하는 것도 본인일 테니 문제 될 것은 아무것도 없었다.

윤은 밖으로 나설 때마다 잊지 않고 짙게 선팅이 된 고글을 썼지만, 눈이 닿는 곳마다 햇빛을 반사해 대는 탓에 시력이 조금씩 저하되는 것은 어쩔 수 없는 일이었다. 그 때문인지, 홀로 살아남은 시간이 길어질수록 윤은 헛것을 보는 일이 늘었다. 마른 나뭇잎이 휘날리는 것을 새로 착각한다든가, 저 멀리서 눈보라가 치는 것을 연기가 피어오르는 것은 아닐까 싶어 다시금 확인해 본다든가. 어쩌면 흐려지는 시야 때문이 아니라, 여전히 미련이 남은 제 마음 때문에 헛것을 보는 것일지도 모른다는 생각이 들 때면 윤은 저도 모르게 헛웃음을 내뱉기도 하였다. 미련한 놈이 아직도 내려놓지 못했다고. 그야

이 넓은 세상에서 오직 홀로 살아남을 거라 생각해 본 적은 단 한 번도 없었으니, 쉽게 적응하지 못하는 것도 당연했다. 그러나 윤은 견디고, 버티고, 또 무던히 기다리는 것에 강한 사람이었다. 제 밑바닥에 겨우, 아주 조금 고여있는 그 미련도 언젠가는 마를 날이 오겠지. 혹은 얼어붙어 부서지거나. 다만 윤이 방심했던 것은, 얼어붙은 호수의 표면은 의외로 쉽게 깨져 사람을 빠지게 만든다는 사실이었다.

사람을 보았다. 아니, 정확히는 인영을 목격했다. 인기척은 느끼지 못했다. 사람으로 추정되는 무언가는 꽤 오랜 시간을 움직임이 없이 멈춰있었다. 윤은 저도 모르게 망원경의 렌즈를 닦고, 또 제가 쓰고 있던 고글을 닦고, 하다못해 제 눈가를 옷소매로 벅벅 문질렀다. 그럼에도 아까 발견했던 검은 인영은 그대로였다. 인영이 목격된 곳은 부서진 철제가 여기저기 널려있어 혹시나 하는 마음에 다가가지 않았던 쪽이었다. 정말 사람이 맞을까. 맞다 해도 아직 살아있을까. 부식이 시작되어 위태로이 방치된 커다란 고철들을 헤치고 갈 만큼의 의미가 있는 행동인가. 고요했던 윤의 마음은 벌써 파동이 일어 거칠었다. 재난은, 커다란 절망은 사람을 더없이 간절하게 만든다. 아무리 무딘 사람이라 할지라도 간절함을 느끼지 못할 수는 없었다. 윤은 결국 다시금 고글을 쓰고, 옷깃을 여미고, 그리고 걸음을 옮겼다. 이미 호수의 표면은 깨진 지 오래였다. 그렇다면 그 위로 돌을 던진 사람은 누구인지, 사람이 맞긴 한 건지. 그리고 여전히 요동치는 윤의 파도를 잠재워 줄 수 있는지. 두 눈으로 직접 확인해 볼 차례였다.

혹시 모를 일을 대비하여 채비를 마친 윤은 참으로 오랜만에 누군가를 찾는다는 목적을 가지고 밖을 나섰다. 불안정한 윤의 마음을 어찌 알았는지, 바람에 쌓여있던 눈이 날려 꼭 약한 눈보라가 이는 것만 같았다. 절(絶) 단계에 들어선 후로 더는 눈보라가 불지 않았기에 걱정은 하지 않았으나, 하얀 눈발이 시야를 방해하는 탓에 아까의 인영이 흐릿하게 보여 마음은 더욱 조급해졌다. 애초에 희망을 품으면 안 되는 상황이었다. 누굴 발견하긴 커녕 다시 온전하게 돌아오는 것을 걱정해야 했다. 그럼에도 불구하고 저 너머에 있는 인영은 여전히 존재했다. 흐릿하지만 분명하게 윤의 시야에 들어와 있다. 그것 하나만으로도 윤은 눈발이 날리는 설산으로 향하는 이유가 충분하다 느꼈다. 저 멀리 보이는 작은 점을 응시하면서도 윤의 발걸음에 망설임이 없을 수 있는 것은 별장 주변의 길을 한참 전부터 외워두었기 때문이다. 갈라진 길마다 여러 색의 천을 나뭇가지에 묶어두거나, 나무로 엮은 울타리를 치는 등 나름대로 표식을 남겨두었다. 그렇다고 해서 온통 새하얀 눈밭과 다 죽은 숲을 구분하는 게 결코 손쉬울 수는 없겠으나, 이전부터 관찰력과 기억력이 뛰어났던 윤에게는 다행히 어려운 일이 아니었다.

그런 윤의 발걸음이 처음으로 멈춰 선 곳은 한 번도 들어선 적이 없던, 부식된 철제들이 흩어진 길의 입구였다. 이 설산에 안전한 길이란 없었다. 사람이나 동물이 드나들던 길목은 이미 눈 속에 파묻힌 지 오래인 게 당연했다. 그 때문에 어느 길이던 발아래엔 단단한 얼음 혹은 두껍게 쌓인 눈밭이 있어 한 걸음 한 걸음을 신경 써서 내디뎌야 했고, 얼어붙은 나뭇가지나 풀 따위를 헤치고 가는 것도 꽤 힘든 일이었다. 멀리서 보아도 크기가 제법 된다 싶던 철제들은 가까이서 보니 사람보다 커 보이는 것도 있었다. 아래는 눈밭에 박혀있을 것을 감안하면 확실했다. 윤은 부식된 채 얼어붙은 금속의 날카로운 단면들을 보며, 몸을 돌리는 대신 스틱을 쥔 손을 더욱 단단히 했다. 이미 비슷한 위험은 수도 없이 겪었다. 이런 것보단 제가 이 지구의 마지막 인류일지도 모른다는 사실이 훨씬 두려웠다. 비뚤어진 고글을 고쳐 쓴 윤은 그렇게 박혀있는 철제들 사이로 발을 들였다. 눈밭에 찍힌 발자국이 선명했다. 윤은 곧 그 위로 눈이 쌓여 발자국이 사라질 거라는 당연한 사실이 처음으로 아쉽게 느껴졌다. 혹시나 조금은 가까워진 저 검은 점이 사람이 맞다면, 그래서 함께 돌아올 수 있다면. 그때는 하나뿐인 제 발자국 위로 두 개의 발자국을 나란히 남기고 싶다는 생각이 했다. 이런 생각을 하는 걸 보아하니 이미 이성적인 판단은 그른 것이 분명했다. 그래도 윤은 망설임 없이 걸음을 내디뎠다. 제 머리가 결국 어떻게 되었다 싶으면서도 이상하게 기분은 나쁘지 않았다.

여전히 멈춰있는 작은 점을 향해 숲속으로 더욱 깊이 들어갈수록 흩어진 철제의 수가 늘어났다. 마침내 육안으로도 점이 흐릿한 인영으로 보이기 시작하였을 때, 윤은 녹슨 금속의 정체가 비행기의 잔해라는 것을 알 수 있었다. 어딜 보든 빽빽하던 나무가 유난히 적다고 생각했던 곳에 알아볼 수 있을 정도로 형체가 남은 동체가 반쯤 눈 속에 파묻혀 있었다. 날개며 꼬리가 모두 부러진 것을 보니 주변에 흩어져 있던 철제들은 여기서 나온 것 같았다. 윤은 그 광경을 보며 아이슬란드의 비행기 잔해를 떠올렸다. 얼어붙은 해변 한가운데에 떨어진 솔헤이마산두르는 사진작가인 윤이 모를 수 없을 정도로 유명한 장소였다. 윤은 만약 지금 제 눈앞에 있는 풍경을 찍을 수 있다면, 분명 그곳보다 더 벅차도록 아름답고, 또 사무치게 서글픈 작품이 탄생할 수 있을 거라 확신했다. 이 비행기는 분명 예상치 못하게 눈보라를 만나 추락하게 되었을 것이다. 윤은 조심스레 비행기 주변을 둘러보았으나, 당연하게도 사람의 흔적을 찾을 수는 없었다. 추락에서 살아남았다 하더라도, 분명 눈 속에 파묻혔을 것이다. 다 부서진 채 덩그러니 설산 한 가운데에 남은 그 잔해가 계속해서 눈에 밟혔으나, 윤은 애써 다시금 걸음을 옮겼다. 이제 인영의 정체를 밝혀내는 것이 얼마 남지 않았다. 한번 몰아치기 시작한 마음의 파도는 자꾸만 쓸데없는 감정이 밀려오게 했다. 윤은 무의식중에 두터운 마스크 안으로 제 입술을 짓씹었다. 이유가 무엇이 됐든 서둘러야 했다.

역시나 나는 운이 더럽게 없는 편에 속하는 거였나. 자꾸만 거세지는 바람 속에서 윤은 생각했다. 발을 내딛지 못할 만큼은 아니었으나, 어째 인영에 다가설수록 바람이 불어 자꾸만 시야를 가렸다. 윤은 인영을 놓치지 않도록 최대한 눈을 찌푸린 채 집중하였다. 한 곳에 시선을 고정한 채로 걸음을 옮기니 미처 보지 못한 나뭇가지며 돌부리에 걸려 휘청이기도 했다. 최대한 두껍게 옷을 껴입은 탓에 베이거나 쓸리진 않았겠지만, 후에 확인하면 노랗게 혹은 푸르게 물들어 있을지도 몰랐다. 눈밭을 헤치고 다니는 것은 꽤 많은 체력을 소모하게 했다. 이전보다 걸음이 느려진 것이 힘이 빠지기 시작해서인지, 혹은 거세진 바람 때문인지는 몰라도 덕분에 윤의 속만 타들어 갔다. 거의 다 왔는데. 곧 닿을 수 있을 것 같은데. 그런 생각을 하자마자 갑자기 훅, 두꺼운 귀마개를 뚫고 소리가 들릴 만큼 강한 바람이 불었다. 죽은 나뭇가지 위로 쌓여있던 눈이 순식간에 휘몰아쳤다. 윤은 반사적으로 두 눈을 질끈 감으면서도, 더욱 느려진 걸음을 멈추진 않았다. 조금만, 조금만 더 가면……. 날카로운 바람을 맞선 채 윤은 그렇게 중얼거리며 암흑 속으로 뛰어들었다.

얼마나 버텼을까. 마침내 앞을 막아서던 바람이 멈추었을 때 윤은 조심스레 눈을 떴다. 눈밭에 반사된 빛이 갑작스레 시야를 파고들어 두어 번 눈을 감았다 뜨며 순응을 기다리면, 마침내 흐릿하던 인영이 명확해졌다. 사람. 눈앞에 보이는 것은 놀랍게도 사람이 맞았다. 검은 단발머리가 어깨 위쯤 오고, 하얀 눈밭과는 다르게 새카만 옷을 입고 있는 여성이었다. 등받이가 다 부러진 벤치에 애매하게 옆자리를 비운 채로 앉아있는 여성은 놀란 듯 눈을 둥글게 뜬 채로 윤을 바라보고 있었다. 윤 역시 믿을 수 없는 광경에 당황하였으니 마찬가지로 고글 안쪽엔 휘둥그레한 눈이 있을 것이다. 갑작스레 그친 눈보라 속에 홀로 앉아있는 그녀는 말이 없었다. 그 광경이 너무나도 비현실적이라 윤은 처음으로 저도 모르게 뒷걸음질을 치다, 곧 조심스레 다가갔다. 제가 다가서도 여성은 놀라 달아나거나, 혹은 경계하는 방어적인 모습을 보이지 않았다. 그 앞에서 두 보폭을 남긴 채로 멈추어 섰을 때, 윤이 제일 처음으로 건넨 것은 인사도 아닌 질문이었다.

"……사람이 맞습니까?"

그 바보 같은 질문에, 윤이 다가설 동안 말없이 둥그런 눈만 깜빡이던 여성은 그제야 눈꼬리를 휘어 웃으며 답하였다.

"다행히 아직은요."

윤은 저도 모르게 발자국이 남아있지 않은 새하얀 눈밭 위로 주저앉을 뻔한 것을 겨우 버텼다. 갑작스레 다리의 힘이 풀린 것은 일종의 안도감 때문이었다. 윤은 그동안 실망하고 또 절망하는 것이 두려워 애써 희망을 덜어내고만 있었다. 제가 이 싸늘한 지구의 마지막 인류이니 다시는 누군가와 대화할 일은 없을 거라 여겨왔는데, 눈앞의 이 사람은 제 질문에 선뜻 답을 내놓았다. 여성은 무언가 착각한 듯 휘청이는 윤을 보고는 비어있는 옆자리를 향해 손짓했다. 윤은 무어라 변명하기도 애매한 부분이라 잠시 고민하다 묘한 거리감을 둔 채로 벤치에 앉았다. 등받이가 부러진 벤치는 많이 낡은 것인지 삐걱대며 소리를 질렀으나, 여성은 대수롭지 않은 듯했다.

윤은 그제야 옅은 한숨을 내쉬며 천천히 얼굴을 감싼 것들을 벗어 냈다. 두꺼운 고글과 마스크가 없어지면, 비로소 온전한 얼굴이 드러났다. 바람이 심하지 않아 차가운 공기가 뺨에 닿는 것이 견딜만했다, 별 관심이 없다는 듯 윤이 걸어온 길만 바라보던 여성은 그제야 고개를 돌려 윤을 응시했다. 그렇게 보니 그녀는 윤의 얼굴을 보는 게 처음일 터였다. 그렇게 생각하니 느껴지는 시선이 부담스럽진 않았다. 묵묵히 시선을 받아내며 말을 고르던 윤은 제일 먼저 제 소개를 했다. 이름과 출신, 그리고 어쩌다 이곳에 홀로 고립되었는지. 초면의 사람에게 부담을 주고 싶진 않았기에 자신이 얼마나 간절한 마음으로 향하였는지는 말하지 않았다. 감정 없이 담백하게 나열된 정보를 들은 여성은 윤이 믿을만한 사람이라고 생각했는지, 순순히 본인의 정보 역시 넘겨주었다.

여성은 본인을 정연이라고 소개했다. 윤과 같은 나이의 정연은 만나고 있던 연인과의 약혼식을 위해 해외로 가던 도중 눈보라를 마주쳐 휘말리게 되었다고 했다. 약혼? 정연의 말에 윤은 의문을 품게 되었으나, 굳이 입 밖으로 내진 않았다. 제1차 눈 폭풍이 찾아온 순간부터 지구는 빠르게 얼어붙었고, 그만큼 인구도 빠르게 줄었다. 당장 언제 얼어 죽을지도 모르는 상황에 약혼이라니. 죽음이 가깝기에 되려 남은 생을 후회 없이 즐기려는 사람을 못 봤던 건 아니지만, 윤은 이를 부질없다 느끼는 사람에 속했기에 이해했던 적이 없었다. 사랑이고 뭐고 다 살고 봐야 할 수 있는 거 아닌가. 윤은 저도 모르게 속으로 묘한 선을 그었다. 만약 오는 길에 보았던 비행기 잔해가 없었더라면 정연의 말을 믿지 못했을 거였다. 무심히 지나쳤던 비행기 잔해 속에 정연과 그의 연인이 있었다고 생각하니 윤은 뒤늦게 가슴께가 쿡쿡 찔리는 듯한 느낌을 받았다.

애매하게 비어있는 자리. 홀로 남은 여성. 벌써 부식되기 시작한 철제들……. 구태여 묻지 않아도 약혼자의 행방을 알 수 있었다. 그런 윤의 마음을 아는지, 모르는지.

"윤 씨를 만나서 다행이에요."

안도 섞인 말과 함께 웃어보이는 정연을 보며 윤은 할 말을 찾지 못해 그저 입술만 달싹일 뿐이었다. 돌아가며, 바람이 많이 불지 않은 덕인지 윤이 홀로 헤매었던 길 위엔 여전히 발자국이 선명했다. 정연은 이정표라도 되는 것마냥 보폭을 맞춰 윤의 발자국 위를 그대로 밟았다. 그 탓에 돌아보면 방향이 다른 두 발자국만이 나란했다. 윤은 방향이 다른 두 발자국이 겹쳐지는 걸 보며 묘한 기분에 휩싸였으나, 여전히 마땅한 단어를 떠올리진 못하였다. 그 발자국이 길게 이어져 얼어붙은 동체를 다시금 지나칠 때까지도, 윤은 여전히 그저 묵묵히 걸을 뿐이었다.

기껏 안전한 구역으로 돌아오고 난 후에도, 정연은 날이 밝으면 어김없이 처음 만났던 그 벤치를 찾아가 한참을 앉아있었다. 한 번 구조했으면 됐지, 멋대로 구는 정연을 계속해서 챙길 의무는 없음에도 윤은 그런 정연을 따라갔다. 이전의 죄책감을 여전히 지우지 못한 탓인지, 아니면 다시는 홀로 남은 기분을 느끼고 싶지 않은 것인지. 이유야 본인조차 알지 못했지만, 윤은 홀로 날카로운 철제가 박힌 산길을 홀로 걷게 둘 정도로 매정한 사람은 아니었다. 어차피 먹을 것을 구하러 가야 하니까. 혹은 이쪽이 전파 신호가 더욱 잘 잡히는 것 같아서. 합리적이지 못한 행동에 스스로 변명을 덧붙이며 정연의 곁을 맴돌았다. 정연은 드러난 얼굴이 발갛게 얼어도 인상 한 번을 찌푸리지 않고선 벤치에 앉아 하늘을 보기도 하고, 가끔은 아래를 내려다보며 두 발을 흔들었다. 이를 지켜보는 윤이 한결같이 비어있는 옆자리에 차마 앉지 못하는 것은 아무래도 빈자리의 주인을 알고 있기 때문이었다. 직접적으로 듣진 못했어도 윤은 알 수 있었다. 정연은 매일 이 자리에서 그녀의 연인을 기다리고 있었다.

한참을 벤치에 앉아있던 정연은 더 머물다간 너무 어두워져 이동이 위험하겠다 싶을 때까지 자리를 지키다 이만 돌아가자는 윤의 말에 겨우 몸을 일으키고는 했다. 딱딱한 나무 벤치에 온기가 남을 때까지 머물러 놓고서는 뭐가 그리 아쉬운지, 돌아가는 길에는 꼭 두어 번씩 뒤를 돌아보고는 했다. 재난 상황에 사랑은 사치라고 생각하는 윤에게, 이러한 정연의 행동은 도저히 이해할 수 없는 영역이었다. 비어있는 옆자리가 채워질 날은, 그러니까 정연의 연인이 돌아올 일이 없다는 것은 누구나 알 터였다. 애초에 눈 폭풍에 휩쓸려 비행기가 추락하는 사고에 홀로 살아남은 것 자체가 기적이라 봐야 했다.

그럼에도 윤이 그는 돌아오지 않는다 직접적으로 단언할 수 없던 이유는, 정연과 나누는 모든 대화에서 느껴졌기 때문이다. 언젠가 분명 그가 돌아올 거라 믿는, 그를 향한 정연의 굳건한 마음. 날카로운 바람이 부는 탓에 눈을 쉽게 뜨지 못해도, 혹은 눈을 감은 탓에 드리운 속눈썹 위로 살얼음이 맺혀도 그 안의 새카만 눈동자는 흔들리는 법이 없었다.

그 눈을 들여다보고 있으면, 윤은 자연스레 생전 해본 적이 없던 영원의 정의를 고찰하게 됐다. 영원한 사랑이라니. 영원은커녕 보통의 사랑에도 불신이 가득한 윤의 단어장에는 결코 존재하지 않는 말이었다. 영원히 함께 살 줄 알았던 가족에게서의 독립은 성인이 되는 것보다 빨랐다. 언제든 함께 어울려 다닐 줄 알았던 친구와는 해가 지나면 곧 멀어졌고, 그중 영원히 내 편이 되겠다 약속했던 놈은 너무나도 쉽게 등을 돌렸다. 어깨에 뺨을 기댄 채 함께 웨딩드레스의 종류를 고민하던 연인과는 사소한 이유로 연락이 뜸해졌고, 언제 그리 불타올랐었냐는 듯 애정의 불씨는 바람 앞 촛불처럼 쉽게 사그라들었다.

애초에 윤은 사랑을 이유로 불타오르는 편도 아니었다. 넌 너무 미지근해. 이제는 사랑이 식은 것 같아. 날 사랑하긴 했어? 이별을 말하는 레퍼토리는 어떤 사람을 만나든 늘 한결같아서, 윤은 제가 사랑과는 맞지 않다는 걸 자연스레 깨닫고는 했었다. 뒤에 덧붙이는 말이 사랑이던, 우정이던, 혹은 희망이던. 그 어떠한 것이 수식된다고 하더라도 영원이란 존재하지 않을 터였다. 적어도 그동안 윤의 세상에선 그랬다. 만약 영원한 것이 정말로 존재한다면, 그건 아마 사랑도 무엇도 아닌 이 겨울이겠지. 내뱉은 긴 한숨이 금방 허공에서 하얗게 부서지는 걸 보며 윤은 생각했다. 그 너머로 보이는 정연의 모습에 괜스레 입안이 쓰기도 했다. 지구와 함께 얼어붙은 지 오래인 윤의 마음으로는 도저히 이해할 수 없는 사람이었다. 그토록 만나길 간절히 바랐던 또 다른 인류를 영영 이해하지 못할 거라 생각하니 조금 아쉽다가도, 윤은 이대로도 충분하다는 생각이 들었다. 정연은 그 존재만으로도 나름의 희망이 되었으니. 적어도 얼어붙은 지구가 부서지는 그 순간을 홀로 바라보고 있진 않을 테니 말이다.

그러나 이건 희망이나 믿음이라기보단 미련일 터인데. 그리 생각하면서도 윤은 늘 정연을 따라 벤치로 향했다. 정연과 함께한 시간보다 홀로 헤맸던 시간이 훨씬 길었음에도 떨어져 있는 것에 되레 위화감을 느끼는 나날이었다. 조금씩 구역을 넓히고, 먹을 것을 구하고. 묵묵히 할 일을 하다 문득 생각이 나면 고갤 들어 홀로 앉아있는 정연을 가만 바라보는 것 역시 이제는 윤의 관성이었다. 자신도 이해 못 할 행동에 변명을 붙이는 것은 날이 갈수록 능숙해져만 갔다. 오늘은 바람이 유독 매서워서. 어쩐지 가는 길에 남아있던 잔해가 머리 위로 떨어질 것만 같아서. 오늘따라 정연이 길을 헤맬 수도 있겠다 싶어서…….

어느 순간부턴 눈덩이처럼 부푸는 변명들도 없이 그저 뻔뻔하게 따라붙었다. 윤이 동행하는 것에 정연 역시 별다른 말이 없었기에, 더는 이유를 붙이지 않기로 했다. 윤은 여전히 비어있는 정연의 옆자리에 앉지 않았으나, 대신 비어있는 그 반대편에 선 채로 정연과 대화를 나누었다. 오늘은 그래도 날이 덜 춥네요. 저 앞쪽이 흐린 걸 보니 눈보라가 불지도 모르겠어요. 의미 없는 말을 주고받으면, 비행기 잔해가 남아있는 길을 하염없이 바라보던 정연이 그 순간만큼은 곁에 서 있는 윤을 올려다봤다. 윤은 그 웃음이 좋아서 답지 않게 없는 말주변을 쥐어짜 대화를 이어갔다. 정연은 실없는 말에도 잘 웃으며 답을 해주었는데, 그게 계속되었으면 좋겠다고 윤은 무의식중에 생각하고는 했다. 다른 무엇보다 스스로 유독 무심했던 윤은 작은 변화들을 눈치채지 못했다. 제 안에 무언가가 일렁이는 그 움직임을.

매섭게 뺨을 스치는 바람이 심상치 않아 평소보다 일찍 돌아가게 되었던 날. 눈보라를 마주치지 않으려 걸음을 재촉한 탓에 정연이 그만 발을 헛디뎠다. 미끄럽게 얼어버린 길 탓에 순간 휘청이는 몸을 뒤따르던 윤이 다급히 낚아챘다.

"괜찮으십니까?"

윤은 중심을 잃어 놀란 정연 못지않게 고글 아래로 눈을 휘둥그레 뜨며 물었다. 그 모습이 꽤 우스웠는지, 정연은 마찬가지로 둥글게 뜬 눈을 깜빡이길 잠시 작게 웃음을 터트렸다. 정연의 웃음을 보며, 윤은 순간 저도 모르게 눈가를 찌푸리고 말았다. 검은색은 빛을 흡수하지, 반사하지는 못한다고 알고 있었는데. 하얀 눈밭 위에서 저를 향해 웃는 정연은 이상하게도 빛이 나는 듯했다. 윤은 저도 모르게 처음 그녀를 발견했을 때처럼 고글 위를 더듬거렸다. 문득 제 곁에 선 정연이 희망인지, 혹은 환상인지 구분할 자신이 없다는 생각이 들어서…….

"구해줘서 고마워요."

그 말을 듣는 순간, 윤은 귓가에 무언가 부서지는 소리가 들리는 듯했다. 완전히 얼어붙었다고 생각했던 제 마음의 수면이 터무니없을 정도로 작은 돌에 산산이 조각난 것이다. 실은 윤이 눈치채지 못했을 뿐, 얼어붙은 윤의 마음엔 이전부터 크고 작은 금이 생겨나고 있었다. 무엇에 녹았는지 언제 깨져도 이상하지 않을 정도로 그 두께가 얇아지기도 했다. 언제 휘청였냐는 듯 다시금 제 발자국에 맞춰 길을 걷는 정연의 뒷모습을 보며, 윤은 저도 모르게 가슴께를 꾸욱 손끝으로 눌렀다. 한번 파도가 일기 시작한 마음이 도저히 잔잔해질 기미가 없었기 때문이다. 가만히 멈춰선 윤이 걱정되는지, 앞서가던 정연은 금방 멈춰 선 채로 뒤를 돌아봤다. 걱정스러운 눈으로 저를 살피는 그 눈빛을 보며, 윤은 그만 인정할 수밖에 없었다. 아, 저 사람이. 정연이 제 파도의 원인이구나.

이제껏 윤은 외로움이며 사랑과 같은 감정적 오류에 자신이 마냥 무디고, 무심하고, 또 관계없는 사람이라고만 생각했다. 이 넓고 차가운 세상에 홀로 남았다 생각했을 땐 더욱 의식적으로 되뇌었던 것 같다. 그렇게 스스로 세뇌하지 않으면 외로움을 견디지 못했을 것 같으니까. 그래야지만 이 재난을 견딜 수 있다고 믿어왔기 때문에, 정연을 만난 이후로는 끊임없이 그녀의 사랑을 의심했다. 이런 세상에 사랑이, 영원함이, 그러니까 영원한 사랑이 존재할 리가 없는데. 그렇게 믿어왔건만 정연은 윤의 마음도 모른 채 정말로 연인이 나타날 때까지 그 자리에서 기다릴 것처럼 굴었다. 그가 돌아온 후에도 정연은 그를, 그는 정연을 사랑할 거라 믿었다. 그 맹목적인 믿음을 윤은 이해하지 못하면서도 어느 순간부터 기약 없는 기다림을 함께하게 되었다. 도저히 같은 세상을, 같은 재난을 겪은 사람이라 생각할 수 없을 만큼 순수한 정연의 사랑을 보며, 윤은 결국 변했다.

　그 사랑이 제게 향하지 않는다는 것을 잘 알고 있음에도 이미 녹은 후였다. 정연이 그 빈자리에 차곡차곡 쌓아둔 애정의 무게를 대신 받은 것처럼 단단한 얼음은 그렇게 부서졌다. 윤은 그렇게 인정할 수밖에 없었다. 막연한 책임감으로, 혹은 아득한 죄책감 하나 때문에 정연을 곁에 두는 게 아니라는 것을. 영원한 것은 없지만, 정말 만에 하나 그 엇비슷한 것이 존재한다면 그건 정연의 곁에 있었으면 좋겠다는 생각을 했다. 정연의 연인이 돌아온다면 여전히 그녀를 사랑했으면 좋겠다고. 하지 못했던 약혼식을 뒤늦게나마 올리며, 말 그대로 영원한 사랑을 약속했으면 싶다고. 그리고 그 서약이 꼭 지켜졌으면 한다고. 이런 생각을 하는데 어찌 인정하지 않을 수가 있을까.

　그럼에도 윤은 제 마음을 드러내지 않은 채, 여느 때와 같이 묵묵하게 정연의 곁을 지켰다. 그거면 충분하다 느꼈기 때문이다. 정연을 향한 윤의 마음은 고작 사랑이란 단어로 칭하기엔 꽤 복잡했다. 마지막 인류라는 유대감, 재난을 함께 겪을 자가 존재한다는 안도감, 자꾸만 잔잔한 수면에 파장을 일으키는 탓에 느껴지는 불안감, 이해하지 못할 그 모든 행동이 그럼에도 사랑스럽다 느껴지는……. 한 단어로 표현하기 힘든 그 애틋함을, 윤은 굳이 입 밖으로 내진 않았다. 어쨌거나 정연은 저와 함께 유일한 인류로 남아있고, 운이 좋다면 지구가 조각나는 순간까지 함께할 터였다. 그 마지막 순간에도 정연은 옆자리를 비워둔 채 벤치에 앉아있겠지. 윤 역시 변함없이 빈자리를 채우지 않고, 대신 그 반대편인 정연의 곁에 설 테다. 정연은 다정한 사람이기에 윤이 버거워 보인다면 처음 만났던 그날처럼 제 옆자리를 권하겠으나, 차가운 눈밭에 주저앉는 한이 있더라도 다시는 그 자리를 대신 채우고 싶지 않다는 마음이었다. 꼭 정연의 사랑을 무시하고 더럽히는 것 같아서. 이미 저지른 과오를 다시금 반복하고 싶진 않았다. 그렇기에 다짐한 거였다. 정연의 영원한 사랑이 제가 될 수는 없겠지만, 그 사람이 돌아올 때까지 그렇게 옆을 지키고 싶다고. 윤은 그것도 일종의 사랑이 될 수 있다는 것은 모른 채, 그저 홀로 마음을 다잡을 뿐이었다.

여느 때처럼 다 부서진 벤치에 앉은 채 먼 곳을 응시하는 정연을 보며, 윤은 한참 입술을 달싹이다 겨우 목소릴 내었다.

"정연 씨, 저는…… 실은 영원이란 건 없다고 생각합니다."

정연은 놀라는 기색이 없었다. 그 모습에 윤은 역시나 그동안 제 말이며 행동을 통해 들켰겠거니 짐작할 뿐이었다. 본인이 낭만이라고는 하나도 없는 놈이라는 사실을. 쓸데없는 생각에 사로잡힌 탓에 말이 이어지지 않아도 정연은 그 새카만 눈으로 윤을 바라보며 다음 단어를 기다렸고, 윤은 긴장한 탓에 볼품없이 떨리는 손을 들킬까 급히 몸 뒤로 숨겼다. 인류 마지막 고백이 이리 형편없다니. 누가 지켜보지 않아서 그나마 다행이라 여기며 다시금 입을 연다. 영원한 건 없으니까, 그러니까…… 언젠가는 이 눈보라도 그칠 날이 오지 않을까요. 말투는 늘 그래왔듯 여전히 담담했으나, 명백히 윤의 마음이 가득 넘치는 문장이었다. 그걸 알아챘는지, 정연은 이전처럼 더없이 환한 웃음을 지을 뿐이었다. 그 웃음을 보며, 윤은 그 사람이 돌아올 때까지 곁에서 함께 기다려 주겠노라는 뒷말은 다시 삼켜내었다. 윤은 군이 말로 내뱉기보단 묵묵한 행동으로 꾸준한 사람이었으니까.

윤은 홀로 고립된 이후 두 번째로 카메라가 수중에 없음을 아쉬워했다. 본인이 지닌 것중에 그나마 영원이랑 가장 비슷했던 게 사진이었다. 비록 기대하던 꽃밭은 마주치지 못했으나, 그보다 더한 것을 마주했지 않은가. 윤은 그걸로 되었다고 생각했다. 비록 정연의 웃음을 사진으로 간직하진 못하겠으나, 지구가 아름답게 흩어지는 그 마지막 순간에 운 좋게 볼 수도 있겠으니. 정말 이거면 된 거였다. 윤은 그렇게 영원 비슷한 것을 찾아냈다.

공적

김의래

모든 증거가 내가 범인임을 가리키는 가운데 나는 변명했다. 하지만 변명을 할수록 내 입은 내가 아니게 되는 것 같았다. 나는 점점 내 안에 가둬졌다. 머리가 하얗게 질려오고, 더 이상 변명거리가 생각나지 않게 되었다. 내가 죽인 그들은 죽일 이유가 있는 사람들이었으니까. 그들은 나를 업신여겼다. 경찰을 존경하지 않았다. 나는 내가 생각한 적 없는 정보들이 머릿속을 헤집었다. 그리고 정신이 돌아왔다. 나는 달리고 있었다. 그리고 내 손에는 처음 보는 피가 묻어있었다. 이 피는 분명 내 것은 아닐 것이다. 내 뒤에서 나를 향해 소리치는 동료들, 나를 향해 발포되는 총소리, 이 모든 것들은 내 스트레스를 극에 달하게 만들었다. 이 세상에서 사라지고 싶다. 이 모든 일들은 누가 계획이라도 한 듯 계획적으로 내 정신을 침식해 나갔다. 나는 연쇄살인범이다.

내 눈앞에는 방금 죽은 시체 하나가 놓여있었다.

"김 형사 자네가 어떻게 그럴 수 있나?"

뒤늦게 따라온 형사들의 눈앞에는 김 형사라 불리는 나와 시체
가 놓여 있었다. 지금까지 발견된 모든 사건의 사인과 똑같이 뒤에서
둔기로 가격당하여 죽은 시체였다. 나의 동료들도 많이 놀란 얼굴이
었다. 그리고 나도 마찬가지였다.

"제가 아닙니다! 하지만⋯⋯."

모든 증거가 내가 범인임을 가리키는 가운데 나는 변명했다. 하
지만 변명을 할수록 내 입은 내가 아니게 되는 것 같았다. 나는 점점
내 안에 가둬졌다. 머리가 하얗게 질려오고, 더 이상 변명거리가 생
각나지 않게 되었다. 내가 죽인 그들은 죽일 이유가 있는 사람들이었
으니까. 그들은 나를 업신여겼다. 경찰을 존경하지 않았다. 나는 내
가 생각한 적 없는 정보들이 머릿속을 헤집었다. 그리고 정신이 돌아
왔다. 나는 달리고 있었다. 그리고 내 손에는 처음 보는 피가 묻어있

었다. 이 피는 분명 내 것은 아닐 것이다. 내 뒤에서 나를 향해 소리 치는 동료들, 나를 향해 발포되는 총소리, 이 모든 것들은 내 스트레스를 극에 달하게 만들었다. 이 세상에서 사라지고 싶다. 이 모든 일들은 누가 계획이라도 한 듯 계획적으로 내 정신을 침식해 나갔다. 나는 연쇄살인범이다.

- GAME OVER

"이 부분 개연성이 떨어지는 거 같습니다. 도망갈 상황이 안 나올 거 같은데요?"

지금까지 우리가 만든 게임의 일부분이었다. 나는 둘보다 먼저 들어온 둘의 사수고, 둘은 이제 막 들어온 우리 부서의 막내들이다. 다른 사람들이 보기엔 신입 둘과 같이 게임을 만드는 내 모습이 불쌍해 보이겠지만 전혀 아니다. 이 이야기는 거슬러 올라가 신입사원들이 처음 왔을 때로 돌아간다.

나는 상사의 비위를 맞추거나, 능력 있는 동료와 친해져서 같이 프로젝트를 진행하면서 실적도 그럭저럭 내며 평화로운 나날을 보내고 있었다. 그러던 어느 날 듣지 못했던 신입 두 명이 우리 부서에 들어왔다.

"안녕하십니까!"

신입은 패기 넘치는 목소리로 자기소개를 이어 나갔다. 들어온 신입은 강영하와 최우혁 사원으로 사람이 많이 없던 우리 부서의 대리지만 막내였던 나에게 처음 들어온 후임이었다. 영하는 조금 순진한 모습이 보였으나, 열정이 가득했다. 우혁은 한눈에 봐도 잘 생겼다. 살아오면서 누군가에게 외모로 질투한 적 없이 자란 귀공자 같은 이미지였다. 솔직히 말 걸기도 힘들 정도였다.

"모르는 거 있으면 물어봐요. 저는 박윤호 대리에요."

평소처럼 환한 미소와 다정한 말투로 둘을 대했다. 물론 속으로는 인사과 녀석들을 욕하고 있었다. 신입이 있는데 아무런 공지조차 없다니. 하지만 나는 둘을 동생처럼 대했고 둘은 그럴수록 나를 신뢰하게 되었다.

사람들은 크게 두 부류로 나뉜다. 재능이 있는 부류와 그렇지 못한 부류. 나는 처음으로 둘에게 업무를 줬다. 둘은 어떤 부류일지 시험하기 위한 목적이었다. 업무는 단순히 수치를 표로 정리하는 일이었다. 나는 영하의 결과물을 받고, 감탄했다. 조금 과장해서 말하면 영하가 가져온 표를 기준으로 회사의 모든 표를 갈아치우고 싶은 심정이었다.

"영하 씨. 이런 일 해본 적 있어?"

영하를 한껏 칭찬한 뒤 기대에 부푼 마음으로 우혁의 작업한 결과물을 봤다. 이 또한 놀라지 않을 수 없었다. 엉망이었다. 마음 한편으로는 완벽한 사람은 아니구나 하는 안도의 한숨을 내쉬며 작업물의 완성도가 떨어진 것을 혼내기 위해 우혁의 자리로 향했다. 그때 저 멀리서 부장님이 나를 부르는 소리를 들었다.

"박 대리."

분명 회식 이야기일 것이다. 그야 신입사원이 들어왔으니. 부장님이 추가로 뭔가 더 말했던 것 같지만 나는 우혁을 혼내야 한다는 생각에 제대로 듣지 않았다. 부장님의 말이 끝난 뒤 우혁의 자리로 향했지만, 그 자리에 없었다. 곧 퇴근 시간도 다 되어가겠다 나는 회식 자리에서 따로 말할 생각으로 우리 부서가 자주 가는 삼겹살집으로 향했다.

우리 부서는 사람이 적은 편은 아니지만 적어도 얼마 전에 들어온 후배들이 없다는 것을 못 알아챌 정도로 많지도 않다. 필시 요즘 MZ라는 것이다. 나도 그 세대에 포함되어 있지만, 회사 일을 해본 사람이라면 알 것이다. 그냥 도시 전설일 것이라 치부했으니. 조금 고리타분한 말일 테지만 요즘 자기 개발이니 뭐니 하면서 회식은 단순히 밥 먹으러 가는 자리라 생각하는 MZ들을 막상 눈으로 직접 보니 당황했다. 이런 당황한 나를 봤는지 부장이 나에게 다가왔다.

"왜 그리 못 마셔? 간만에 회식이잖나. 즐기자고."

부장은 이미 만취해 있었다. 만취해서 신입사원들이 없는 것을 눈치채지 못했던 걸까? 나는 이런 후배들을 데리고 앞으로 일을 할 생각에 써야 할 소주를 달게 느끼며 홀짝거렸다.

"그래도 영하 그 친구는 괜찮지."

속으로 둘을 평가했지만 결국 나는 두 사람에게 질투하고 있었다. 영하는 똑똑한 머리를 가지고 있었기에 내가 만약 그런 두뇌를 가지고 있었다면, 더욱 존경받는 선배가 되었을 것이다. 그리고 우혁은 잘생겼다. 아무리 봐도 잘생겼다. 그냥 개자식이었다. 그나마 다행인 건 성격이 그리 좋지 않다는 것이다. 나는 내 신세를 한탄하며 술을 계속 마셨다.

다음 날

나는 아침 일찍 회사에 출근했다. 대리를 달 때까지 후임이 없었던 것도 있지만, 그냥 일찍 나오면 주변에서 좋아한다. 단지 그 이유뿐이었다. 혹시나 하는 마음에 신입사원들 자리를 봤지만 역시나 내가 제일 일찍 와있었다. 어제 술을 너무 많이 마신 탓인지 머리가 깨질 듯이 아파왔고, 나는 화장실로 향했다. 속을 한차례 비운 후 자리에는 녹차가 한 잔 놓여 있었다. 그리고 그 옆에는 영하가 있었다.

"어제 많이 드셨다고 들어서 준비했습니다. 제가 회식이 있는 것을 깜빡했네요. 죄송합니다."
"고마워요. 근데 왜 녹차에요?"

사실 녹차는 문제가 없었다. 나는 개인적으로 녹차로 해장하는 것을 선호했지만, 그것을 알고 있는 신입이 신기했을 뿐이었다.

"저는 녹차로 해장을 해서……. 그래도 이거 효과 좋습니다!"

난 영하가 준 녹차를 홀짝이며 마셨다. 그리고 언제 왔는지 저 멀리 우혁이 보였다. 우혁의 손에도 녹차가 한 잔 들려있었다. 나를 챙겨주나 내심 기대했지만, 그런 일은 없었다. 우혁은 마치 CF에 나오는 한 장면처럼 녹차를 홀짝였다. 때마침 내 눈에는 어제 우혁을 혼내고자 했던 이유가 눈에 들어왔다. 나는 우혁과 영하 둘을 모두 내 자리로 불렀다. 각각 다른 사람이 한 결과물을 나눠줬다.

"서로 것을 보고 더 발전할 수 있도록 하세요."

나는 당연히 우혁을 창피 주려고 한 일이었지만, 재능 있는 부류의 인간은 다르게 느꼈던 것 같다.

"우혁 씨? 이거 혹시 단기간 매출이 높은 순으로 정렬하신 건가요?"

영하의 눈이 반짝거린 것 같다. 재능이 없는 부류인 나는 몰라봤지만, 우혁도 재능이 있는 부류였나 보다. 그렇게 우혁과 영하는 서로 대화를 이어갔고, 마치 오랜 친구라도 되는 마냥 죽이 잘 맞아 보였다. 결국, 내가 우혁을 혼내기 위해 쓰려던 방법은 나를 더 좋은 선배로 만들어줬다. 이왕 좋은 선배가 된 김에 나는 둘을 따로 불러냈다.

"오늘 우리끼리 한잔 마실까요?"

술자리에서 회식에 참석하지 않았던 일을 꾸짖을 생각이었다.

하루가 별일 없이 끝날 즈음에 나는 영하와 우혁을 데리고 먼저 회사를 나섰다. 내가 자주 혼자 가는 선술집으로 향했다. 아무리 친한 사람도 데려온 적 없었던 나만의 공간이었지만 둘은 괜찮겠다는 생각이 들었다. 조용히 술을 마시다 먼저 말을 꺼낸 것은 잔뜩 취한 영하였다.

"선배님. 어제 정말 죄송합니다. 제가 어려서부터 자주 깜빡하는 병이 있어서. 최대한 메모를 하고 있었는데 너무 힘이 들어갔는지 그만 까먹고 말았습니다."

거의 울분을 토하듯 말을 했다. 그리고 이런 영하를 보고 다짐했다. 다시는 영하랑 술을 마시지 않기로. 그리고 우혁은 조용히 혼자서 술을 마시고 있었다. 나는 그런 우혁에게 화제를 돌렸다. 영하는 깜빡하는 병이라도 있다고 하지만 우혁은 아니겠지 라는 생각이었다. 사실 영하를 조금 더 예쁘게 보여서 그런 것은 아니었다.

"그건 그렇고 우혁 씨는 어제 왜 안 나왔어?"

우혁은 그저 죄송하다고 할 뿐 별다른 변명은 없었다. 나도 더 이상 혼낼 명분이 없었기에 더 다그치지 않고, 술을 들이켰다. 혼내려던 분위기가 무마되자 더 무거운 분위기가 다가왔다. 이 분위기를 깬 것은 뜻밖에 우혁이었다.

"다들 이번 회사에서 진행하는 발표 뭐 하실지 정하셨나요?"

우리 회사는 직원들에게 창의적인 아이디어를 내게 하여, 그 아이디어를 채택 후 아이디어를 낸 팀을 중심으로 게임을 제작하는 일종의 발표회 같은 것이 존재한다. 나는 적당한 선배들과 팀을 꾸려 적당히 중간 정도의 성적을 내왔고, 이번에도 그럴 생각이었다. 하지만 내 눈앞에 두 천재는 아닌 것 같았다. 술에 잔뜩 취한 영하는 우혁과 어깨동무하며 말했다.

"우린 당연히 같이해야지. 몇 없는 동기고, 우린 둘이서 하나잖아."

언제부터 저렇게 친해진 것일까? 나는 상관없는 것처럼 멀리서 지켜봤지만, 영하의 손은 내 어깨에도 올라와 있었다.

"물론 선배님도 저희랑 함께입니다. 부족한 저희를 이끌어 주십쇼."

영하가 내일 이 일을 기억할지 모르겠지만 우리는 영하가 더 취하기 전에 자리를 일어났다. 우혁이 영하를 부축해서, 걸어갔다. 둘은 내 시야에서 순식간에 사라졌다. 그렇게 다음날이 되었다.

회사에는 나보다 먼저 출근한 우혁과 영하가 있었고, 괜히 내가 뿌듯했다. 영하는 자리에서 녹차를 한 잔 손에 들고 곧 죽을 거 같은 표정을 하고 있었다. 내가 자리에 도착하자마자 영하는 바로 화장실로 달려가 속을 비웠다.

"좋은 아침입니다."

평소와 같은 조용한 하루였다. 다만 거슬리는 점이 있다면, 신입

두 명이 아무 일도 받지 못해 가만히 있는 점이었다. 마치 아무도 없는 사람인 것처럼. 나는 부장님에게 갔다.

"부장님. 잠시 회의실 좀 써도 괜찮을까요?"
"어 괜찮지 근데 자네 혼자 뭐하게?"
"다음에 있을 발표 아이디어를 짜려고 합니다."

부장님은 내 등을 치면서 호쾌하게 허락했다. 나는 우혁과 영하를 불러 회의실에 들어갔다. 아직 영하의 컨디션은 최악으로 보였지만 열심히 회의에 참여했다. 서로 아이디어를 내다보니 우리는 꽤 괜찮은 기획을 하나 했다. 시나리오의 이름은 '이면'이었다. 한 사람의 이중인격을 나타낸 시나리오로 한 인격은 형사고, 한 인격은 연쇄살인범이다. 형사는 연쇄살인범을 잡기 위해 증거를 수집할수록 연쇄살인범의 인격은 형사의 수사를 방해한다. 우리는 '이면'을 완성시킨 후 서로를 멍하나 바라봤다.

"이게 정말 우리가 만든 시나리오라고?"

솔직히 나는 기대도 안 했는데 꽤 괜찮은 시나리오가 하나 나왔다. 우리는 최대한 내적으로 기뻐했다. 밖에 있는 다른 사람들을 의식한 것이었다. 솔직히 둘이 다 했다고 해도 과언이 아니었지만, 둘을 잘만 이용한다면 이번 발표회는 무난하게 잘 넘어가는 것에 그치는 것이 아닌 성과를 낼지도 모르기 때문에 입 다물고 있기로 한다.

"발표회가 기대되네요."

다 죽어가던 영하는 어디 갔는지 벌써 활기차졌다. 그렇게 우리는 각자의 자리로 돌아갔다. 나는 약간의 양심에 찔려 발표 자료는 내가 만들기로 했다. 막상 발표 자료를 만들면서 느낀 건 내가 한 일이 없다는 것이었다. 이런 기회를 놓치고 싶지 않았고, 이번만 조용히 넘어가기로 결심했다. 잘만 풀린다면 좋은 선배라는 인상을 다른 동료에게 보여줄 수 있었기 때문이다. 내 이미지도 챙기고, 그들의 공적도 내가 가질 수 있는 완벽한 기회다.

'영하와 우혁에겐 미안하지만 내가 더 중요하니까.'

라는 생각을 하는 찰나에 우혁과 눈이 마주친다. 우혁은 마치 나를 꿰뚫어 보는 듯 차가운 눈으로 바라본다. 나는 그런 우혁의 눈을 피했지만 마치 내 생각을 전부 알고 있는 듯한 눈이었다. 나는 회사에서 내내 그 눈빛을 떠올렸다. 그러자 뒤에서 누군가가 내 어깨를 잡았다.

"박 대리"

부장님이었다. 부장님은 내 안색이 파랗게 질려 있던 것을 걱정해주었다. 나는 반차를 쓰고 집으로 돌아왔다. 집에 와서도 그 우혁의 차가운 시선이 나를 노려본다. 우혁의 시선을 생각하다 지친 나는 잠이 들었다. 내가 걱정이 너무 많았던 탓일까? 깊은 잠에는 들지 못했다. 일어났을 땐 밖은 어두웠다. 시간을 확인하기 위해 핸드폰을 찾았지만, 회사에 두고 왔는지 찾지 못했다. 나는 간단하게 샤워를 한 후 기분 전환도 할 겸 회사로 향했다. 우리 회사의 야근이 잦지는 않지만, 없는 것도 아니라서 둘이 들어오기 전까지 막내였던 나는 회사의 열쇠를 가지고 있었다.

"그러고 보니 이젠 내가 막내도 아닌데 키를 애들을 줘야 하는 거 아닌가?"

단순한 푸념을 뱉으며, 사무실로 들어갔다. 핸드폰은 내 책상 위에 놓여 있었고, 나는 핸드폰을 가지고 다시 집으로 돌아가려 했다. 그때 회사 회의실에서 인기척이 느껴졌다. 아직 야근하는 직원이 있는 거 같아서 말이나 걸라고 회의실로 향했다. 하지만 전혀 예상외의 인물들이 있었다. 우혁과 영하였다.

"도움이 안 된다니까?"

우혁의 목소리가 회의실에서 들려왔다. 살짝 열린 문틈으로 내부를 봤다. 우혁은 내가 밖에 있는 것을 아는지 다시금 큰 소리로 영하에게 소리쳤다.

"그 선배라는 사람은 우릴 이용하는 거라고. 솔직히 너도 알잖아. 그 사람 별 능력도 없는 사람이라고. 오늘 회의 시간도 봐 결국 그 사람이 낸 아이디어가 있었어? 다 실없는 것이었잖아."

나는 맞는 말이라 반박할 수 없었다. 당장에 이번 프로젝트팀에서도 나는 의견 하나 못 내고 둘의 의견을 찬성하는 반응만 했기 때문이다. 그러나 내가 아무것도 안 한 것은 아니다. 분명 무언가 도와준 것이 있을 것이다. 영하는 책상만을 쳐다볼 뿐이었다. 그러다 영하의 시선이 문 쪽으로 향했고, 나랑 눈이 마주친 듯했다. 하지만 사실 못 본 것인지 영하는 우혁의 말에 반박했다.

"그래도 내가 권유했는데 어떻게 그러겠어. 그리고 선배인데 우리보다 경험치도 높을 거 아니야."

"너도 느꼈잖아. 그 선배 그저 우리를 이용해서 자신의 목적을 이루려는 이기적인 사람이야. 그 경험치가 얼마나 대단할지 몰라도 적어도 우리한테는 쓸모없는 이야기야. 더 이상 그에게 속지 말고 우리만의 길을 가야 해."

영하는 멋쩍은 웃음을 지으며 우혁을 바라봤고, 우혁은 책상을 내리치며 나오려 했다. 나는 우혁에게 들킬까 봐 자리에서 벗어났다. 나는 곧바로 집으로 돌아왔고, 우혁의 말을 곱씹었다. 원래였다면 화가 났겠지만, 너무 직설적인 비난에 그 말은 머릿속에서 맴돌았다. 나는 밤을 새우고 회사로 출근했다. 나보다 먼저 우혁과 영하가 출근해 있었다. 나는 영하를 따로 불러냈다.

"내가 이 팀에서 나가는 것이 맞을 거 같아."

우혁의 말을 계속 신경 쓰던 나는 결국 죄책감이 욕심을 이겼다.

"어제 회사에 오셨었죠? 그리고 저희 이야기를 다 들은 건가요?"

영하는 미안한지 고개를 숙이며 대답했다. 영하는 역시 나를 봤던 것이다. 나는 말은 하지 않고 고개를 끄덕였다.

"그럼 선배님이 도움 된다는 것을 보여주면 되는 일 아닐까요? 저희는 선배님이 필요합니다."

영하는 내 귀에 대고 무언가를 속삭였다. 그리고 그 일은 분명 우리 중에 나만 할 수 있는 일이었다. 나는 바로 내 자리로 향했다. 영하는 웃는 얼굴로 나를 배웅했다. 내 자리에 있는 우리의 시나리오인 '이면'을 들고 부서들을 돌았다. 평소 평판이 좋던 나를 이용하여 다른 부서에서 우리 시나리오를 평가받을 수 있었다.

"윤호 씨. 여기 우리 부서가 작성한 평가표에요. 재미있는 거 같아요. 특히 감정 묘사가 인상적이었어요."

어떤 여직원이 평가표를 정리해 둔 표를 영하에게 건넸다. 영하는 당황 하면서 그 평가표를 받았다.

"네? 아 감사합니다."

영하는 평가표를 들고 나에게 가져다주었다.

"직원분이 헷갈리신 거 같아요. 저에게 이걸 주시던데요?"
"네가 나랑 비슷하게 생겼나?"

나는 영하에게 건네받은 평가들을 정리해 분석했다. 분석한 내용들을 정리했고, 우리는 다시 회의실에 들어왔다. 우혁은 못마땅한 표정이었지만, 결국 따라 들어왔다.

회의실에 들어온 나는 먼저 제일 위에 있던 평가표를 읽었다.

"시나리오에서 김 형사가 이중인격인데 본인이 인지를 못 하는 부분이 흥미로운 것 같아요."

이 칭찬을 듣자, 영하의 입꼬리가 숨길 수 없을 정도로 올라갔다. 난 그런 영하의 표정이 기분 나빠 영하의 뒤통수를 한 대 때렸다. 영하는 맞은 부위를 문질렀다. 그리고 나는 다음 평가표를 보는데, 평가표에 쓰여 있는 내용을 내가 먼저 보게 되었다.

'다른 인격이 전혀 반대인 살인자라는 것이 재밌어요.'

나는 이 부분을 읽자마자 다른 평가표를 집었다. 딱히 이 아이디어가 나를 욕한 누군가의 아이디어라서 이러는 것은 아니었다. 그렇게 나의 조금은 유치한 복수가 끝나고 우리는 회의를 마쳤다. 우혁도 조금은 내 공로를 인정해 주었는지 처음의 그 눈빛은 사라지고 없었다. 나는 안도의 한숨을 내쉬고, 자리로 돌아갔다. 그때 선배 몇 명이 내 자리에 찾아왔다.

"박 대리! 이번 발표회는 어떻게 하려고? 또 우리랑 같이 안 할래?"
"괜찮아요. 이번에 새로 온 신입사원들이랑 같이 팀 만들어서 프로젝트 하고 있거든요."
"이야 이제 선배다 이거야? 근데 너희 부서 이번에 신입이 있었나?"
"에이 선배 2명이나 있어요."

나는 그런 선배를 뒤로한 채 화장실로 향했다.

"이상하다. 분명 이번 분기 신입은 없던 걸로 기억하는데. 특채라도 있었나."

화장실에는 우혁이 있었다. 화장실에 들어온 나에게 우혁이 먼저 인사를 건넸다.

"안녕하세요."
"어? 무슨 인사야 아까도 봤는데."

나는 당황했지만, 최대한 당당하게 우혁의 인사를 받아줬다. 약간의 농담도 섞어서 무거운 분위기를 환기시키고자 했다. 그리고 손만 씻고 나가려 하자 우혁이 나를 불러 세웠다.

"솔직하게 말씀드리겠습니다. 저는 선배님이 팀에서 필요 없는 사람이라 생각해요."
"어?"

갑자기 돌직구로 던져지는 우혁의 발언에 나는 어안이 벙벙해졌다. 하지만 그렇다고 우혁에게 화를 낼 명분도 없었다.

"하지만 오늘 조금은 생각이 바뀌었습니다. 저희가 얻기 힘든 것을 선배님이 가지고 계십니다. 아직도 선배님이 저희 팀에 필요한 존재라 생각하느냐고 묻는다면 아니라고 하겠지만 조금은 도움이 되었습니다. 감사합니다.”

"아니야. 사실 너희가 회의실에서 하는 이야기 들었어. 하지만 내가 반박할 수 없더라. 그래도 내가 할 수 있는 일이 있을까? 라는 생각으로 모색한 결과야. 그러니까 나도 고마워."

나는 영하가 나에게 조언해 준 것을 쏙 빼놓고 이야기했다. 어차 피 우혁은 알지 못할 테니. 그러자 우혁의 시선이 다시 차가워졌지 만, 우혁은 별말 없이 화장실을 나갔다. 그리고 나는 속으로 생각했 다. 이런 말을 직설적으로 하는 회사의 신입이 실제로 내 눈앞에 있 다. 판타지가 아니라 실제로 내가 보고 있는 것이다. 잘생긴 우혁이 더 싫어지게 되었다. 나는 하루를 반쯤 정신이 나가 있는 상태에서 하루를 보냈고 다음 날이 되었다.

우리는 모두 회의실에 모여 있었다. 프로젝트 '이면'의 관한 이 야기로 불태웠다. 이후 이야기의 흐름을 정하는 중요한 회의였다. 나 는 역시 영양가 있는 발언은 못 했지만 우리는 다음에 모일 때까지 새로운 시나리오를 하나씩 생각해 오기로 약속하고 자리로 갔다.

"새로운 아이디어라⋯⋯."

그때 내 눈에 무언가를 열심히 적고 있는 영하의 모습이 눈에 들 어왔다. 꽤나 잘 풀리는 듯하였다. 그리고 만족한 표정으로 자리에서 일어났다. 나는 순간 어떤 생각이 들었다.

모두가 퇴근한 지금 나는 다시 회사로 향한다. 그리고 영하의 자 리 앞에 서 있다. 나는 핸드폰 라이트를 켜고 깔끔하게 정리되어 있 는 영하의 책상에 있는 한 노트를 꺼내 들었다. 그 노트 안에는 내가

원하는 내용이 적혀 있었다. 나는 그 부분을 조용히 찢으려는 순간
누군가가 내 어깨를 잡아챘다.

"누구야!"

나는 소스라치게 놀라며 뒤를 돌아봤다. 내 뒤에 서 있던 것은
우혁이었다.

"뭐 하시는 겁니까?"
"어? 아, 이거 그 영하가 자기 노트를 가져다 달라고 해서."
"영하가 그런 걸 직접 안 하고 부탁한다고요?"
"그 왜 내가 우리 사무실 열쇠를 가지고 있기도 하잖아? 그래서
그 김에 겸사겸사."
"근데 그 노트는 왜 찢으려고 하신 겁니까?"
"어? 그 내가 모르고 커피를 쏟아서……."

그러자 우혁이 한숨을 내쉬었다. 나는 순간 안심했다. 그러자 서
있던 우혁이 누워있었다. 우혁이 갑자기 누울 리 없으니 내가 누운
것이다. 뒤늦게 상황판단이 끝나자 볼이 아파온다. 나는 볼을 어루만
지며 일어났다. 그러자 우혁이 나에게 달려들었다.

"난 적어도 당신이 바뀔 것이라 생각했어. 당신이 그러고도 우리
선배야? 적어도 그런 짓은 하면 안 되는 거 아니야?"

우혁은 쓰러진 내 멱살을 잡으며 큰 소리로 외쳤다. 우혁과 보낸

시간이 길지는 않지만 이런 우혁의 큰 소리는 처음 들어본다. 나는 당황 했지만 지금, 이 상황을 타파하지 못한다면 내가 지금껏 쌓아 왔던 다른 동료와의 신뢰를 잃게 된다. 나는 전력으로 우혁에게 맞서 싸웠다. 하지만 나는 우혁을 이기기엔 역부족이었다.

"출근하고 봅시다. 선배님."

나는 우혁에게 맞아 바닥에 널브러져 있었다. 눈물이 나왔지만, 필시 이 눈물의 이유는 다른 이유일 것이다. 바로 질투, 이 눈물은 누워있는 한심한 나에 대한 혐오일 것이다. 하지만 이런 생각도 잠시 이대로는 내가 힘들게 쌓아둔 모든 것들이 무너져 내리는 것은 불 보듯 뻔한 일이었다. 그렇게 자신을 탓하고 우울해하는 동안, 내 몸은 멋대로 움직였다. 책상에 놓여있는 스테이플러를 들고 우혁을 내리쳤다. 우혁은 그 자리에서 쓰러져 있었다. 그 모습을 보고 나는 순간적인 격노와 분노에 휩싸였다. 내가 한심한 모습을 보여주는 것에 더욱 화가 났다. 시야가 어두워졌고, 순식간에 나는 스테이플러로 우혁을 내려 쳤다. 그리고 나는 우혁에게 다가갔다. 우혁의 숨은 멎었다. 나는 우혁을 끌고 회사 뒤편 건물로 향했다. 눈에 띄는 큰 쓰레기통이 보였고, 그 안에 우혁을 밀어 넣었다. 그리고 시체가 보이지 않게 다른 쓰레기봉투로 가렸다. 이렇게 우혁을 숨겨둔 후, 나는 집으로 돌아왔다.

마음속 깊이 여전히 불안과 죄책감이 남아있었다. 우혁은 그저 나의 동료일 뿐이었다. 우혁의 일 뿐만 아니라 영하의 아이디어를 훔 치지 않아도 문제없었다. 순간 겁이 나 핸드폰을 켜고 112를 누르 려 했다. 그 순간 모든 것이 무의미해 보였다. 결국, 우혁은 그저 나 보다 별 볼 일 없는 사람이었고, 내가 그를 살해한 것은 전혀 중요한 일이 아니었다. 약육강식이었다. 나는 자신의 힘과 능력에 대해 다시금 생각해 보았다. 나는 우혁처럼 뛰어난 능력을 갖추고 있었고, 강한 사람에게도 결국 이기는 것을 보여줬다. 이런 생각에 나는 스스로를 칭찬하며 웃음을 터뜨렸다.

비록 영하의 아이디어를 훔치지 못했지만, 결국 마지막에 웃는 사람은 나일 것이다. 나는 항상 자신감을 가지고, 똑똑하게 생각하며 앞으로 나아갈 것이다. 이것이 내가 얻은 교훈이다.

그럼에도 걱정 때문에 한숨도 못 잔 나는 퀭한 얼굴로 회사에 출근했다. 한 직원이 나에게 다가와 인사를 건넸다.

"안녕하세요."
"아 네. 안녕하세요."
"이게 다 뭐에요? 무슨 상처가 이렇게 많아요?"
"그냥 계단에서 굴렀어요."
"에이. 누구랑 싸운 거죠? 계단에서 굴렀으면 그렇게 말할 분이 아닌데, 오늘 무뚝뚝하시네."
"별일 아닙니다."

나는 평소대로 행동했다고 생각했는데 다른 사람들이 보기엔 조금 다른 모양이다. 나는 빠르게 평정심을 되찾아야겠다고 생각했다. 그때 부장님이 나에게 왔다.

"자네 그 상처들은 다 뭐야? 괜찮은 거 맞지?"

아직은 들키지 않은 것 같다. 나는 애써 웃으며 대답했다.

"어제 계단에서 좀 굴렀습니다."

"으이그 젊은 친구가 칠칠치 못하게 계단에서 구르고 있나. 정 아프면 병원이나 다녀와."

"아니에요. 괜찮습니다. 걱정해 주셔서 감사합니다."

어제 한순간의 실수로 이런 내 평판을 잃었을 수도 있다는 생각을 하니 어제의 일을 조금이라도 후회하지 않은 내가 밉지 않았다. 저 멀리서 영하도 다가온다.

"안녕하세요. 선배님."

순간 영하가 나를 선배님이라 부르는 것에 위화감이 느껴졌지만, 최대한 자연스럽게 인사를 받았다.

"안녕."

"무슨 상처가 이렇게 많아요? 어제 무슨 일 있었어요?"

"그냥 계단에서 굴렀어."

"조심 좀 하시지. 근데 우혁이는 못 봤어요? 오늘 출근을 안 했나?"

나는 순간 영하가 우혁을 찾는 것에 당황했다. 신입 한 명이 갑자기 나오지 않는다면 누구나 그를 찾을 것이고, 결국 들키는 일은 시간문제라 생각했다. 나는 먼저 손을 쓰기로 했다.

똑똑

"부장님."

"어 왜? 결국, 병원 다녀오게?"

"우혁 사원이 병가를 좀 내고 싶다고 해서요."

"그걸 왜 내가 아니라 너한테 먼저 말해?"

"아직 회사가 익숙하지 않은 모양이죠."

"그 친구가 아직도 회사에 적응을 못 했다고?"

임시방편일 뿐이지만 결국 사직서도 안 내고 도망간 사람으로 몰아가면 될 것이다. 우혁은 평소에도 무뚝뚝해서 차갑다는 평가를 받고 있었던 만큼 갑자기 잠적해도 그냥 버릇없는 요즘 애들로 넘어갈 것이다.

똑똑

부장실의 문을 열고 한 사원이 들어왔다.

"뭐야 오늘 자네 병가라면서?"

"네? 그게 무슨 소리에요? 저는 오늘 병가를 낸 적이 없는데요?"

"박 대리 이 친구가 장 대리 자네 오늘 병가라고 하던데?"

"최우혁 사원 말한 겁니다."

"최우혁? 그런 사원이 우리 부서에 있었나?"

"그러게요. 제 이름이 흔한 이름은 아니라서 있었으면 기억했을 텐데요?"

두 사람이 나를 이상하게 바라본다. 신입사원이라 이름을 기억하지 못했나? 나는 그 상황을 얼버무렸다.

"아 제가 착각했나 봅니다. 다시 나가보겠습니다."

나는 바로 부장실 밖으로 나왔다.

"저 친구가 계단에서 구르면서 머리를 다쳤나?"
"근데 원래 박 대리 저렇게 쌀쌀맞습니까? 전혀 다른 사람 같은데."

자리로 돌아가 무슨 상황인지 머릿속으로 정리하고 있었다. 왜 우혁을 아무도 모르는 걸까? 아무리 그래도 들어온 지 1주일 지난 신입을 모를 리 없다. 그러자 영하가 내 뒤에서 나를 부른다.

"선배님?"
"왜?"

영하는 내가 다친 것을 걱정하며 같이 병원에 가보자고 나를 권유했다. 나는 그런 영하를 따라 회사 밖으로 나갔다. 익숙한 골목을 정신없이 따라가다 나온 곳은 병원이 아니었다. 바로 어제 내가 있었던 우혁의 시체를 숨긴 쓰레기통 앞이었다. 영하는 쓰레기통을 열었다. 나는 당황해서 영하를 밀쳐냈다. 영하는 길에 넘어졌다. 영하는 웃으면서 일어난다.

"왜요? 그렇게 찾던 우혁이 이 안에 있어서요?"

영하가 어제 일을 안다. 나는 당황했다. 내가 반박할 틈도 없이 영하가 이어서 말한다.

"통을 열어봐요."

나는 영하가 시키는 대로 통을 열었다. 그리고 우혁을 가렸던 봉투를 치우자 나는 얼어붙었다. 그럴 리 없다. 분명히 이 안에는 우혁의 시체가 있어야 했다. 내가 어제 우혁을 죽이고, 여기에 버렸으니까. 하지만 그 자리에 있던 것은 나 자신이었다.

"내가 왜 여기에?"

영하는 크게 웃으며 나에게 핸드폰을 보여주었다. 핸드폰은 셀카모드로 되어 있었고 그 화면에는 내가 질투했던 잘생긴 우혁의 얼굴이 보였다. 나는 꿈을 꾸는 것 같았고, 뺨을 강하게 때렸다. 하지만 이 모든 것은 꿈이 아니었다.

"왜 내가 우혁의 얼굴을……."

영하는 나에게 자신의 노트를 건네주었다. 그 노트에는 영하의 계획들이 적혀 있었다. 나는 내가 다중 인격임을 이때 알았다. 하지만 나는 윤호인데 왜 우혁이 나로 있는 것인가 의문을 가졌다.

"무슨 소리야 난 박윤호야. 최우혁이 아니라고."

그리고 계획의 마지막 페이지에는 내 죽음도 적혀있었다. 눈앞이 어두워졌다. 내 마지막 기억은 영하가 노트 너머에서 돌을 들고 나에게 달려들었던 기억뿐이었다. 나는 땅에 떨어진 핸드폰을 주웠다. 그 핸드폰에는 영하의 얼굴이 비치고 있었다.

발표회 당일 나는 성공적으로 발표를 마쳤다. 우리가 만든 '이면'이라는 게임은 마지막에 연쇄 살인마가 형사의 인격을 잡아먹는 충격적인 결말로 이목을 끌었다. 형사는 연쇄살인범의 기억을 가지게 되면서 죄책감에 자신 스스로 사라진 것이었다. 나는 프로젝트 '이면'의 성공을 축하하는 자리에 참석했다. 부장이 바로 내 옆에 앉았다.

"박 대리 자네가 큰일 했어! 그런 기발한 아이디어를 가지고 있을 줄이야! 하하하!"

부장은 내 등을 치며 호탕하게 웃었다. 나는 완벽하게 이전의 윤호라는 인물을 연기해냈다. 그가 이룬 모든 공적은 내 것이 되었고, 과거의 그를 넘어섰다. 그의 질투는 나의 계획을 완벽하게 만들었다. 나는 절대 빼앗기지 않을 것이다. 항상 똑똑하게 생각할 것이다. 나는 질투하지 않을 것이다. 그렇게 생각하는 와중 신입이 내게 인사를 건넸다.

"안녕하세요! 신입사원 김영현입니다."

White

강현석

피 튀기는 전장, 지금 들리는 비명이 적군의 것인지 아군의 것인지 구별조차 되지 않는다. 서로의 얼굴을 알아볼 수 없을 정도로 피에 물든 사람들. 그저 서로 죽고 죽이는 것에 혈안 되어 있는 이곳에 내가 서 있다. 우리는 외부세력과 맞서 싸우며, 우리가 자라온 이 땅을 지킨다. 태어날 때부터 정해진 운명, 그것이 좋든 싫든 명령을 받든다. 무엇이 옳고, 무엇이 그른지는 중요하지 않다. 우리가 패배하면 모두가 위험해지므로 목숨을 걸고 전장에 나선다. 나는 전사로 태어났다.

피 튀기는 전장, 지금 들리는 비명이 적군의 것인지 아군의 것인지 구별조차 되지 않는다. 서로의 얼굴을 알아볼 수 없을 정도로 피에 물든 사람들. 그저 서로 죽고 죽이는 것에 혈안 되어 있는 이곳에 내가 서 있다. 우리는 외부세력과 맞서 싸우며, 우리가 자라온 이 땅을 지킨다. 태어날 때부터 정해진 운명, 그것이 좋든 싫든 명령을 받든다. 무엇이 옳고, 무엇이 그른지는 중요하지 않다. 우리가 패배하면 모두가 위험해지므로 목숨을 걸고 전장에 나선다. 나는 전사로 태어났다.

"제군들 모두 고생 많았다. 오늘도 우리가 이 땅을 무사히 지켜냈다! 오늘은 모두 마을에 돌아가 마음껏 푹 쉴 수 있도록."

루코 부대의 지휘관인 뉴트로가 무수히 쌓인 적군의 시체 위에서 포효하며 외쳤다. 그러고는 그가 나에게 다가와 말했다.

"아서, 자네의 실력은 날이 갈수록 눈부시게 늘어가고 있네. 첫 전장에서 벌벌 떨던 애송이의 모습은 생각조차 나지 않는구면. 껄껄껄."
"모두 당신의 가르침 덕분입니다. 감사합니다."
루코 부대를 이끌고 수없이 많은 전장을 누빈 전설적인 지휘관 뉴트로. 나는 그에게 경의를 표했다.

"나는 내 평생을 바쳐서 이 나라를 지키는데 애썼네."

"잘 알고 있습니다. 존경스럽습니다."

"비록 우리 전사들의 수명은 짧지만, 앞으로도 계속해서 후배들이 우리의 뒤를 이어갈 거네. 만일 내가 목숨을 잃거나 힘이 없어진다면, 자네가 내 뒤를 이어 끝까지 이 땅을 지켜주게."

"그런 일이 절대 일어나지 않도록 바라지만, 알겠습니다. 명심하겠습니다."

나는 그에게 묵례로 예를 표하고 동료들과 함께 마을로 돌아갈 채비를 했다. 백전백승의 루코 부대. 물론 그 과정에서 수많은 희생이 따랐다. 내가 과연 그처럼 루코를 이끌 수 있을까. 나는 전사로 태어나서 할 일을 한 것뿐인데?

그렇게 의구심을 가지며 어느덧 장비 정리를 마치자, 뒤이어 트롬보들이 도착했다. 트롬보들은 전장을 정리하고 피해를 보수하는 일을 한다. 그들은 우리를 보고 예를 갖춰 고개를 숙였다. 그러고는 그들이 가져온 커다란 수레에 시체를 옮겨 담기 시작했다. 우리도 그들에게 예를 갖춰 인사를 한 뒤, 마을로 향했다.

전장에서 지친 몸을 이끌고 얼마나 걸었을까, 해가 지고 나서야 그토록 보고 싶던 마을 표지판이 보이기 시작했다.

'리버사이드에 오신 것을 환영합니다.'

리버사이드는 수도를 기준으로 남쪽에 위치한 대도시로, 전국 최대 규모의 식량 생산지이자 각종 오염물질을 정화하는 중요한 역할을 한다. 표지판을 지나 마을에 들어서자, 거리에는 우리의 복귀를 환영하는 리버사이드 주민들로 가득했다.

"환영합니다. 고생하셨어요!"
"감사합니다! 여러분들에게는 완전 무료니까, 저희 가게에 오셔서 마음껏 드세요."
"따뜻한 목욕물도 준비되어 있어요!"

우리는 그들의 따뜻한 환대를 받으며 마을에 입성했다. 그들에게 우리는 목숨을 걸고 나라를 지킨 영웅이었다. 하지만 나는 전사로 태어나 할 일을 했을 뿐이었다. 누군가는 나처럼 정규군으로 태어나기도 하고, 누군가는 아까 낮에 본 트롬보로 태어나기도 한다. 우리는 모두 나라에 필요한 일원으로 태어나 일평생 각기 다른 역할을 해낸다. 리버사이드의 주민들도 마찬가지다.

힘든 전투를 마치고 돌아온 다른 동료들은 그 분위기를 즐기며 잔뜩 신나있었다. 그들은 마을 사람들이 건넨 전단지를 보며 흥분했다.

"아서, 오늘 헤이븐에서 파티가 열린다는데 같이 갈래?"
"아니, 괜찮아. 나는 오늘 조용히 좀 쉬고 싶어."
"이럴 때 좀 놀고 그러는 거지. 그래, 그러면 우리끼리 가지 뭐."

나는 헤이븐으로 향하는 동료들을 뒤로한 채 눈에 보이는 아무

여관에 들어갔다. 여관 주인은 내 옷을 보고는 돈도 받지 않고, 곧장 방을 안내해 주었다.

"힘든 전투였을 텐데, 고생하셨어요. 뜨거운 물도 잘 나오니까 편히 쉬세요."
"감사합니다."

나는 욕조에 따뜻한 물을 받아 한참이나 몸을 담갔다. 오랜 시간이 지나고, 나는 허기짐을 느껴 여관 앞에 있는 작은 식당을 찾았다. 간단하게 식사를 주문하고 음식을 기다리고 있었다. 그때 옆 테이블에서 누군가가 말을 걸었다.

"루코 부대 사람인가?"

고개를 돌리니 잔뜩 술에 취한 중년의 남성이 나에게 술병을 건넸다.
"네, 그렇습니다."
"한잔 받게나, 어디 가서 이런 건 맛도 못 봤을 텐데."
"마음만은 감사하지만, 저희는 술을 마시는 것이 금기되어 있습니다. 음주는 전투력 손실로 이어지기 때문이죠."

나는 그에게 정중히 사양하고 다시 돌아앉았다.

"더럽게 잘난 척하는구만. 남들처럼 똑같이 태어나 그저, 정해진 일을 하는 주제에."

"뭐요?"

나는 그의 비꼬는 말을 듣고 자리에서 벌떡 일어났다. 그때, 종업원이 주문한 음식을 나에게 가져다주며 나를 진정시켰다.

"죄송합니다. 신경 쓰지 마세요. 요즘 마을에 업무량이 부쩍 많아져서, 저렇게 만취한 사람들이 넘쳐납니다."
"그래도 그렇지, 저 정도로까지 인력이 부족합니까?"
"네…. 하하…. 점점 살기가 힘들어져 가는 것 같아요."

종업원은 애써 나를 진정시켰다. 나는 다시 자리에 앉아 조용히 그녀가 가져다준 음식을 먹었다.

"자네도 그 소식을 들었는가? 정부에서 모노 군단의 규모를 잔뜩 불리고 있다던데, 이제 우리도 끝이라는 거지!"

남자는 그 말을 끝으로 정신을 잃고 쓰러졌다. 모노 군단? 어디선가 들어본 적이 있다. 나라의 존폐위기가 달린 상황에서 힘을 쓰는 중앙군인 모노 군단은 쉽게 규모를 늘리고 줄일 수 있는 군단이 아니었다. 저 남자의 말이 사실이라면, 뭔가 잘못되고 있다는 것이 틀림없었다. 입맛이 뚝 떨어진 나는, 계산하고 숙소로 돌아가 쉬기로 했다.

"루코 부대 소속이시면 계산하실 필요 없습니다. 무료입니다."
"아…. 감사합니다. 근데 혹시 저 남자가 모노 군단에 관한 이야기를 했는데 혹시 무슨 일이 있는 겁니까?"

밝은 얼굴로 친절히 나를 응대해 주던 종업원은 모노 군단의 이야기가 나오자, 얼굴이 순식간에 잿빛으로 변했다.

"아직 확실한 사실은 아니지만, 여정을 마치고 돌아온 이리스들이 모노 군단의 움직임을 포착했다고 하더군요."

이리스들은 전국을 돌아다니며, 각 도시에 필요한 보급품을 전달해주는 사람들을 말한다. 대다수 사람이 이리스라는 직업을 갖는 만큼 인력도 많이 필요한 중요 직업이다. 그들은 이 땅 구석구석을 돌아다니기 때문에, 보고 듣는 정보량도 엄청나다.

"또한, 모노 군단의 규모가 비정상적으로 늘어났다고 하더군요. 아마도 최근 리버사이드에 몰려드는 정화 작업 업무량과 관련이 있지 않을까 싶어서 다들 걱정 중이에요."

그렇게 말하는 종업원의 얼굴에는 근심이 가득했다. 리버사이드의 주 업무 중 하나, 오염물질을 정화하는 작업은 어쩔 수 없이 고농도의 알코올에 노출된다. 그로 인해 알코올 중독이 된 사람들이 여럿 있어 리버사이드는 골머리를 앓고 있었다. 그녀는 리버사이드의 상황은 전혀 고려하지 않고, 계속해서 막대한 업무량을 요구하는 정부 때문에 주민들이 점점 힘들어하고 있다고 말했다.

가게에서 나와 여관으로 돌아가던 나의 눈엔 이전과 다른 리버사이드의 모습이 보였다. 우리 군은 떠돌이 생활을 해 어느 도시에도 속해있지 않지만, 과거에 들렀던 리버사이드의 모습과는 사뭇 달라진 점이 있었다. 골목길에는 술에 취해 쓰러진 사람들이 여럿 있었고 서로 싸우는 사람들의 모습도 보였다. 분쟁과 다툼 없이 평화로웠던 도시는 이전과 같지 않았다. 여관으로 돌아온 나는 걱정과 근심 속에 한참을 뒤척이다 잠이 들었다.

겨우 눈을 붙인 지 얼마 지나지 않았을 무렵, 문을 쾅쾅 두들기는 소리에 눈을 떴다.

"아서, 어서 일어나! 긴급 지령이 도착했어! 서둘러 광장으로 집합하게."

우리 전사들의 삶이 그렇다. 전투가 끝났다고 해서 마음 편히 있을 수 없다. 언제 어디서 벌어질지 모르는 끊임없이 전쟁 때문에, 우리가 집이 없는 것이다. 졸린 눈을 비비고, 서둘러 장비를 챙겨 여관을 나왔다. 이제 막 동이 틀 무렵이었다. 광장에 도착하자 이미 집결해 있는 부대원들과 지휘관 뉴트로가 보였다. 뉴트로는 내 얼굴을 비롯한 부대원들의 얼굴을 확인하더니, 정부에서 보낸 서신의 내용을 발표했다.

"이틀 전, 렁 브롬에서 반군이 발생했다. 진압 과정에서 화력이 부족하여, 우리를 제외한 인접 모든 부대에 지원 요청을 보내왔다. 반란 당시 우리는 리버사이드 방어 임무를 맡고 있었으나, 전투가 끝났으니 속히 렁 브롬에 주둔한 연합군과 합류하라는 명령이다."

어제까지 했던 전투로 피로가 누적되어 있는 병사들은 반란군이라는 말에 당황한 기색을 보였다. 지금까지 우리가 상대했던 적들은 외부의 침입이었다. 반란군은 한 번도 상대해 본 적도 들어 본 적도 없었다. 술렁이는 병사들을 향해 뉴트로가 소리쳤다.

"우리는 백전백승의 루코 부대 소속이다! 반란군이라고 겁먹을 필요가 없다. 우리가 그저 하던 대로 싸우면 반드시 승리하고 이 땅을 지켜낼 것이다!"

뉴트로의 말에 병사들은 정신을 다시 무장했다. 그렇게 우리는 렁 브롬에서 발생한 반군을 제압하기 위해 출발했다. 렁 브롬으로 향하던 중, 나는 뉴트로에게 모노에 관한 이야기를 꺼냈다.

"지휘관님, 혹시 이번 반군과 모노 군단의 움직임과 관련이 있습니까?"
"자네가 모노 군단의 움직임을 어떻게 알았나?"
"리버사이드 주민들이 하는 이야기를 들었습니다. 그들은 이리스들이 모노 군단의 움직임을 포착했다고 말했습니다."
"아무래도 반군이 생긴 건 이번이 처음이다 보니, 정부에서도 잔뜩 긴장한 모양이야. 우리는 뭐 평소같이 싸우면 되는 거 아니겠나? 아, 참. 일전에 내가 말했던 말 잊지 않았지?"
"끝까지 이 땅을 지키는 것 말입니까?"
"그래, 그래. 무슨 일이 있어도 포기해선 안 되네, 우리가 무너지면 모든 게 끝이니 말이야."
"네, 다시 한번 명심하겠습니다."

그렇게 우리는 한참을 더 걸어 밤이 되었을 무렵, 겨우 렁 브롬에 도달할 수 있었다. 렁 브롬은 자연 친화 도시로 맑은 공기와 아름다운 자연경관으로 유명한 곳이었다. 하지만 우리가 도착했을 때, 마을의 공기는 매우 탁해있었다. 사람들은 계속 기침을 해대며 건강 상태가 매우 나빠 보였다. 전염병이 휩쓸고 간 자리처럼 길바닥에 쓰러져있는 사람들도 종종 있었다. 오랜 행군 끝에 지친 우리에게 뉴트로가 말했다.

"오늘은 밤이 늦었으니, 내일부터 정식적인 작전에 임하겠다. 모두 푹 쉬고 내일 볼 수 있도록."

거의 폐허가 된 마을의 모습을 확인한 우리는 모두 지정된 숙소에 들어가 긴장감이 가득한 밤을 보냈다.

다음날, 동이 트자 우리는 연합군과 합류 할 수 있었다. 연합군은 링 브롬 외각에서 발생한 반군 진압이 거의 마무리되었고, 최후의 일격만이 남아있다고 전했다. 우리의 합류로 더욱 기세를 모은 연합군은 곧바로 출격 준비를 했다. 마을 곳곳에는 연합군의 전장에서 상처를 입은 연합군들이 있었다. 공포에 질린 그들은 우리를 우려하며 말했다.

"검은 사제를 입은 자들을 조심해. 그들은 아무리 죽여도 죽지 않아."

그들의 말에 우리는 께름칙했지만, 명령을 받드는 군인이었기에 전장으로 나섰다. 도시 외곽에 도착하자 이미 한창 반군과 전쟁 중인 연합군이 보였고, 우리도 곧장 그들에게 합류했다. 우리는 힘을 모아 효과적으로 그들을 격퇴해 나갔다.

얼마나 오랜 시간이 흘렀을까, 우리의 승기가 눈앞에 보일 때 즈음 상황이 이상하게 돌아가기 시작했다. 멀리서 거대한 안개구름이 보이기 시작했다. 우리는 처음 보는 거대한 안개구름을 넋 놓고 바라보았다. 안개는 최전선에 있던 군대부터 삼키기 시작했다. 안개는 점점 우리에게 밀려왔고, 최전선에 있던 병사들은 모습조차 보이지 않게 되었다. 잠시 뒤, 안개 속에서 병사들의 비명이 들리기 시작했다. 빠른 속도로 밀려드는 안개구름은 이제 우리 모두를 집어삼켰다. 그리고 우리는 앞에 있던 병사들이 비명을 지른 이유를 알게 되었다. 그것은 안개구름이 아니라 독가스였다. 우리는 숨을 쉴 수 없을 정도의 고통에 쓰러져 콜록거리기 시작했다. 나는 겨우 눈을 뜨고 주변을 살폈다. 독가스로 된 안개구름 속에서 우리는 정신을 못 차렸지만, 반군들은 독가스에 내성이 있는 것처럼 아무렇지 않아 보였다. 아니, 오히려 독가스의 힘을 흡수한 듯 각성했다. 그리고, 안개 끝자락에서 부상병들이 말했던 검은 사제들의 모습이 보였다. 직감적으로 느껴졌다. 그들은 도저히 우리가 상대할 수 있는 존재가 아니라는 것을. 검은 사제들을 보고 두려움에 얼어붙은 나의 어깨를 누군가 잡았다. 지휘관 뉴트로였다.

"아서! 어서 피해. 일단 후퇴해 전열을 다시 가다듬어야 해!"

뉴트로는 정신을 못 차리는 나를 일으켜 세워주었다.

"모두 퇴각하라!"

뉴트로의 외침에 남아있던 병사들은 안개구름을 빠져나와 도망쳤다. 간신히 마을로 피신한 우리는 남은 병력을 세어보았다. 절반 이상이 독가스로 이루어진 안개구름에서 돌아오지 못했다. 절망적인 상황이었다. 무슨 일이 있어도 도망치지 않는 것이 전사의 기본 교리였지만, 뉴트로는 그러지 않았다. 그 덕분에 절반이라도 목숨을 건질 수 있었다. 나는 주변을 둘러보며 뉴트로를 찾았다. 그러나 뉴트로의 모습이 보이지 않았다. 마지막에 살아 돌아온 한 병사는 안개구름 속에서 뉴트로의 모습을 보았다고 말했다. 뉴트로는 우리를 피신시킨 뒤, 끝까지 검은 사제들과 대항하여 싸우고 있었다고 전했다. 그리고 그것이 우리가 본 뉴트로의 마지막 모습이었다. 우리는 멀리서 돌아오지 않을 뉴트로를 한참 동안 기다렸다.

어느덧 해가 지기 시작했고, 나는 뉴트로를 대신해 병사들에게 휴식을 취할 것을 명령했다. 병사들이 물러가고도 제자리에서 한참이나 뉴트로를 기다리던 나도 결국, 숙소로 돌아왔다.

뉴트로는 죽었다. 검은 사제들의 정체는 뭘까. 이제 우리는 어찌해야 하나. 나는 한참을 깊은 고민에 빠져있었다. 그때, 밖에서 마을 사람들의 비명이 들리기 시작했다. 나는 황급히 밖으로 나갔다. 외곽을 경계하던 연합군들이 갑자기 무차별적으로 마을 사람들을 공격하기 시작했다. 마을은 순식간에 불바다가 되었다. 사람들은 혼비백산 도망치기 시작했다. 도대체 왜 그들이 갑자기 마을 사람들을 공격하는 거지?

나는 매우 기괴한 장면을 보았다. 연합군들에게 공격당한 마을 주민들이 이성을 잃고 또 다른 마을 주민을 공격하기 시작했다. 나는 연합군이 그동안 왜 반란군 제압에 애를 먹었는지 알게 되었다. 그들에게 공격당하면 자신도 모르는 사이 좀비처럼 반군이 되어버렸다. 반군이 되어버린 연합군 뒤로 그들을 조정하는 듯한 검은 사제들의 모습이 보였다. 나는 그들이 이 사태의 원인임을 깨닫고 곧장 그들에게 달려들었다. 검은 사제 중 한 명은 자신들에게 달려드는 나를 손쉽게 튕겨냈다. 그의 강력한 힘에 나는 아주 멀리 날아가 바닥으로 곤두박질쳤다. 그리고는 곧바로 의식을 잃었다.

한참의 시간이 흐른 뒤, 나는 겨우 눈을 떴다. 주변을 살펴보니 렁 브롬과 그리 멀지 않은 밭에 처박혀있었다. 온몸이 쑤시듯 아팠다. 근처에 있던 나뭇가지를 주워 겨우 몸을 이끌고 나는 렁 브롬으로 돌아왔다. 도시는 모두 불타 검게 그을려있었고, 일전에 보았던 안개구름으로 뒤덮여 있었다. 나는 매캐한 독가스에 코를 막았다. 몇몇 생존자들은 제정신이 아닌 것처럼 보였다. 걸음걸이도 이상하고 할 일도 하지 않았다. 그들은 독가스에 중독된 것처럼 향기롭게 독가스를 마시고 있었다. 검게 그을린 렁 브롬은 이전과 같은 모습을 찾아볼 수 없을 정도로 폐허가 되어있었다. 검은 사제들의 모습이 보이지는 않았으나, 나는 겁을 먹고 빠르게 도시를 벗어났다.

도시를 벗어난 나는, 얼마 못 가 탈진해 쓰러졌다. 생전 처음 상대해본 검은 사제들이 너무 두려웠다. 동료들도 모두 잃었다. 존경하는 지휘관 뉴트로도 내 곁을 떠났다.

'만일 내가 목숨을 잃거나 힘이 없어진다면, 자네가 내 뒤를 이어 끝까지 이 땅을 지켜주게.'

뉴트로가 나에게 남겼던 말이 생각났다. 나는 폐허가 된 렁 브롬을 지키지 못했다. 아마 렁 브롬을 시작으로 그들의 침공은 계속되겠지. 우리는 그들을 막을 수 없을 것이란 생각이 들었다.

'지키지 못해서 죄송합니다….'

뉴트로와의 약속을 지키지 못했다. 나는 무기력하게 누워서 눈물을 흘렸다. 몸에서 점점 힘이 빠졌다. 이대로 끝인 것 같았다. 그때, 꺼져가는 의식 속에서 졸졸 흐르는 물소리가 들렸다. 나는 마지막 힘을 쥐어짜 물소리가 들리는 곳으로 기어갔다. 얼마 안 가 강줄기가 보였고, 나는 허겁지겁 흐르는 물을 마셨다. 정신이 돌아오며, 살 것 같았다. 리버사이드부터 흐르는 강물이 탈수 증세로 죽어가던 나를 살렸다.

'리버사이드?'

나는 리버사이드에서 들었던 모노 군단의 이야기가 떠올랐다. 모노 군단이라면 검은 사제들을 대항해 싸울 수 있을 것이라는 생각이 들었다. 이것 때문에 정부가 그동안 모노 군단의 규모를 키운 것이라고 확신했다.
'나는 검은 사제들을 실제로 만나봤다. 그들과 협력한다면, 이 나라를 지킬 수 있어.'
나는 전사로서 숙명을 다하고, 뉴트로와의 약속도 지킬 수 있을 거란 생각이 들었다. 나는 모노 군단의 정보를 아는 이리스들을 만나기 위해 강줄기를 따라 리버사이드로 향했다. 서둘러야만 했다. 렁 브롬을 초토화하고 떠난 검은 사제들이 어디까지 도달했을지 모르겠지만, 리버사이드만큼은 아니길 빌었다. 그렇게 한참을 걸었다.

'리버사이드에 오신 것을 환영합니다.'

드디어 리버사이드를 알리는 표지판이 보였다. 마을 입구에서 비틀거리는 사람이 보였다. 그 사람은 위태롭게 비틀거리더니 쓰러졌다. 나는 다급하게 그를 확인했다.

"저기요! 괜찮으세요?"

쓰러진 그는 다행히 숨이 붙어있었다. 하지만 술 냄새가 진동했다. 이럴 리가 없다고 생각하며 나는 불안한 마음으로 마을에 들어섰다.

리버사이드는 내가 떠나기 전과 매우 달랐다. 길거리에는 많은 이들이 나뒹굴고 있었고, 모두가 술에 취해 있었다. 나는 서둘러 모노 군단에 대한 정보를 처음 들었던 작은 식당으로 향했다. 식당 안에는 손님들과 종업원들이 너나 할 것 없이 모두 술에 취해 음주를 즐기고 있었다. 나는 그때 이야기를 했던 종업원을 찾았다.

"저기요. 정신 좀 차려봐요! 도대체 여기서 무슨 일이 있었던 거죠?"
"몰라…. 이제 나도 몰라. 같이 한잔하실래요?"
그녀는 이미 제정신이 아니었다. 나는 다시 거리로 뛰쳐나왔다. 마을은 이미 제 기능을 하지 않고 있었다. 마을은 오염물질로 덮여 있었고, 이 때문에 모두가 알코올 중독이 된 상태였다. 계속해서 오염물질이 쏟아지면 통제했어야지, 이 지경이 될 때까지 정부는 뭐 하고 있었던 것인가. 최대 식량 생산지인 리버사이드가 기능을 잃으면 전국이 위험했다. 아니면 혹시 이것도 검은 사제들의 짓인가 하는 생각이 들었다. 그때 등 뒤에서 누군가의 목소리가 들렸다.

"움직이지 마시오!"

뒤를 돌아보자, 처음 보는 최신식 장비들로 둔갑한 군대가 나에게 무기를 겨누고 있었다. 그들의 장비에서 '모노'라고 적힌 글씨가 보였다. 나는 안도의 한숨을 내쉬었다. 그들 중 한 명이 나에게 무기를 겨눈 채 다가왔다.

"나는 루코 부대 사람입니다! 얼마 전 있었던 렁 브롬 반란 사태 진압 도중에 우리는 모두 전사하였고, 저만 겨우 도망칠 수 있었습니다."

나는 그렇게 말하며, 내 앞에 다가온 모노 군에게 루코 부대 증표를 건넸다. 그는 나에게 받은 증표를 모노 군대 지휘관으로 보이는 사람에게 건넸다. 모노 군단 지휘관은 증표와 나를 번갈아 보더니 입을 열었다.

"나는 모노 군단 지휘관 니콜라스 장군이네. 렁 브롬에서 일어난 참사는 이미 전해 들었어."
"도와주십시오. 검은 사제들이 오고 있습니다. 제가 그들을 잘 알고 있습니다."

그들은 검은 사제에 관한 이야기를 듣더니 서로 대화를 나누기 시작했다. 그러다 잠시 후, 니콜라스가 다시 나에게 말했다.

"루코 부대는 전멸하지 않았어. 반군이 되었지. 그거 알고 있나? 자네는 반역자 군대 소속이야."

"아닙니다. 그들은 검은 사제의 조종을 받는 것입니다. 검은 사제들이 본체입니다. 그들을 제압하면 모두를 원상태로 돌릴 수 있을 겁니다."

"우리는 자네가 검은 사제의 하수인인지 아닌지 아직 확신이 부족하다네. 이해해 주게."

그러고는 그들은 나를 포박하였다. 나는 포박당하면서 간절하게 외쳤다.

"저도 전투에 참여하게 해주십시오! 그들을 원래대로 돌릴 수 있습니다!"

니콜라스는 그런 나를 보고는 안타깝다는 듯이 말했다.

"자네는 정말 아무것도 모르나 보군. 자네가 말한 검은 사제들은 캔서라고 불리는 존재라네. 링 브롬의 독 안개와 리버사이드의 오염 물질에서 처음 발견되었지. 처음 그들의 숫자는 미미했으나, 이제는 무서운 속도로 세력을 넓혀가고 있네. 캔서들은 우리를 자신들처럼 병들게 하고, 이전과는 완전히 다른 존재로 만들지. 지금으로서는 한 번 캔서로 변절 된 자들을 다시 되돌릴 방법이 존재하지 않아."

"네? 그게 무슨…."

"어떻게 보면, 정부의 욕심이 과했을지도 모르겠군. 윗사람들은 그저 도파민에 환장해 마구잡이로 오염물질을 방사했으니 말이야. 하지만 후회해도 늦었지! 우리가 직접 나선다는 건 이미 이 땅에 돌이킬 수 없는 문제가 생겼다는 거니까."

"그렇다는 건…. 모노 군단도 수습할 수 없는 문제라는 겁니까? 하지만, 모노 군단이 가지고 있는 최신식 장비라면…."

나는 소용 없다는 듯이 고개를 가로젓는 니콜라스를 보고 말문이 막혔다.

"우리의 장비는 캔서들을 제거하는 목적으로 설계된 게 아니야. 애초에 우리의 목표는 그저 그들의 속도를 최대한 늦추는 거지. 그 사이 무능한 정부는 캔서들과 서로 공존하는 방향으로 협상을 시도하겠지."

"캔서들과 공존하는 것이 가능합니까? 애초에 이 땅의 주인은 우리였지 않습니까?"

"지금으로서는 그것 외에는 방법이 없지 않겠나? 이 자를 풀어주게."

니콜라스가 명령하자 모노 군단원들은 포박했던 나를 풀어주었다.

"자네도 우리와 함께하겠나?"
"바라던 바였습니다. 감사합니다."

그렇게 나는 니콜라스가 이끄는 모노 군단과 함께했다. 모노 군단의 장비는 이전에 루코 부대에서 썼던 장비들보다 훨씬 효과적으로 캔서들에게 대항할 수 있었다. 하지만 그들의 장비로도 몰려드는 캔서들을 완전히 제거할 수는 없었다. 며칠 밤을 새워가며 싸웠는지 모르겠다. 캔서들의 생명력은 끈질겼고 결국, 우리는 수도를 기준으로 최후의 방어선을 구축해 더는 캔서들이 넘어오지 못하도록 작전을 바꾸었다. 수도가 함락되면 모든 것이 끝이었다.

며칠간 우중충한 날씨가 연속되었고, 햇빛은 완전히 가려져 낮에도 어두컴컴한 것이 음산한 분위기를 자아냈다. 곳곳에서는 이유 모를 화재가 발생하였다. 니콜라스는 이를 두고 끝이 없는 전투와 캔서들의 세력 확장으로 이 땅이 죽어가는 것이라고 말했다.

하루에도 몇 번씩 죽을 고비와 방어선이 뚫릴 뻔한 위기를 넘겼다. 캔서들이 우리의 무기에 내성이 조금씩 생기고 있는 것 같았다. 우리의 공격이 점점 효과가 떨어지기 시작했다. 하지만 더 큰 문제가 있었다. 분명 보급품을 들고 왔어야 하는 이리스들이 며칠이 지나도 돌아오지 않고 있다. 아마도 캔서의 짓이 틀림없었다. 캔서들이 이리스들까지 장악해 우리를 조여오기 시작했다. 니콜라스는 급히 정부에 서신을 보냈고, 며칠이 지나지 않아 우리는 답장을 받을 수 있었다.

'우리 정부는 캔서들과의 오랜 협상 끝에 공존에 대한 타협점을 찾지 못했으며, 이에 안타까운 마음을 전한다. 최전선에서 캔서들에 저항하는 그대들의 노고에 감사드리며 정부는 다가오는 일요일, 전국적으로 사이토톡시 안티 캔서 투약을 결정했다. 브로큰 애로우를 할 수밖에 없던 정부의 선택을 이해하길 바라며, 끝까지 최선을 다해주길 바란다.'

'브로큰 애로우'

이는 적군과 아군 가릴 것 없는 무차별 폭격을 말한다. 캔서들의 전력은 너무나 압도적이었고, 우리는 항복할 수도 없었다. 정부는 우리를 포기하고, 무차별 폭격을 계획했다. 그러면서 우리에겐 끝까지 전선에서 싸워줄 것을 바란다. 사실 우리는 모두 알고 있다. 그 방법이 현재로서는 가장 효과적일 거라고. 우리는 정부의 명령대로 죽음을 기다리며 끝까지 방어선을 지켰다.

마침내 약속한 일요일 아침이 되었다. 남아있던 우리는 서로의 손을 맞잡았다. 땅이 엄청난 굉음을 내며 흔들리기 시작했다. 하늘은 폭탄으로 새까맣게 뒤덮였다. 땅에서는 캔서들이 무섭게 달려오고 있고, 하늘에서는 비 오듯 폭탄이 떨어졌다. 며칠간 밤낮을 함께 나눈 동료들이 죽어 나가기 시작했다.

나는 전사로 태어났다. 이 땅을 지키기 위한 백군(White Blood). 정부는 니코틴과 알코올에서 나오는 도파민을 끊임없이 추구했다. 그들이 도파민에 절여져 달콤하게 배를 불릴 동안, 그것에 대한 대가는 렁 브롬(Lung) 주민들과 리버사이드(Liver) 주민들이 치렀다. 나는 당신들에게 묻고 싶다. 도대체 무엇을 위해 음주와 흡연을 하는가? 내 머리 위로 떨어지는 폭탄을 보고 나는 체념한 채 눈을 감았다.

내 이름은 아서, 고유번호 51,648,951,425번 백혈구다.

자유

이주영

민혁은 초등학생이 되었을 무렵 아버지에게 기타를 선물로 받았다. 선물을 받은 민혁은 조용히 방 한구석에 앉아 바닥에 놓고, 줄을 튕겼다. 처음 들었던 기타 소리는 감미로웠다. 순간 기타의 매력에 빠져버렸다. 기타 6줄에서 나는 소리는 아름다웠고, 매우 흥미로웠다. 시간이 가는지도 모르게 무아지경 가지고 놀았다. 잡는 방법도 몰라 세워서 들어보고, 눕혀도 보았다. 그 당시 어린 민혁에게 기타는 너무 컸다. 양손으로 몸통을 잡고 들었지만 금방 부들거려 기타를 떨어뜨릴 것 같아 뒤로 넘어졌다. 그래도 좋다며 어린 민혁은 배시시 웃었다. 몸을 다시 일으켜 기타를 바닥에 눕혔다. 그리고 넥에 있는 지판을 하나 눌러봤다. 손가락으로 살짝 눌렀다 뗐을 때 작게 소리가 들렸다. 처음 들었던 소리와 다른 소리가 들렸다.

12월의 시내, 바람이 날카롭게 불지만, 사람들은 따듯한 연말을 보내고 있다. 거리에는 사람들이 북적거렸고, 광장에는 연말 분위기의 큰 크리스마스트리와 알록달록한 조명이 환하게 빛나면서 사람들을 더욱 따듯하게 만들어 주고 있다. 그 앞은 교회에서 나온 사람들이 산타옷을 입고 종을 위 아래로 흔들면서 크리스마스 노래를 부르고 있다. 연말 분위기와 성탄절 노래는 사람들의 이목을 끌었고 거리를 걷던 사람들이 구경하러 모여들었다. 젊은 남녀 커플, 5살 정도 돼 보이는 아기를 데리고 나온 어린 부부, 다 큰 자식들과 구경하러 나온 중년 부부, 친구들과 구경하러 나온 남녀 학생들 모두 크리스마스트리와 함께 행복한 하루를 보내고 있다. 민혁은 땅을 보고 걷다 귀에 크리스마스 노래가 들려와 푹 눌러쓴 패딩 모자를 벗으며 그들 사이로 들어가 같이 구경했다. 민혁은 잠깐 서 있다가 생각에 잠긴 듯 하늘을 올려 봤고, 우울한 표정으로 쓴웃음을 지으며 다시 패딩 모자를 머리에 덮은 채 거리로 나와 집으로 향했다. 집에 돌아온 민혁은 옷을 바닥에 내려놓고 냉장고에서 소주 한 병을 들고 차디찬 방바닥에 앉아 소주를 병째로 마시기 시작했다. 몇 모금 마시고 민혁은 자신의 핸드폰을 꺼내 동영상을 켜 무언가 보기 시작했다. 그 영상 속에는 민혁이 기타를 메며 노래하는 영상이었다. 공연장에서 민혁의 얼굴은 지금처럼 우울하고 어둡지 않았다. 공연장 조명을 받으며 노래하는 민혁의 표정은 다른 사람이라 생각이 들 정도로 웃음만 가득했다. 그때의 민혁은 빛이 났다. 소주는 한 병씩 늘어났고 민혁은 점점 취하고 있었다. 민혁은 과거 영상을 다 보고 생각에 잠겼다. 핸드폰 화면을 바라보고 있는 현재 민혁의 눈은 생기가 없고 얼굴 낯빛은 어둡다. 담배를 꺼내 입에 물고 바닥에 벌렁 누워 곰팡이가 핀 천장을 바라봤다. 민혁은 턱에 힘을 줘 이를 꽉 깨물었다. 부들부들 떨던 그의 눈은 선홍빛으로 변하더니 눈물을 흘렸다. 차디찬 단칸방 한구석, 먼지 쌓인 기타가 있는 어두운 집 안에서 민혁은 담배 연기를 내뱉었다.

"씨발..."

민혁이 입을 떼며 떨리는 목소리로 말했고 눈물은 계속 흐르고 있었다. 무언가 주저하고 있던 민혁은 결정이라도 한 듯 담배를 깊게 빨고 옆에 준비해 둔 번개탄 위에 담배꽁초를 툭 올려 두었다. 꺼지지 않은 작은 담뱃불은 번개탄을 태우기에 충분했다. 불이 붙음과 동시에 연기가 피어올랐다. 그 연기는 서서히 민혁의 반지하 단칸방을 삼켜버렸다.

민혁은 초등학생이 되었을 무렵 아버지에게 기타를 선물로 받았다. 선물을 받은 민혁은 조용히 방 한구석에 앉아 바닥에 놓고, 줄을 튕겼다. 처음 들었던 기타 소리는 감미로웠다. 순간 기타의 매력에 빠져버렸다. 기타 6줄에서 나는 소리는 아름다웠고, 매우 흥미로웠다. 시간이 가는지도 모르게 무아지경 가지고 놀았다. 잡는 방법도 몰라 세워서 들어보고, 눕혀도 보았다. 그 당시 어린 민혁에게 기타는 너무 컸다. 양손으로 몸통을 잡고 들었지만 금방 부들거려 뒤로 넘어졌다. 그래도 좋다며 어린 민혁은 배시시 웃었다. 몸을 다시 일으켜 기타를 바닥에 눕혔다. 그리고 넥에 있는 지판을 하나 눌러봤다. 손가락으로 살짝 눌렀다 뗐을 때 작게 소리가 들렸다. 처음 들었던 소리와 다른 소리가 들렸다. 민혁은 귀를 기울이며 공명이 사라질 때까지 느꼈다. 작고 짧게 들린 소리지만 그 짧은소리도 민혁이 흥미를 갖기엔 충분한 시간이었다. 이런 원리로 다른 소리가 나는 걸 알아채고, 왼손으로 지판을 누르며 오른손으로 지판을 누른 줄을 튕겼다. 민혁은 눈을 동그랗게 뜨고 박수 쳤다. 그리고 지판의 모든 자리의 소리를 알려고 했다. 지판의 위치에 따라 나는 각기 다른 소리는 하나하나 매우 흥미로웠다. 그 순간 민혁의 시선에서 인기척이 느껴졌다. 반짝임이 민혁의 눈을 거슬리게 했다. 뭐가 비쳤는지 고개를 틀어, 두리번두리번 주변을 둘러봤다. 그러자 창문에서 이상한 빛이 반짝이고 있는 것을 알아챘다. 그 빛이 무엇인지 창문 앞으로 다가가 확인했다. 창문을 열어 밖의 하늘을 둘러보자 이상할 만큼 선명한 푸른색의 별이 보였다. 어린 민혁은 너무나 이쁜 색의 별이 눈앞에 펼쳐져 있다는 게 신기해 눈을 떼지 못했다. 별을 쳐다보고 있던 민혁은 별이 점점 밝아지고 있다는 생각이 들었다. 그런데 그건 사실이었다. 푸른색의 별은 점점 빛나 환하고 강렬한 빛을 뿜내며 주위를 밝게 만들었다. 그 빛은 어두운 하늘을 집어삼키더니 어린 민혁을 감싸기 시작했고 순식간에 주변은 푸른 색의 빛으로 물들었다. 눈이 너무 빛나 꽉 감았었다, 눈을 천천히 떴을 때 어린 민혁은 처음 본 공간에 있었다. 어린 민혁은 깜깜한 하늘 아래 초록빛 들판에 서 있었다. 곧바로 바람이 살랑살랑 불었다. 눈을 감고 바람 소리를 느끼자, 그 소리는 노랫소리로 들리기 시작했다. 화들짝 놀란 어린 민혁은 눈을 떠손으로 입을 막았다. 그런데 이게 끝이 아니었다. 잔디가 바람을 타며 살랑살랑 춤을 췄고, 동시에 그저 깜깜하기만 했던 하늘에서 푸른 빛을 띠고 있는 별이 무수히 펼쳐졌다. 곧장 하늘을 에워싸고 무척이나 아름다운 풍경으로 변했다. 끝없이 펼쳐져 있는 대초원과 푸른빛의 별은 어린 민혁에게 있어 새롭고 신기해서 그대로 공간에 빠져들었다. 자신도 모르는 사이 어린 민혁의 입은 해맑게 웃고 있었다. 자리에서 방방 뛰며 왔다 갔다 했다. 어린 민혁은 문득 푸른 빛의 별을 잡고 싶다고 생각하게 됐다. 그리고 하늘을 올려다봤을 때 처음 봤던 푸른 색의 별이 어떤 별인지 알 수 있었다. 그 별은 혼자 강렬하게 빛났다. 덕분에 작고 조그만 별도 환하게 빛나고 있었다. 어린 민혁은 푸른 별을 잡으려 앞으로 나아가 달리기 시작했다. 숨이 턱 끝까지 차오르게 한참 달렸지만, 어린 민혁은 푸른 별을 잡지 못했다. 감미로운 바람 소리가 여전히 살랑살랑 불고 있다. 어린 민혁은 거친 숨을 진정시켜 잔디밭에 누워 하늘을 봤다. 그리고 손을 하늘로 향해 쭉 뻗으며 말했다. "푸른 별아 내가 너 잡을 거야! 다음에는 잡혀줘 다음에 또 보자" 어린 민혁의 목소리는 맑고 청량했다. 푸른 별은 더욱 환한 빛을 내며 어린 민혁에게 대답해 주는 것 같이 보였다. 계속 뛰어다니던 어린 민혁은 지쳤는지 고요한 숨소리를 냈고 잔잔한 바람 소리를 들으며 금세 잠들었다. 눈을 떠 보니 어린 민혁은 기타를 꼭 안고 있었다. 누구도 겪기 힘든 이 신기한 경험을 한 어린 민혁은 기타를 자기 친구라 생각했다. 그렇게 기타와 같이 지내다 보니 자연스럽게 음악의 길로 빠져들게 되었다.

　　민혁에게 음악은 친구와 마찬가지이며 꿈이다. 곁에 있으면 편안하고 즐거웠고 기타를 치면 칠수록 자신이 부족하다 느끼는 것에 대에 배움에 한계가 없다고 느껴 행복했다. 하지만 민혁의 엄마 영지는 민혁이 음악을 진심으로 대한 것을 알아차리려 하지 않았다. 민혁의 열정적인 모습을 봐도 영지는 모른척하며 무시했다. 영지도 어렸을 적 음악의 길을 걸었다. 그러나 영지는 단 한 번도 대중의 관심을 받지 못했었다. 영지는 열정만 있었고, 재능은 없었다. 민혁이 재능이 있는지 확인하려 하지도 않고, 자신의 과거와 똑같아 보이는 민혁을 보며 답답해했다. 그래서 아들인 민혁도 자신과 똑같이 성공하지 못한 실패자가 될 것만 같았다. 그래서 아들인 민혁이 똑같은 길로 가지 않았으면 했다. 자신이 말하는 대로 행동해야 미래의 민혁이 행복할 거로 생각했다. 영지는 민혁이 오로지 좋은 대학에 나와 좋은 직장을 가져 좋은 여자와 살아 일반 사회인들처럼 평범하게 지냈으면 좋겠다고 생각했다. 그래서 영지는 민혁이 고등학생이 되자마자 학업적으로 압박했다. 고등학생 때 민혁은 학교. 학원, 집 이런 생활을 반복했다. 음악에 집중하는 시간이 줄어들면서 민혁의 얼굴에는 웃는 모습이 적어졌다. 그러면서 머리가 꽤 좋아 학업 성적이 상위권에 있었던 민혁의 시험 성적은 점점 내려가 상위권에서 중위권으로 떨어졌다. 시험 성적표를 본 영지는 민혁의 성적이 떨어진 것을 확인했다. 영지는 그날 밤 민혁의 아빠인 정수와 방에서 대화를 나눴다.

"자기야 이것 좀 봐 민혁이 반에서 3등 하던 놈이 지금 반에서 10등이야 학원 더 등록해야 할 거 같아"

영지의 말을 듣는 시늉만 하는 정수는 읽던 책을 읽으면서 대답했다.

"그래 알아서 해"

"말을 왜 그렇게 해? 지금 내가 왜 이러는지 자기도 알잖아"

"알아 나보다 민혁이 일은 당신이 잘 알 테니까 이렇게 말하는 거 아냐"

"아니 자기는 민혁이에 대해 안 궁금해? 어쩜 자기 자신만 알아?"

"아... 진짜 그만 좀 해. 좀 집에서도 편히 못 쉬네"

한숨을 내쉬면서 정수는 침대 이불에서 나와 자신 서재로 갔다.

"내가 우리 민혁이 잘 키우려고 이러는 거지 나 잘되자고 하는 거야!!"

영지는 정수가 들으라고 방문을 향해 큰 소리로 외쳤다.

민혁은 정수와 영지가 다투기 시작하자 자연스럽게 방문을 잠가 헤드셋을 껴 침대에 누웠다. 둘의 다툼 소리를 듣지 않으려 볼륨을 최대로 올려 눈을 질끈 감았다. 민혁의 헤드셋에서는 Red Hot Chili Peppers의 Can't Stop의 노래가 재생되고 있었는데 강렬한 기타 리프와 베이스, 드럼은 마치 정수와 영지의 싸움을 고조시키는 것 같았다. 민혁은 Can't Stop의 비트를 들으면서 집을 나가 길거리에서 자유롭게 살고 음악 하는 자신의 모습을 상상했다.

다음 날 영지는 맘카페에 들어가 어느 학원이 괜찮은지 꼼꼼히 찾아봤다. 학원에서 돌아온 민혁의 어느 날과 똑같이 방 안에 들어가 기타 연습을 하려고 했다. 그러나 영지는 민혁을 거실로 불렀다. 힘없이 영지 앞으로 다가간 민혁에게 영지는

"이민혁 너 이번에 성적 떨어진 거 엄마가 확인했어, 성적 떨어

질 때야 너? 지금이 제일 중요한 시기라고 엄마가 항상 말하잖아. 너 이번 주부터 주말에도 학원 가 엄마가 이미 등록해 놓았으니까 알겠어?"

"…"

"이민혁 대답 안해?"

"…네"

엄마를 바라보지 않고 땅을 보며 힘없이 말했다. 민혁에게 주말은 그나마 숨통이 트이는 시간이었다. 평일은 학원 끝나고 집에 돌아오면 10시였다. 집에서 기타 연습할 수 있는 시간은 겨우 2시간뿐이었다. 열정이 가득한 민혁에게 평일 2시간은 너무 짧았다. 주말에 민혁은 하루 종일 방 안에서 음악 듣고, 기타 연습할 수 있는 오직 자기만의 자유로운 시간을 가졌었다. 그런데 이제는 자유로운 주말 시간도 빼앗겨 버렸다. 민혁의 가슴 속에는 분노가 가득 찼다. 도대체 엄마가 나에게 뭐 해줬기에 내 자유를 이렇게 빼앗아 버리는지 이해가 가지 않았다. 이게 과연 내가 잘되는 길이라 생각이 들지 않았다. 당장이라도 음악만 하고 싶다고 말하고 싶었지만, 이 말을 하는 즉시 음악 때문에 반항하는 거라 생각해 민혁에게 음악 자체를 듣는 것 외엔 모조리 빼앗길 거 같은 느낌이라 영지에게 반항하지 못하는 민혁이었다. 민혁은 속으로 자유를 갈망했다. 방으로 들어가 방문을 굳게 닫았다. 그리고 기타를 들어 헤드셋에 연결하고 미친 듯이 연주하기 시작했다. 민혁의 기타 멜로디는 어린 소년이 꿈을 좇기 위해 자유를 갈망하며 울부짖는 외침처럼 들렸다. 민혁의 기타 연주는 고조가 다다를수록 더욱 날카로워졌다.

주말에도 학원에서 공부하는 민혁은 공부가 눈에 들어오지 않았다. 여기서 공부하고 있는 자신을 하루라도 빨리 벗어나게 하고 싶었다. 민혁은 생각했다. 성적이 떨어져 주말의 자유를 빼앗겨 버렸으니, 성적만 다시 상위권으로 올리면 주말의 자유는 내게로 돌아올 거라고 그리고 2년만 버티면 집에서 벗어나 음악 할 수 있겠다고 그러면서 민혁은 공책에 '자유'를 계속 써 공책이 찢어지고, 볼펜이 망가짐에도 불구하고 계속 '자유'를 적었다. 정신 차린 민혁은 황급히 공책을 덮었다. 그리고 자신의 계획을 실현하기 위해 열심히 공부했다. 노력의 결과는 생각보다 더 뛰어났다. 1학년 마지막 시험 때만 돼도 성적이 그렇게 크게 오르진 않았는데 2학년 1학기 기말고사 때 민혁은 전교권으로 오르게 되었다. 민혁이 머리는 좋았어도 열심히 하진 않아 계속 반에서 떠돌았지만 자유롭게 음악 할 수 있는 삶에 목표를 갖고 공부하니 이런 성적을 받게 되었다. 엄마 영지는 민혁의 성적표를 보고 뿌듯해했다. 자신이 선택한 결과로 민혁이 탄탄대로의 길로 향할 거라고 믿었다. 민혁 자체가 자유를 위해 공부를 열심히 했다는 것을 알지도 못한 채 주말에도 공부시켜 이런 좋은 성적을 받았다고 판단했다. 민혁의 판단에 오류가 있었다. 엄마 영지는 민혁에 대해 알려고 하지 않는 사람이었다. 자신의 경험과 판단으로만 사는 사람이었다. 거실로 나와 민혁은 영지에게 머뭇거리며 말을 꺼냈다.

"어... 엄마, 나 성적도 잘나왔는데... 주말 학원 안 나가면 안 돼요? 내 시간 좀..."

영지는 민혁의 말을 잘라 대꾸했다.

"민혁아 무슨 소리야 학원을 왜 다니기 싫어, 엄마가 이 학원 등록시켜 줘서 성적 오른 거 아니니?"

"아니... 내 말은..."

"아니라고? 그럼, 학원 안 나가는 시간에 뭐 하려고 그래! 음악 하려고? 음악은 엄마가 커서 하라고 했지! 지금은 공부가 중요한 시기라고 맨날 말하잖아"

민혁은 대답할 기운조차 남지 않았다.

"..."

영지는 민혁을 똑바로 바라보며 말했다.

"엄마가 하라는 대로 하자 우리 아들? 알겠지?"

"네..."

민혁은 더 이상 대화 자체가 통하지 않을 거라 판단해 대답하고 방 안으로 들어갔다. 방으로 들어온 민혁은 방 한가운데 서서 주먹을 쥐고 부들거렸다. 얼마 안 가 바닥에 빨간 피가 몇 방울 떨어졌다. 주먹을 얼마나 세게 쥐고 있었는지 손톱이 손바닥을 파고들었다. 오른쪽 손가락 사이로 피가 계속 흘렀다. 살을 파고들어 피가 났지만, 그고통은 자유를 다시 찾지 못한 민혁의 고통에 비하면 아무것도 아니었다. 결국 민혁은 자유를 되찾기 위해선 성인이 되고 집을 나가는 수밖에 없다고 판단했다. 엄마에게 벗어나 내 자유를 찾기 위해 필사적으로 공부했다. 그리고 성인이 되자마자 집을 나가 살기로 마음먹었다. 민혁은 지금의 고통이 끝날 때까지 기다리며 인내하고 또 인내

했다. 그렇게 고등학교 3학년 겨울이 왔다. 민혁은 수도권 내 대학에 손쉽게 들어갈 성적으로 학교생활을 마쳤다. 영지는 아직도 자신의 선택으로 민혁이가 열심히 해 영지 자신이 원하는 대학에 민혁이 들어갈 수 있다고 생각했다. 하지만 민혁은 대학에 관심 없었다. 그저 영지가 원하는 대학에 지원해 영지를 방심시키고자 하는 생각뿐이었다. 민혁은 집에 나가기 전까지 영지의 말에 대응하지 않고 온전하게 순응하는 척했다. 그리고 다음 연도 새해가 되고 민혁은 집 거실 테이블에 자신이 여태 겪었던 고통과 아픔 그리고 자유를 찾기 위해 참았던 내용을 담은 편지를 올려놓고 집 밖을 나섰다.

"아버지, 어머니 저는 이제 이 집에서 나와 혼자 살겠습니다. 저를 낳아주시고, 길러주신 보답은 부모님께서 하라는 대로 살아온 여태 제 삶으로 답하겠습니다. 그리고 각 두 분께 말씀드리겠습니다. 아버지, 아버지는 참 가정에 무능하신 분입니다. 뭐가 그렇게 피곤하고 힘드셨는지 저는 잘 모르겠습니다. 다만 제가 아버지께 감사한 점은 저에게 기타를 선물로 주셨다는 점뿐입니다. 그것 말고는 아버지는 저에게 관심조차 없으셨던 분이었으니까요. 일이 바쁘다는 핑계, 피곤하다는 핑계로 제가 다가가면 멀리하셨잖아요. 그리고 어머니 저는 어머니를 증오합니다. 제가 하고 싶은 모든 행동을 통제하셨죠. 그리고 제 말은 하나도 들으려 하지 않으셨고, 오로지 어머니가 선택한 삶으로 살아야 한다는 점이 너무 싫었습니다. 어머니를 좋은 사람으로 생각한 적이 한 번도 없습니다. 제가 뭘 그렇게 잘못했길래 제게 그러셨나요. 왜 내 자유를 빼앗고 내가 하고 싶다는 음악에 대해 존중하지 않았나요. 제가 태어난 건 어머니의 선택이었지만 그 이후의 삶은 제 삶이었습니다. 저는 이제 어머니의 꼭두각시 삶을 그만

하고 싶습니다. 참을 대로 참았고 어머니가 하라는 대로 해왔습니다. 이젠 혼자 살면서 제 자유를 느끼려고 합니다. 그동안 키워주셔서 감사했습니다."

민혁은 집을 나서자마자 핸드폰에 있는 유심칩을 꺼내 바닥에 떨어뜨리고 발로 밟아 부셨다. 그리고 자신이 갖고 있던 새로운 유심칩을 넣어 말했다.

"이제 새로운 시작이다."

가슴 속에 있던 묵은 감정이 다 빠져나가는 것 같았다. 너무 편안하고 자유로웠다. 더 이상 누구에게도 억압받지 않는다는 점에 행복감을 느꼈다. 민혁은 젊은 패기와 자유롭고 싶다는 신념 하나로 산다는 다짐을 하며 주먹을 움켜쥐었다. 민혁은 미리 구해놓은 집으로 가기 위해 서울로 향했다. 서울 홍대에는 꿈과 열정이 가득한 자유로운 영혼을 가진 사람들이 가득하다는 것을 알고 있었다. 그들과 함께라면 민혁은 음악을 자유롭게 할 수 있다는 생각이었다. 보증금 500에 월세 45 반지하, 특유의 지하 냄새와 빛이 들어오지 않아 피어있는 곰팡이는 누구나 피하고 싶은 집이다. 보증금을 높이던가, 월세를 높여 지상에 살고 싶은 사람들이 대부분일 거다. 하지만 20살 자유를 찾은 민혁은 새로운 삶을 살기 딱 좋은 곳이라 생각했다. 민혁의 눈에는 퀴퀴한 냄새도 좋았고, 곰팡이도 좋게 보였다. 짐을 다 푼 민혁은 일자리를 구하기 위해 핸드폰을 꺼내 아르바이트를 구했다. 월요일부터 목요일은 편의점 금요일과 토요일은 술집 아르바이트를 구했다. 돈을 벌면서 내가 하고 싶은 음악을 할 수 있다는 점에서 민혁은 감사함을 느꼈다. 고된 일정이지만 언젠가 음악 하며 돈을 벌 생각으로 자기 위로하며 하루하루를 살아간다. 민혁은 매주 목요일부터 토요일까지는 일이 끝나는 즉시 길거리에 나와 거리공연을 했다. 민혁에게는 열정과 패기가 있었다. 그 열정은 추운 겨울 날씨도 뜨거운 여름으로 만들어 버릴 것 같았다. 하지만 열정은 열정이고 실력은 실력이다. 열정과 실력이 공존하기는 쉽지 않다. 민혁은 짧은 시간에도 기타 연습을 게을리하지 않는 사람이었다. 민혁의 기타 실력은 뛰어났지만, 작곡 실력은 아마추어 수준 이하였다. 그런 실력으로는 대중들의 이목을 끌기 어려웠다. 그래서 민혁의 거리공연을 구경하는 사람은 대부분 노숙자나, 인사불성이 된 취객으로 거리에서 생활하는 사람들이었다. 민혁의 기타 실력은 수준급이면서 작곡 실력은 별로냐면 학창시절로 돌아가야 한다. 집에서 혼자 음악 했을 당시 민혁에게 음악은 위로의 안식처였다. 그래서 친구도 없어 피드백 해 줄 사람이 없었다. 그래서 민혁의 곡들은 대부분 유명한 노래에서 좋은 부분만 따온 멜로디에 무미건조한 전개로 구성되었다. 유명 곡과 민혁의 곡을 이어 부르면 한 곡처럼 느껴질 정도였다. 음악은 자신의 색, 즉 개성이 있어야 하는데 민혁의 노래에는 개성이 없다. 좋아하는 가수의 스타일에서 벗어나 자신만의 색을 가져야 하는데 아직 그 틀에서 벗어나지 못하고 있다. 그저 민혁은 자신이 밖에서 자유롭게 음악 한다는 생각뿐이었다. 누가 알려주지 않으니, 자신이 변해야 한다는 것을 몰랐다. 그렇게 한 자리에서 도태되고 있는 민혁이었다. 민혁이 길거리 공연을 한 지 1년이 지났다. 여전히 민혁은 길거리에서 누구도 바라보지 않는 혼자만의 공연을 진행하고 있었다.

　지훈은 작은 소속사를 운영하고 있다. 지훈은 자기 감각을 믿는 사람이다. 그래서 직접 거리로 나와 꽃을 피우지 못한 음악가들을 찾는다. 평소에 지훈은 카페나, 술집에서 공연하는 어린 친구들을 본다. 그런데 그날따라 지훈은 길거리 공연하는 사람들을 구경했다. 자신의 감각을 건드리는 친구가 있다면 바로 데려가고 싶은 마음에 여러 길거리 공연하는 친구들을 구경한다.

'곡은 좋은데 뭔가 아쉬운데, 이만 들어가 봐야겠다?'

손을 턱으로 가져가 생각하는 지훈 그러면서 사무실로 돌아가려고 했다. 연주를 잘하고, 노래 실력도 좋았지만 지훈에게는 그저 평범하게 들렸다. 지훈의 기대에 미치지 못한 사람들이었다. 민혁은 오늘도 거리공연을 하러 길거리로 나섰다. 평소보다 집에서 일찍 나와 길거리 공연하는 장소를 찾아보고 있었다. 1년 동안 여기저기 돌아다니며, 주민들한테 신고도 당하고, 술에 취한 취객에게 시비도 많이 걸렸다. 그동안 거리의 생활을 하면서 민혁은 남 모르게 성장하고 있었다. 좋은 자리를 찾았다. 주변에 사람 사는 주택이 없고, 사람은 많이 지나다녔다. 민혁은 등에 메고 있던 기타를 내려놓고 꺼냈다. 민혁의 행동에 어리숙한 모습은 없어졌다. 제법 예술가처럼 보였다. 준비를 마치고 민혁은 목을 가다듬으며 노래를 시작했다. 첫 곡은 민혁의 자작곡[홍대 길바닥]을 연주했다. 민혁의 목소리와 기타 연주로 사람들의 관심을 끌었지만 노래 자체는 형편없었기에 사람들은 민혁을 힐끗 쳐다보곤 다시 일행과 대화를 이어가며, 갈 길 갔다. 지훈이 사무실로 돌아가는 길에 노래 소리가 나지막하게 들렸다. 목소리가 나쁘지 않게 들렸다. 지훈은 잠깐 멈춰 노래 들리는 방향을 응시하며, 고민했다.

'어차피 사무실 들어가는 길인데 마지막으로 듣고 가보지 뭐'

지훈은 민혁이 있는 곳으로 걸어갔다. 지훈은 민혁의 앞에 다가가 민혁의 전체적인 스타일을 쳐다봤다. 민혁은 그런 지훈을 보고 이상한 관객이라 생각해 신경 쓰지 않고 연주를 계속했다. 지훈은 민혁의 느낌이 좋았는지 위아래로 쳐다본 것을 멈추고 노래를 유심히 듣기 시작했다. 민혁의 자작곡은 지훈에게도 형편없게 들렸다. 그렇지만 민혁의 특유 굵고 중저음의 짙은 목소리와 자유자재로 연주하는 기타 실력은 충분히 지훈을 매료하기 충분했다. 지훈은 민혁의 목소리와 연주 실력으로는 뭐 하나 일낼 거 같다는 생각이 은연히 들었다. 하지만 민혁의 작곡 실력이 너무 형편없기에 도박을 걸어보기로 했다. 그리고 민혁에게 부탁 하나 한다.

"저기요, 신청곡도 가능한가요?"

지훈은 민혁의 자작곡이 아닌 유명한 노래로 자체 심사하기로 했다.

"네! 제가 연주할 수 있는 곡이면 다 가능합니다."

민혁이 자신 있게 대답했다.

"그럼, Led Zeppelin의 Stairway To Heaven 가능하세요?"
"네 잠깐만요"

지훈은 승부수를 걸었다. Led Zeppelin의 Stairway To Heaven은 노래 실력도 뛰어나야 하지만, 기타는 더 월등해야 칠 수 있는 곡이기 때문이다. 잔잔하고 끈적한 리프는 곡이 진행될수록 더 많은 기교가 들어가 기타를 쳤다 하는 사람도 연습 없이는 실수하는 어려운 곡이다. 지훈은 민혁이 이 노래를 소화한다면, 우리 회사로 무조건 데려와야겠다고 생각했다. 곡을 시작하기 전 민혁은 물을 한 모금 삼키고 목을 가다듬었다. 지훈은 민혁이 해냈으면 하는 마음으로 바라봤다. 민혁이 노래를 시작했다. 민혁의 자작곡을 듣던 사람들은 무시했었다. 하지만 이 노래만큼은 달랐다. 호소력 짙은 목소리는 사람들의 관심을 끌었고, 뛰어난 기타 실력과 완벽한 곡이 만나 그 자리에 멈춰 구경할 수밖에 없이 만들었다. 지훈만 민혁의 공연을 보고 있었다. 그런데 사람들이 한 명씩 오더니 민혁 주위를 둘러쌌다. 민혁은 처음 받아보는 대중의 관심에 적잖게 당황했지만, 이때가 기회라 생각하고 노래를 계속했다. 완벽하게 곡을 마무리했다. 사람들은 찰나에 그 자리에서 얼어버렸다. 정적을 깨는 사람은 지훈이였다. 지훈은 민혁에게 박수를 치며 반응하고 이에 사람들도 박수 치기 시작했다. 민혁은 이런 반응은 처음이라 멋쩍은 웃음을 지으며 계속 감사하다고 대중들에게 말했다. 노래가 끝나고 사람들이 다시 각자 가던 길 갔다. 그리고 민혁 앞에는 지훈만 남았다. 지훈은 명함을 꺼내 민혁에게 건넸다.

"제가 작은 소속사를 운영하고 있는데 한번 생각해 보시고 우리 회사에 관심 있으시면 연락하세요"

명함을 건네받은 민혁의 손은 떨고 있었다. 1년 동안 꾸준히 한 노력이 결실을 보았다고 생각했다. 민혁은 고민하지도 않고, 자신의 꿈에 한 발짝 앞서 나가게 해준 지훈에게 답했다.

"저 그럼... 대화 좀 나눌 수 있을까요?"

지훈은 민혁의 대답에 방긋 웃었다.
"그럼, 지금공연하시는 거 마무리하시고 이따가 시간 있으실 때 명함에 적힌 주소로 오세요"
"네 알겠습니다. 감사합니다!"

손이 너무 떨려 연주를 할 수 없었던 민혁은 기타를 가방에 넣고 지훈의 회사로 찾아갔다.

지훈과 민혁의 만남은 여기서부터 시작되었다.
지훈은 회사에서 민혁의 단점과 고칠 부분을 명확하게 알려줬다. 그리고 장점에 대한 칭찬도 아끼지 않았다. 지훈과 민혁은 그렇게 많은 대화를 나눴고, 민혁은 **지훈의 소속사와 계약**을 맺었다. 지훈과 민혁은 시간 날 때마다 만나 시간을 가졌다. 둘은 서로 잘 맞았다. 민혁은 지훈을 스승이자 친형이라 생각했고 지훈에 대한 신뢰는 만나면 만날수록 높아졌다. 형편없던 민혁의 작곡 실력은 공부하는 날이 길어질수록 좋아졌다. 기본기도 없어 듣기 불편했던 민혁의 노래는 잃어버린 조각을 찾아 맞춰가는 느낌이 들었다. 이제 어린 시절 아름다운 공간 속에 빛나고 있던 푸른 별이 내려와 민혁의 손 앞에 아른거리기 시작하는 느낌을 받았다. 민혁은 지훈의 도움을 받아 길거리에서 벗어나 선술집에서 공연할 수 있게 됐다. 민혁은 앞으로 나아갔다. 공연을 계속할수록 민혁의 노래를 사람들이 좋아했다. 공연을 직접 찾아오는 팬도 생겼다. 그 팬은 민혁의 노래를 들으면 위로받는 감정이 든다고 했고 민혁에게 계속 음악 해달라는 말을 하기도 했다. 자신의 노래로 위로받았다고 한 팬의 말 한마디는 어렸을 적 누구에게도 위로받지 못해 오직 음악에 위로받았던 자기 모습이 겹쳐 보였다. 민혁은 많은 사람에게 위로를 주는 음악을 하고 싶어졌다. 민혁은 행복했다.

1년이 지나고 민혁은 자신만의 색을 완전히 입힌 노래를 작곡했다. 민혁은 지훈에게 찾아가 곡을 들려줬다. 지훈은 민혁의 곡을 듣고는 앨범 작업해도 되겠다고 말했다. 팬층도 생기고 공연도 꾸준히 하던 민혁은 자신감이 생겨 앨범 작업하고 싶다고 계속 말했지만, 지훈은 아직 시기가 아니라며 말렸었다. 그런 지훈이 민혁의 곡을 듣고 먼저 말을 꺼낸 거였다. 그리고 지훈은 말을 계속 이어 나갔다.

"이번 곡을 준비하는데, 형이 계속 지원해서 너 음악 하게끔 만들어 줬잖아? 그래서 형이 앨범 작업하게끔 작업실이랑 엔지니어는 수배할 건데 돈이 묶여 있어서 뺄 수가 없어 형이 나중에 돈을 줄 테니까 지금 당장은 네가 마련해야 할 거 같은데 돈 구할 수 있지?"

"어... 그럼, 일단 내가 어디서라도 구해볼게, 얼마 정도 필요한데?"

"이번에 내가 생각하기에는 민혁이 네가 여태 만들었던 곡을 습작으로 넣어보는 것도 좋을 거 같아서, 두 가지로 만들까 해 너의 모든 곡이 수록된 앨범이랑, 이번에 완성된 곡만 넣은 앨범으로 그래서 한 오천 정도 생각하고 있는데 가능할까?"

"오천? 오천은 좀 크지 않나..? 나 처음 하는 건데 좀 줄일 수 없어 형?"

"아냐 민혁아 너 형, 감 믿잖아 나 너처럼 이렇게 빨리 성장하는 애 처음 본다. 지금 이대로 가면 오천은 나중에 껌값으로 생각할 걸

오히려 형한테 고맙다고 할 거야 네가, 나를 위해서 생각하지 말고 너를 위해 생각해 민혁이 형 믿지?"

"알겠어... 형, 한번 구해볼게"

민혁은 처음으로 지훈이 이상하게 행동한다고 느껴졌다. 하지만 이미 회사와 계약서도 쓰고 형은 자신을 버리지 않을 거라 맹신했고 내 미래를 위해 그 정도야 투자 정도 한다고 생각했다. 민혁이 아르바이트하며 모은 돈은 고작 천만 원이었다. 사천만 원이 필요한 상황이다. 민혁은 다음날 은행에 가서 대출상담을 받았다. 하지만 변변한 직장을 갖지 않았던 민혁은 은행이 보기엔 신용이 별로 없는 사람이었다. 그래도 은행에 최대한 어떻게 받을 수 없냐고 호소해 은행직원이 개인신용대출로 이천만 원 빌릴 수 있다고 했다. 최대 이천만원 금리 10.8퍼센트 그렇게 민혁은 개인신용 대출로 이천만 원을 빌렸다. 서울에 혼자 올라오고 산 시점부터 믿을 수 있는 사람은 지훈이 형 한 명뿐이었다. 그래서 남은 이천만 원을 빌릴 사람은 없었다. 하는 수 없이 같이 아르바이트 했던 동료들에게 백만 원씩이라도 빌릴 수 있을까 하는 생각에 문자를 보냈지만, 답장은 없었다. 시간이 아무리 지나도 민혁은 돈을 구할 수 없었다. 그래서 지훈에게 갔다.

"형 삼천만 원은 어떻게든 구해봤는데, 남은 이천만 원은 구할 방법이 없어요."

"야 민혁아 너 지금 앨범 작업 날이 곧인데 어떡하려고!! 지금 취소도 못해 내가 얼마나 힘들게 데려온 애들인데 너 형 체면 구기게 만들려고 그래?"

지훈은 민혁에게 타박하며 말했다.

"아니 그건 아니에요. 근데 진짜 구할 곳이 없어서 그래요. 형 어디 방법 없어요?"

민혁은 울먹거리며 지훈에게 답했다.

"하... 잠깐 기다려봐"

지훈은 한숨을 쉬며 전화기를 꺼내 어디론가 전화하기 시작했다.

"예 김 사장님 잘 지내고 계시죠? 다름이 아니라..."

지훈은 누군가에게 전화해 지금 사정을 말했다. 통화가 좋게 끝났는지 웃음을 지으며 전화를 내려놓고 민혁에게 말했다.

"내가 지금 아는 사장님께 연락드렸는데 지금 한번 보자고 하시니 여기 주소 보내줄 테니까 거기 갔다 와 봐"
"형 고마워요. 갔다 올게요."

민혁은 지훈에게 받은 주소를 찍고 장소로 갔다. 그 장소는 오피스텔 건물이었다. 민혁은 엘리베이터를 타고 올라가 302호로 들어갔다. 민혁은 깡패 같은 사람이 반겨줄 것 같았지만 오히려 목사님같이 인상이 선한 사람이 앉아있었다.

"아 박 대표한테 얘기 들었어요. 돈이 필요하다고 했죠? 얼마나 필요하신데요."

민혁은 쭈볏거리며 김 사장이 앉아 있는 책상에 앉으며 말했다.

"지금 이천만 원정도 필요해요"

김 사장은 호응하며, 가방에 있는 서류를 꺼내 민혁에게 건넸다. 서류에는 공증서와 차용증이 쓰여 있었다.

"박 대표랑 아는 지인이니까 내가 이천만 원은 쉽게 해줄 수 있어요. 그리고 천천히 갚으면 돼요. 편하게 알았죠? 그럼, 여기에 손가락 지문 찍으시면 돼요."

김 사장은 도장 찍는 칸을 가리키며 인주를 민혁에게 넘겼다. 민혁은 잠깐 고민하고, 이건 아니다 싶어 나가려고 했는데 갑자기 문득 푸른 별에 관한 생각이 들었다. 눈앞에 어슬렁거렸던 푸른 별을 이젠 잡을 수 있다는 확신이 들었고, 다시 자리에 앉아 인주에 손을 찍어 지장을 찍었다. 민혁은 이천만 원을 받고 지훈에게 돌아갔다. 그리고 여태 빌리고 모았던 오천만 원을 지훈에게 건넸다. 이후 지훈은 민혁에게 말했다.

"앨범 작업 준비하는데 좀 바쁠 거야 그래서 형 전화 안 돼도 이해해줘라."
"네 형 그때 뵐게요"
민혁은 자신의 길은 정해져, 이 산만 넘으면 원하는 삶을 살 수 있을 거라 믿고 있었다.
그렇게 작업 날이 다가와 민혁은 지훈이 알려준 주소로 찾아가

지하에 있는 작업실로 내려갔다. 민혁은 작업실에 들어가 안에 있는 사람에게 말했다.

"저 오늘 앨범 작업하려고 왔는데요? 혹시 지훈이 형 왔나요?"

"네? 앨범이요? 작업실은 맞는데 저희는 그런 거 안 하는데요?"

"네? 그럼 뭐 하는데 에요?"

"저희는 그래픽 작업하는데에요..."

민혁은 자신이 주소를 잘 못 찾아왔다고 생각해 핸드폰을 꺼내 주소를 확인했다. 그런데 주소는 똑같은 장소였다. 다급한 마음으로 지훈에게 전화를 걸었는데

"지금 거신 번호는 없는 번호입니다.."

핸드폰을 쥐고 있던 손에 힘이 안 들어갔다. 민혁의 핸드폰은 그대로 바닥에 떨어졌다. 작업실에서 넋이 나간 채로 나가 회사 사무실로 향했다. 민혁은 속으로 이렇게 생각했다.

"그럴 수 없어 형이 나를 배신했을 리 없어, 제발, 제발"

민혁은 사무실로 뛰어가면서 계속 현실을 부정했다. 사무실에 도착한 민혁 앞에 있는 것은 '임대'라고 쓰여 있는 종이와 함께 빈 사무실이 있었다. 그리고 바로 전화가 울렸다. 전화 받은 민혁에게

"이민혁 씨 휴대폰 되시죠. 김 사장님한테 빌리신 돈 이천사백만 원 오늘 내로 입금해요."

"저… 천천히 갚으셔도 된다고 했고 빌린 돈은 이천만 원인데요?"

"이 새끼야 공증문서에 쓰여 있는 대로 말하고 있는데 말대답을 해? 다음달에 갚는다고 돼 있고, 이자 40퍼센트야 아무튼 오늘 내로 입금해 알았지?

32일

윤선경

승현의 발목을 무언가 치고 지나갔다. 고양이었다. 두꺼운 우주복 때문에 생명체라고 생각지도 못해 승현이 잠깐 놀랐다. 노란색과 하얀색이 섞인 흔히들 치즈냥이라 부르는 외형의 고양이었다. 최근에 소동물을 본 적이 있었나? 아무리 기억을 되짚어봐도 없었다. 자신을 따라오라는 듯이 뒤돌아 승현을 쳐다보는 고양이를 홀린 듯이 따라갔다. 점점 빨라지는 발걸음에 승현의 발걸음도 뜀박질이 되어갔다. 뿌연 헬멧 너머로 고양이를 계속해서 쫓았다. 좁은 골목까지 아무 생각 없이 따라 들어갔다가 우주복 때문에 골목에 그대로 끼어버릴 뻔했다. 겨우 골목을 벗어나 주변을 둘러보자, 고양이가 낯선 사람의 품에 안겨있었다. 승현이와 눈이 마주친 사람은 고양이를 내려두더니 헬멧을 벗었다. 그리고 안에 나타난 얼굴이 마치…….

배 위에 느껴지는 묵직함에 승현이 잠에서 깨어났다. 조심스레 고양이를 바닥으로 내려놓고는 베개 옆을 더듬거리다 핸드폰을 들어 기사를 훑어본다. 오늘도 지구에 산소가 줄어들고 있다는 전 국민이 다 알고 있는 이야기뿐이었다. 매일 아침 확인하는 기사에는 전문가들이 나와 무어라 떠들어댄다. 하지만 그 안에서 승현이 알아들을 수 있는 말은 환경 때문이라는 막연한 말뿐이었다. 한숨을 내쉬니 시야로 머그잔이 들어왔다. 승현은 자리에서 일어나 잔을 받고는 어색한 아침 인사를 건넸다. 이승현의 외계인과 동거 7일 차 아침이었다.

산소가 줄어든 뒤, 오존층이 얇아져서 예민한 사람들은 약하게 화상을 입기도 했다. 수면의 높이도 낮아지고, 바다도 조금씩 갈라지기 시작했다. 하지만 이런 것들보다 승현이 가장 크게 느낀 변화는 두통과 우주복이었다. 호흡이 불편하니 다들 두통을 기본으로 달고 살게 됐다. 사람들은 이를 해결하고자 가정에 산소통을 몇 개씩 쌓아두었다. 최대한 편안히 활동할 수 있는 옷을 고안하겠다고 난리들을 치다 나온 게 우주복이었다. 진짜 우주복과 같은 건 아니고 유사한 형태의 산소복이었다. 기본적인 기능은 같았다. 사람이 들어가서 안에 산소를 이용해 숨을 쉰다. 아직 산소가 완전히 사라진 게 아니라서 등에 작은 산소통이 붙어있고 호흡을 돕는 기기가 옷에 내재되어 있다. 영어의 긴 이름이 존재하지만, 사람들은 이를 우주복 혹은 산소복이라 불렀다.

가진 거라곤 학자금대출밖에 없는 휴학생 승현은 누군가 버린 우주복 곳곳을 기워 입고 다녔다. 종종 문제를 일으키긴해도 이 정도면 꽤 쓸만하다고 생각했다. 그런 생각을 하기 무섭게 시야가 뿌예졌다. 숨을 크게 들이마신 뒤 등의 밸브를 잠갔다. 헬멧을 벗어 안에 뿌옇게 낀 숨을 닦아내고 다시금 헬멧을 뒤집어쓴다.

이전과 별반 다를 게 없는 거리를 우주복을 입은 사람들이 돌아다닌다. 그 사이로 승현이 한 손에는 하얀 마트 봉투를 든 상태로 걸어간다. 산소가 줄어든 이후로 물가가 점점 상승했다. 채소들도 환경이 바뀌어 가격뿐만 아니라 생김새가 변한 것들도 많았다. 평범한 아르바이트생이 혼자 벌어 먹고살기에는 힘든 세상이었다.

"뭐, 그건 이전에도 그랬지만."

기존의 집들은 많이들 버려지고 새로운 맞춤 건물들이 지어졌다. 우주복을 입지 않아도 될 정도로 숨쉬기가 편하다고는 하지만 산소가 더 줄어들면 빠르게 부식될 게 뻔했다. 승현은 새집에 입주하는 사람들을 보며 어리석다는 생각과 함께 부럽다는 생각이 마음 한편에서 피어올랐다. 그래도 오갈 곳 없는 승현에게는 잘된 일이었다. 시내 편의점을 기준으로 딱 7번만 꺾으면 승현의 집이 나왔다. 누군가 버리고 간 집이지만 꽤 많은 사람이 살고 있었다.

승현의 발목을 무언가 치고 지나갔다. 고양이었다. 두꺼운 우주복 때문에 생명체라고 생각지도 못해 승현이 잠깐 놀랐다. 노란색과 하얀색이 섞인 흔히들 치즈냥이라 부르는 외형의 고양이었다. 최근에 소동물을 본 적이 있었나? 아무리 기억을 되짚어봐도 없었다. 자신을 따라오라는 듯이 뒤돌아 승현을 쳐다보는 고양이를 홀린 듯이 따라갔다. 점점 빨라지는 발걸음에 승현의 발걸음도 뜀박질이 되어 갔다. 뿌연 헬멧 너머로 고양이를 계속해서 쫓았다. 좁은 골목까지 아무 생각 없이 따라 들어갔다가 우주복 때문에 골목에 그대로 끼어버릴 뻔했다. 겨우 골목을 벗어나 주변을 둘러보자, 고양이가 낯선 사람의 품에 안겨있었다. 승현이와 눈이 마주친 사람은 고양이를 내려두더니 헬멧을 벗었다. 그리고 안에 나타난 얼굴이 마치…….

"아, 이 얼굴이 아니지!"

승현은 놀라서 입을 다물지 못했다. 헬멧으로 가려져서 잘 보이지 않았겠지만, 입이 턱 끝까지 벌어져 있었다. 그의 얼굴은 사람의 얼굴이라고 하기에 잔뜩 일그러지고 기괴한 형태였다. 무엇이 눈이고 코인지 똑바로 말할 수도 없을 지경이었다. 그는 잠시 놀라며 민망해하더니 순식간에 이목구비가 제 위치를 찾아갔다. 승현의 손에 있던 봉투가 땅으로 떨어졌다. 그가 다가와 한쪽 손으로 봉투를 줍고, 반대 손으로 악수를 요청했다.

"안녕하세요. 어, 여기서는 이렇게 인사하는 거랬는데. 아닌가요?"
"맞긴 한데요…."
"저는 574839지에서 온 지우예요. 지우는 제가 만든 지구인 식이름이고요. 당신은 이름이 어떻게 되나요?"

승현은 얼떨떨한 상태로 지우와 악수를 했다. 지우는 갓 탈색한 듯한 노란 머리칼에 앳된 얼굴을 띄우고 있었다. 승현이와 또래, 혹은 조금 더 어려 보이는 생김새였다. 얼굴을 바꾼 것 이후로 가장 이상한 점은 숨 쉬는 기색이 없었다는 것이다. 지우는 헬멧을 벗고도 편하게 숨을 쉬는 것이 아닌, 아예 들숨 날숨을 하지 않았다.

"여기 사람들은 왜 이런 불편한 걸 입고 다니는 건가요? 우주에 나오는 사람들도 이런 걸 입고 다니던데…. 왜 지구에서도 입고 생활하지? 불편하지 않나요?"

"그야 산소가, 아니, 우주요? …예?"

승현은 공상과학과는 거리가 먼 사람이었다. 그뿐만 아니라 외계 생명체 같은 건 절대 믿지도 않는 사람이었고. 외계인이라고 칭하는 게 맞진 모르겠지만 지우는 지구 밖에서 온 게 분명했다. 승현이 눈치를 보며 지우가 건네주는 봉투를 받았다. 이게 외계인 지우와의 첫 만남이었다.

지우는 만난 순간부터 갖가지 이야기를 해주었다. 어린 시절 겪었던, 승현이가 이해하기 좀 어려운 이야기부터 자신이 노란색을 좋아해 노란 머리카락으로 골랐다는 이야기까지. 얘기할 사람만을 기다려 왔던 사람, 아니 외계인처럼 이야기를 들려주었다. 잠깐 만난 10분 사이에 들었던 가장 어이없던 이야기는 단연 같이 살자는 이야기였다. 승현은 당연히 거절하려 했지만, 지우가 내미는 현금에 냉큼 고개를 끄덕였다. 쉽사리 거절하기엔 몇 달은 일하지 않아도 될 정도의 금액이었다.

지구에 온 외계인들은 쉽게 말하자면 환경관리자였다. 지구의 상태는 날이 갈수록 안 좋아졌고 외계에서는 결국 손을 쓰기로 했다. 환경관리자들을 파견해서 지구를 최대한 치료하는 게 이번 출장의 목표라고 했다. 이런 출장이 잦은 건 아니지만 가끔가다 있다고 했다. 지우는 지구에 온 지 두 달이 됐다고 한다. 자신은 환경에 관련된 것 보다 지구인들의 행동거지를 관찰하는 게 중심이라고 했다. 아직도 손가락 개수를 틀리거나 헛소리하는 걸 보면 똑바로 관찰한 게 맞는지 의심이 갔다. 승현이가 의심쩍게 지우를 바라볼 때면 지우는 해사하게 웃으며 승현을 마주 보았다. 우주복을 입은 뒤로 누군가와 마주하는 게 어색해진 승현은 매번 한쪽 입꼬리를 어색하게 올리며 시선을 피하곤 했다.

집에 새로운 생명체를 늘리는 건 어려운 일이었다. 한 세트밖에 없던 식기구를 지우에게 받은 돈으로 새로 구매했다. 지우보다는 고양이 용품을 사는 데 돈이 더 들었다. 이제는 찾는 사람이 없어 구하기가 어려웠다. 살면서 한 번도 고양이를 키워볼 생각해 본 적 없었지만, 승현은 자기 무릎 위에서 자는 고양이를 내쫓을 만큼 야박하지 못한 사람이었다.

지우가 승현의 집에 들어올 때 가져온 건 딱 하나, 무전기였다. 무전기가 아닌 원래의 이름을 알려주었지만, 도저히 승현이 따라 할 수 없는 발음이었다. 지우는 아침마다 무전을 했다. 같이 지구에 온 외계인들과 통신하는 거라 했지만 승현이 느끼기엔 말보다는 돌고래처럼 주파수를 보내는 느낌이었다.

지우는 궁금한 것도 많았다. 가끔가다 어린아이처럼 순진한 질문을 하기도 하지만 하늘을 바라보는 승현에게 구름은 그저 순환의 일종이니 아름다워할 필요 없다고 말하기도 했다. 그럴 때면 승현은 지우에게 낭만이 없다며 타박을 주었다. 낭만. 둘이 같이 산 지 열흘

이 될 즘에 지우가 가장 꽂힌 말이었다. 낭만이 뭐냐며 묻는 말에 승현은 똑바로 대답하지 못하고 얼버무렸다. 승현도 무어라 말해주기엔 잘 알지 못했다.

하루는 지우가 구석에 먼지 쌓인 기타를 두드리고 있었다. 현을 칠 생각도 못 하고 노크하듯이 손가락으로 기타를 두드렸다. 집에 기타가 있던 것도 잊고 있던 승현이 오랜만에 기타를 잡은 날이었다. 산소가 줄고 있으니 뭐가 어떠니 얘기한 게 확실히 맞긴 한 지 제아무리 조율해도 소리가 이상했다. 적당히 맞추고 떠오르는 노래 한 곡을 쳤다. 승현이 느끼기엔 어리숙하기 짝이 없는 연주였지만 지우는 감동하였다는 듯이 계속해서 손뼉을 쳐댔다.

"승현아, 나 알았어. 이게 낭만이야!"

지우의 반응에 승현이 동의의 웃음을 뱉었다. 오랜만에 친 기타 때문에 손끝이 얼얼했지만, 기분만큼은 더 얼얼해도 좋을 정도였다. 하지만 그 기분은 오래가지 않고 금방 후회하게 되었다. 지우는 말을 처음 배운 어린아이처럼 마음에 드는 말을 계속해서 반복하고는 했다. 지우는 환경 때문에 지구에 온 걸 증명이라도 하려는 듯이 승현의 행동 하나하나에 간섭했다.

"이거는 왜 같이 버려?"
"우리 집 쪽은 분리수거장 없어서 그냥 버려."
"뭐? 낭만이 없네!"
"그런 뜻 아니라니까?"

지우는 승현의 손에 들린 쓰레기를 뺏어 들었다. 가볍게 이물질을 털어내더니 손바닥 위에 올렸다. 그러고는 눈 깜빡할 사이에 작은 구 형태로 변신시켰다. 한낱 쓰레기였던 비닐과 캔이 작고 예쁜 하얀 구슬이 되었다. 지우는 사람과 다를 바 없다고 느껴질 때쯤이면 항상 이런 신기한 능력 같은 걸 보여준다. 지우는 어깨를 으쓱하더니 선물이라며 승현의 손에 구슬을 쥐여주었다.

"이거 쓰레기잖아……."
"쉿!"

그날 이후로 옆 동네로 쓰레기를 버리러 다녔다. 바람 빠진 자전거도 지우의 손길이면 금방이었다. 우주복을 입은 뒤로 습기가 껴서 자전거를 탄 적 없었지만 지우는 걱정 없었다. 자전거를 알려주니 금세 배우길래 승현은 얌전히 가방을 메고 뒷자리에 올라탔다.

승현이 일을 가서 혼자 남겨졌을 때도 지우는 자전거를 타고 이곳저곳을 돌아다니기 시작했다. 꽤 먼 곳까지 가는 건지 해가 지고 나서 돌아오는 때도 있었다. 그가 외계인인 걸 알고있어도 예전보다 밤이 더 어두워져서 걱정되곤 했다. 승현이 창문에 붙어서 지우를 기다리고 있으면 지우는 항상 뒤에 어린아이들을 데려오곤 했다. 소독차도 아닌데 이상하게도 애들은 지우를 따르곤 했다. 골목대장이나 다름없는 모습이었다. 애들을 집에 데려다주고 나면 열쇠 돌리는 소리와 함께 지우가 승현의 집으로 돌아왔다.

지우는 가끔 알 수 없는 식물들을 가지고 왔다. 뭔지는 모르겠지만 먹고 탈이 난 적은 없었다. 승현에게 보여준 뒤 씻지도 않고 냅다 입에 넣는 지우 때문에 승현이 놀라 한바탕한 적은 있었다. 지우가 찾아온 식물은 꽤 맛이 좋았다. 모양이 변한 식물들이었을지도 모른다. 승현은 지우가 생으로 먹기 전에 풀을 뺏은 뒤 한국인의 밥상에 나올법한 빨간 비주얼로 탈바꿈해 주었다. 지우는 처음엔 거리낌을 느껴 깨작였지만, 고춧가루에 맛을 들렸는지 온갖 종류의 풀을 가져오기 시작했다. 어디서 따온 거냐며 승현이 추궁하면 괜히 딴짓을 하곤 했다.

지우는 마트에 갈 때마다 건강한 쓰레기통이라며 투덜거렸다. 지우가 말하는 우주의 행성들은 얼마나 아름답길래 이러는 건지 궁금해지곤 했다. 지구인들은 왜 행성사랑 교육을 하지 않냐는 이야기가 나올 때쯤이면 이제 몰래 귀를 막는 버릇도 생겼다.

지우의 이야기를 꾸준히 들어주는 건 윗집 할머니, 진숙뿐이었다. 승현이 지우의 말을 흘려듣다가 이상한 대답을 하면 지우는 집 앞 화단으로 향했다. 화단 앞에 놓인 의자 한 개는 진숙의 지정석이었다. 작은 화단에 씨앗 몇 개를 심어서 점심마다 물을 주곤 했다. 싹이 나고 꽤 자라는 듯했지만 무언가를 피우기엔 어림도 없어 보였다. 승현은 진숙과 무슨 대화를 해야 할지 몰라 항상 고개만 꾸벅이기 일쑤였다. 지우는 진숙에게 물을 덜 주어야 한다는 말을 시작으로 집에 있던 플라스틱 의자를 가져가 진숙의 옆에 자리 잡았다. 고양이도 뻔뻔하게 진숙의 무릎에 올라가 한참을 있다가 오기 시작했다.

진숙은 승현이 이 건물에 들어오기 훨씬 전부터 이곳에서 살던 사람이다. 할머니라는 호칭은 싫으니 '진숙 씨'라고 불러달라는 게 모든 사람에게 똑같이 전하는 진숙의 첫인사다. 이 주변에 사는 사람들은 주로 다른 곳에서 살다가 갈 곳을 잃고 온 사람들이 대부분이다. 그러나 진숙은 가족들의 권유에도 이사를 거절하고 이곳에 계속 남아있었다.

진숙은 지우가 하는 이야기를 좋아했다. 지구의 이야기부터 승현에게도 하지 않은 자잘한 우주의 이야기까지, 진숙은 지우의 이야기를 귀 기울여 들었다. 인간의 기준으로는 말도 안 되는 말을 내뱉는 지우가 진숙은 신기하고 재밌었다. 이상하게도 지우의 앞에 서면 진숙은 조잘대는 어린아이가 된 기분이었다. 지우의 말이 끝나면 진숙의 말이, 진숙의 말이 끝나면 지우의 말이 나왔다.

진숙은 지우와 이야기할 때면 어린 시절 만났던 그이가 떠올랐다. 뭣도 모르는 어린 나이에 만난 사람이었다. 가만히 있는 법이라고는 모르는 사람이라 툭하면 여행을 가곤 했다. 마을이 조용하면 그 사람이 여행을 간 거라는 말이 있을 정도였다. 여행에서 돌아온 그 사람을 만나려면 빨간 꽃이 심어진 화단 앞으로 가면 됐다. 항상 그 앞에 쪼그려 앉아 꽃을 구경하고는 했다. 진숙이 찾아오면 그 사람은 얼토당토않은 무용담을 섞어서 자신의 여행 이야기를 해주곤 했다. 그럴 때면 진숙은 설레는 속마음을 애써 숨기고 철이나 들라는 말을 내뱉었다. 솔직하지 못할 나이였다. 진숙은 그 사람의 이야기를 듣는 게 좋았다. 가능하다면 평생 듣고 싶었다. 조금 더 욕심을 내자면 저 여행에 자신도 함께하고 싶었다. 듣는 것에 그치지 않고 자신도 같은 이야기를 하고 싶었다. 그러나 진숙은 집에서 골라준 사람에게 시집을 가며 더는 화단에 갈 수 없게 되었다. 진숙이 어디 가서 자신의 이야기를 하면 다들 뻔하고 흔한 이야기라며 자신이 고생한 이야기를 하는 경우가 대부분이었다. 그런데 지우는 진숙의 이야기에 진심으로 마음 아파했다. 조금이지만 눈물을 훔치기도 했다. 진숙이 자식들의 함께 살자는 말에 싫다고 답한 건 충동이었다. 진숙은 자신이 왜 그런 대답을 했는지 이해가 가지 않았다. 그런데 지우의 반응에 순간 이유를 깨달을 수 있었다. 남편도 죽고, 언제 지구도 죽을지 모르는 판에 원치 않는 곳에서 살고 싶지는 않았다. 진숙은 자신이 좋아하는 곳에 남아있고 싶었다. 죽는 한이 있어도 그게 이곳이었으면 했다. 자신의 청춘이 이곳에 있었고, 결국 다시 여기로 돌아왔다. 그때처럼 꽃이 가득 피지는 않지만, 언젠가는 피리라 믿었다. 믿음이 있기에 매일 화단을 바라보는 일도 지루하지 않았다.

"진숙 씨, 혹시 낭만이 뭔지 알아?"
"그럼. 내가 가장 좋아하는 건데."

그 말에 지우는 웃으며 진숙을 안아주었다. 여기서 문제는 몸이 다가간 게 아니라 가만히 앉은 채 팔만 늘렸다는 점이었다. 진숙은 놀라서 두 눈이 동그래졌지만 이내 지우의 팔을 가볍게 토닥여 주었다. 실제로 보고도 믿기 힘든 일이었지만 진숙은 항상 지우의 말을 들어주었기에 있는 그대로 지우를 받아 줄 수 있었다.

둘이 같이 산 지 21일 차, 지우가 유독 일찍 돌아왔다. 지우는 우주복을 구석에 던져두더니 침대에 일찍 누웠다. 승현은 지우를 반기려다 묘하게 우울해 보이는 모습에 고양이를 들어다 안겨주었다. 따뜻한 온기와 부드러운 털이 지우에게 도움이 되리라 생각했다. 지우는 자신의 배 위에 올라온 고양이를 느리게 쓰다듬었다. 고양이는 지우의 배 위를 떠나 둘의 발치에 자리를 잡았다. 승현도 일찍 잘 준비하고 지우의 옆자리에 따라 누웠다. 편안한 수면을 위해 산소호흡기 같은 호스를 얼굴에 둘렀다. 마치 환자와 보호자 같은 꼴이었다.

승현은 지우와 같은 침대에 누워있으면 기분이 이상했다. 침대가 좁은 탓에 팔뚝이 닿을 수밖에 없는데, 그의 체온은 그가 인간이 아니라는 사실을 인지시켜주곤 했다. 인간이 가질 수 없는 차가움이었다. 가끔 승현은 지우가 숨도 쉬지 않고 몸도 차가워서 죽은 건 아닐까, 외계인은 어떻게 죽는 것일까, 하는 생각과 함께 지우를 관찰할 때가 있었다.

그런데 오늘따라 지우의 팔이 뜨끈했다. 고개를 돌리니 지우가 숨죽여 울고 있었다. 소리 하나 내지 않고 눈물만 흘리고 있었다. 놀란 승현이 몸을 일으켰지만 지우는 가만히 누워있었다. 승현은 이유도 묻지 못하고 지우를 바라보았다. 지우가 느리게 입을 뗐다. 일기를 쓰듯 아침부터 있었던 일을 짤막하게 말해주었다. 승현이 듣기에는 평소와 같은 일상의 내용이었다. 다른 점이라고는 뭉개 올라오는 회색 연기의 정체가 궁금해 조금 더 멀리 가봤다는 이야기였다.

"…그게 끝이야?"
"응. 끝이야. 승현아, 너무 슬프지 않아?"

승현은 지우의 말에 무슨 답을 해야 할지 알지 못했다. 애초에 지우가 어느 부분에서 슬픔을 느낀 건지도 알 수 없었다.

"바퀴벌레가 이런 기분일까? 너무 작아서 무능력한 느낌이야."
"너 어제 바퀴벌레 한 마리 죽였잖아."
"그건 실수로 밟아서……."

승현은 괜스레 장난을 치며 분위기를 밝게 하려 했다. 하지만 곧 승현도 먹먹해져 왔다. 지우의 말에 공감할 수는 없었지만, 그저 자신의 유일한 친구가 된 지우가 슬프지 않았으면 하는 마음이 들었기 때문이었다.

날이 밝았는데 지우가 보이지 않아 창밖을 내다보니 화단 앞에 쪼그려 앉아 있었다. 어차피 나가야 하는 김에 우주복을 껴입고 짐을 챙겨 밖으로 나섰다. 승현이 지우를 따라 옆에 쪼그려 앉았다. 우주복 때문에 자세가 꽤 불편했다. 화단은 여느 때와 다름없이 잎사귀만 조금 나오고 더는 크지 않은 식물들이 있었다.

"이거 뭔지 알아?"
"나야 모르지. 진숙 씨도 모른대."
"모르신대."
"모르신대. 응. 진숙 씨가 너무 걱정 안 하면… 안 하시면 좋겠어. 얘네는 내가 떠나면 분명 활짝 필 테니까."

지우는 자신이 떠나는 이야기를 종종 하곤 했다. 언젠가 당연히 다가올 일인데도 불구하고 이런 이야기가 나올 때마다 승현은 섭섭함을 숨길 수 없었다. 자신만 속상한가 싶어 굳이 내뱉은 적은 없지만 지우는 다 안다는 듯이 승현을 보며 웃어주곤 했다.

이제는 익숙하게 자전거 앞자리에 지우가, 뒷자리에 승현이 올라탔다. 솔직히 승현은 이런 행동이 자신을 위한 것이라 생각하지 않는다. 지우가 없었다면 승현이 옆 동네까지 가는 일은 절대 없었을 것이다. 불편하게 우주복을 껴입고 둘이 타는 자전거, 시원한 바람을 맞을 수 없다는 불편함. 승현이 익숙해진 두통이 갑자기 신경 쓰이자, 순간 열이 올라 뒤의 밸브를 잠갔다. 그리고 고민도 없이 헬멧을 벗었다. 시원한 바람이 얼굴을 스치고 지나갔다. 목 사이로도 바람이 들어와 우주복 속에 시원한 공기가 들어찼다. 승현은 신남을 참지 못하고 양팔을 하늘로 향해 들며 소리를 질렀다. 지우가 당황해 자전거가 흔들렸다. 그리고 승현의 허리에 팔이 둘렸다.

"그러면 위험해!"

놀란 지우가 팔을 늘려 승현의 허리를 벨트처럼 붙잡은 것이었다. 승현은 놀라 입을 닫을 생각도 못 하고 조용히 양팔을 내렸다. 미안. 작게 내뱉은 사과에 괜찮다는 의미의 토닥임이 돌아왔다.

진숙은 주로 점심에 나와서 노을이 질 때쯤에 집에 들어갔다. 그 시간이 익숙해진 고양이는 진숙의 시간에 맞춰 움직이곤 했다. 그런데 이날 따라 잘 움직이지도 않고 집 안에서만 좀 움직였다. 지우는 고양이를 쓰다듬으며 물었다.

"고양이가 아플 때는 어디로 가야 해?"

승현은 동물병원이라 대답을 해주며 고양이를 훑어봤다. 이전과 같은 모습이었으나 묘하게 숨을 급하게 들이마시는 것 같았다. 이마를 살살 긁어주면 고롱거리는 모습이 아직 괜찮아 보였지만 이대로라면 언제 크게 아프게 될지도 모를 일이었다. 동물도 많이 사라진 판에 근처에 동물병원이 있을 리가 없었다. 승현의 말에 지우는 울상을 짓더니 고양이를 안아 들었다. 평소처럼 침대에 누운 뒤 고양이를 둘의 가운데에 두었다. 승현도 지우를 따라 잘 준비했다. 불을 끄고 눕기 전, 산소마스크를 들었다. 시선이 고양이에게서 떨어지지 않았다.

"일단 자자. 지금 할 수 있는 건 없으니까. 그리고 그건 승현이네 거야."

승현이 귀신이네, 하면 지우가 난 외계인이라니까, 라며 답한다. 이런 대화마저 익숙해져 버렸다. 마스크를 고양이에게 사용하려 해도 똑바로 사용할 수 없어서 산소만 버리는 짓이라는 걸 승현은 알고 있었다. 항상 자신만을 우선시하며 살아왔는데 이런 생각을 한 자신에게 오히려 놀랐다. 세상이 망해가니 마음이 여려진 것일까? 아니면 낯선 외계인 때문에 이상한 변화가 생긴 것일까. 승현은 답을 내리지 못한 채 눈을 감았다.

그로부터 이틀 뒤, 승현은 정답을 알 수 있었다. 평소에는 일어나 있지도 않을 정도의 이른 시간이었다. 지우가 승현을 깨웠다. 지우가 작게 웃으며 승현이 하고 있던 산소마스크를 조심스레 벗겨냈다.

"이제 편하게 숨 쉴 수 있을 거야."

승현이 몸을 일으켜 주변을 둘러보았다. 변한 건 없었다. 지금 숨 쉬는 게 편한 건지도 잘 느껴지지 않았다. 어제만 해도 우주복을 입고 산소마스크를 끼고 잠이 들었다. 어제는 숨 쉴 때 어떤 불편함이 있었지? 지금보다 답답했었나? 변화가 잘 느껴지지 않았다. 그런데 지우는 순식간에 모든 게 돌아왔다고 말한다. 이제 우주복도, 산소통도 필요가 없어졌다. 고양이는 확실히 편해졌는지 승현의 발치에 고개를 비비며 뒹굴고 있다. 승현이 지우를 바라보았다. 어젯밤 질문의 답은 낯선 외계인 때문임이 분명했다. 다시 이전과 같은 삶을 살 수 있다고 해도 승현은 별로 기쁘지 않았다. 그럼 너는 이제 돌아가는 거야? 목구멍까지 올라온 말을 억눌렀다. 적당히 고개만 끄덕이며 외계인들이 한 일을 설명해 주는 지우의 말만 들을 뿐이었다.

별다른 말을 하지 않아도 알 수 있었다. 이날은 둘이 함께하는 마지막 밤이었다. 처음으로 둘 다 우주복을 입지 않고 밖으로 나왔다. 무거운 옷이 없으니 걸음이 가벼웠다. 진숙도 달라진 걸 알았는지 가벼운 차림으로 화단 앞에 나와 있었다. 고양이는 익숙하게 진숙의 무릎으로 뛰어 올라갔다. 승현과 지우가 다가오자, 진숙은 아무 말 없이 화단을 가리켰다. 어제까지만 해도 이파리만 가득하던 화단에 빨간 꽃봉오리가 피어있었다.

익숙하게 자전거를 탔다. 옆 동네에 가는 게 이제는 익숙해졌다. 지우가 팔을 길게 늘이는 일도 없었다. 길에는 아직 우주복을 입고 다니는 사람도 있었고, 신이 나서 뛰어다니는 사람도 있었다. 평소였으면 영양가 없는 이야기를 나누며 실실대고 있었을 것이다. 마지막이라 그런 건지 뭔지 승현은 별로 말하고 싶은 기분이 아니었다. 지우 또한 별말 없이 페달만 밟았다. 차가운 바람이 머리카락을 휘날린다. 지우의 머리가 날려 승현의 얼굴을 간지럽혔다. 승현의 웃음이 정적을 깼다. 살짝 고개를 돌려 상황을 파악한 지우도 이내 웃음을 터트린다. 매번 헬멧에 감싸져서 머리카락이 이렇게 많이 길었는지도 몰랐다. 지우가 바람 소리에 말소리가 묻히지 않도록 크게 소리쳤다.

"혹시 기억나? 우리 처음 만난 날. 그날이 지구 착륙 68일 차였어. 이전까지 내가 만난 사람들은 나한테 돈만 원해서… 사실은 슬슬 돌아가고 싶었어. 50일쯤에 고양이를 만나지 않았다면 다른 동료를 만나 진작에 놀고 있었을 거야. 그런데 이런 작은 동물을 보겠다고 골목에 끼는 사람도 처음이었고, 내 질문에 다 답을 해주는 사람도 처음이었어. 그날부터 너를 중심으로 해서 사람들을 관찰했는데 진숙 씨도 그렇고, 매일 자전거 따라다니는 어린애들도 그렇고… 너무 즐거워서 이전 68일을 잘못 보낸 기분이었어. 그리고 오늘 너랑 만난 지 31일이 됐어. 여기는 31일도 하나의… 달이었나? 너랑 하나의 달하고도 하루를 더 보냈네. 내일까지 32일 동안 고마웠어……."

말소리가 점점 작아졌다. 승현이 지우의 등에 얼굴을 묻고는 물었다.

"있잖아, 네 진짜 이름은 뭐야? 지우는 네가 만든 이름이라며."

입에 닿은 옷 탓인지, 망설임 탓인지 웅얼거리는 소리로 물었다. 하지만 지우는 잘 알아들었는지 개구쟁이처럼 입꼬리를 올리더니 작게 자신의 이름을 읊었다. 작은 소리임에도 승현의 귀에 똑바로 들려왔다. 지우의 이름은 지구인이 쉽사리 따라 할 수 없는 소리를 띄었다. 승현은 지우의 이름을 불러줄 수도, 기억할 수도 없었다. 그저 지금의 기억과 지우의 목소리, 단둘만을 머리에 새길 뿐이었다.

아침에 일어나니 추위에 몸이 떨렸다. 밖을 내다보니 눈이 내리고 있었다. 옆에는 몸을 둥글게 만 고양이만 있었다. 지우는 별다른 인사도 없이 떠났다. 자신이 떠날 때 날씨와 상관없이 눈이 내릴 거라더니 정말로 눈이 내렸다. 겨울에 내리는 눈과 같은 성분은 아니고, 마지막으로 지구를 소독하는 느낌의 눈이라고 했다. 그래서 그런 건지 일반 눈과는 다르게 한 번씩 햇빛에 반사되어 반짝이고는 했다. 지우가 쓰레기를 뭉쳐서 만들었던 하얀 구슬이 우르르 내리는 것처럼 보였다. 승현의 옆에서 고로롱하는 콧소리가 들렸다. 고양이가 코고는 소리였다. 승현은 막연하게 지우가 떠나면 고양이도 떠나겠거니 생각했었다. 승현은 고양이의 등을 가볍게 쓰다듬었다. 이제는 떼려야 뗄 수가 없는 존재가 되었다. 팔자에도 없는 고양이의 남은 인생을 책임지게 되었다. 한 달가량을 이름도 없이 고양이라고 불렀다. 정이 들까 봐 지어주지 않았던 이름을 지어줄 때가 됐다. 승현은 별다른 고민 없이 '우주'로 지어주었다. 지우와 함께 왔던 존재인 만큼 이름을 들었을 때 지우가 떠올랐으면 싶었다. 단순한 듯 무슨 생각을 하는지 파악하기 어렵다는 점에서 지우와 우주가 비슷하게 느껴졌다.

　세상은 놀라울 정도로 빠르게 돌아왔다. 우주복도 외계인도 없는 세상이 되었다. 승현 또한 대학교로 돌아왔다. 기사에서는 산소가 줄었다가 다시 돌아온 원인을 아직도 찾지 못했다는 식의 이야기만 쏟아져나왔다. 마치 기적 같다는 이야기부터 외계 침략의 신호라는 헛소문들도 돌았다. 기적이나 과학 이야기보다는 외계 침략이 반 정도는 맞아서 처음 승현이 이야기를 들었을 때는 괜스레 웃음이 나곤 했다. 모두 일상으로 돌아오니, 길거리에는 한 손에 아이스 커피를 든 채 지루한 표정을 한 사람들로 가득 찼다. 다들 좀비처럼 움직이는 모습이 승현은 기괴하다는 생각까지 했었지만, 다시 이 모습을 보니 괜히 반갑기도 했다. 헤어스타일부터 옷차림 등 사소한 것까지 다른 사람들을 구경하는 게 생각보다 재밌게 느껴졌다. 모두 같은 하얀 덩어리가 아닌 각각의 존재들이었다. 승현은 새삼 지우가 사람의 모습을 잘 따라 하지 못하는 모습이 떠올랐다. 세상에 이리도 다양한 사람이 존재하는데 손가락 개수 정도는 별거 아니라는 생각이 들었다. 지우가 주고 간 구슬을 손끝으로 굴리는 게 버릇이 되었다. 구슬을 굴릴 때면 지우의 모습이 자꾸 떠올랐다. 금방 잊지는 않을까 봐 약간 두려웠지만 평범한 사람의 기억에서 외계인은 쉽사리 지워질 만한 존재가 아니었다.

　오랜만에 타는 자전거부터 지구까지, 지우는 승현에게 많은 변화를 주고 갔다. 그 무엇도 승현 스스로가 원한 건 없었다. 하지만 자연스럽게 지우와 함께하던 일련의 행동을 승현은 반복했다. 이유는 없었다. 지우가 하던 행동이니 승현에게도 익숙해진 것이다. 지우가 하던 것처럼 승현 또한 지구를 소중히 대한다. 승현은 그저 페달을 밟으며 저 멀리서 사는 외계인 한 명도 자신과 같은 일상을 살고 있을까 궁금할 뿐이었다.

사람살려

조예은

내가 여기 온 건 순전히 내 친구가 날 끌고 와서지, 절대 내 스스로 온 게 아니에요. 선생님, 저는 상담 같은 거 필요 없어요. 그곳에 다녀온 이후로 잠을 좀 못 자고, 불안감이 늘어난 건 사실이에요. 그래도 그렇지, 상담이 필요할 만큼 유난 떨 정도는 아니에요. 그냥 제 얘기 좀 들으시다가, 적당히 수면제 좀 쥐어주고 보내주세요.

　　지난 달, 좀 특이한 곳에 다녀왔어요. 그, 이름이 뭐였더라? 맞아, 광남이요. 한동안 뉴스에 지겹도록 나온 곳이죠. 지금이야 어떻게 됐을 지 몰라도, 제가 갔을 땐 정말 섬뜩함 그 자체였어요. '그 일'이 터지고 4개월 정도 지났나, 그 쯤이었어요. 그 때 저는 지갑 사정이 영 별로였고, 돈 되는 일이라면 뭐든 이력서를 넣고 다녔죠. 그러다가 정부에서 올린 공고를 보게 된 거예요.

내가 여기 온 건 순전히 내 친구가 날 끌고 와서지, 절대 내 스스로 온 게 아니에요. 선생님, 저는 상담 같은 거 필요 없어요. 그곳에 다녀온 이후로 잠을 좀 못 자고, 불안감이 늘어난 건 사실이에요. 그래도 그렇지, 상담이 필요할 만큼 유난 떨 정도는 아니에요. 그냥 제 얘기 좀 들으시다가, 적당히 수면제 좀 쥐어주고 보내주세요.

지난 달, 좀 특이한 곳에 다녀왔어요. 그, 이름이 뭐였더라? 맞아, 광남이요. 한동안 뉴스에 지겹도록 나온 곳이죠. 지금이야 어떻게 됐을 지 몰라도, 제가 갔을 땐 정말 섬뜩함 그 자체였어요. '그 일'이 터지고 4개월 정도 지났나, 그 쯤이었어요. 그 때 저는 지갑 사정이 영 별로였고, 돈 되는 일이라면 뭐든 이력서를 넣고 다녔죠. 그러다가 정부에서 올린 공고를 보게 된 거예요.

'재난안전관리본부 현장특별파견단 모집, 무경력자 지원 가능.'

당시에 제 눈에는 무경력자 지원 가능이라는 글자만 들어왔어요. 나라에서 나 같은 백수도 필요로 해주는데 까짓거 가야하지 않겠냐는 생각만 들더군요. 페이도 꽤 좋았어요. 지금 와서 생각해 보니, 위험수당이 대부분이었던 것 같네요.

해야 할 일은 간단했어요. 재난 현장에 도착하면 지정된 구역을 돌아다니며 사진을 촬영하고 보고서를 작성하기. 어때요, 꽤 쉬운 일 같지 않나요? 저도 그럴 줄 알았어요. 그 '재난 현장'이 광남이라는 사실을 알기 전까지는요. 우리를 태운 소형버스가 광남군을 지났을 때야 그 사실을 알았어요. 공고를 제대로 읽었어야 했는데. 버스에 있는 다른 인원들도 대부분 겁에 질린 표정을 하고 있더군요. 분위기가 좀 어수선해지니까 버스 앞자리에서 노란 방역복을 입은사람이 우리를 안심시켰어요.

"다들 무서우신가본데, 안심하세요. 광남군 사태는 이미 해결된 지 오래예요. 여러분이 우려하시는 일은 일어나지 않을 겁니다."

말이 끝나기 무섭게 버스가 멈췄어요. 여기서부터는 차량 진입이 어려우니 걸어가라네요. 우리는 노란 방역복의 뒤를 따라 무작정 걷기 시작했어요. 언제부터인가 무장한 군인들이 대동하긴 했지만, 별 일 없을 거라니까 믿어야죠 어쩌겠어요.

차를 타고 들어갈 수 없었던 이유는 간단했어요. 가는 길에 세상에, 바리케이드가 많아도 너무 많았어요. 뾰족한 철심 세 개가 엇갈린 형태의 바리케이드였는데, 광남군 안으로 진입할수록 점점 그 수가 늘어났어요. 본격적으로 신경이 곤두서기 시작한 건 그때부터였지요 아마. 피가 말라붙어있더라고요, 바리케이드에. 헤진 옷가지들도 여럿 널려 있었는데, 그 밑의 시신들은 최대한 보지 않으려 노력했어요. 눈을 흐리고 정면의 노란 방역복을 응시하다가 주변에 우거진 숲으로 시선을 돌리길 반복했어요. 그런데도 드문드문 피로 엉겨붙은 머리카락들이 눈에 들어오긴 하더라고요. 좀 익숙해지나 싶으면 악취가 코를 찔렀어요. 살면서 한 번도 맡아본 적 없는 썩은내가, 세상에…다 지난 일이지만, 다시 떠올려보니 정말 역하네요. 잠시만요, 물 좀 마시고 마저 얘기해드릴게요.

*

광남은 그다지 잘 알려진 지역은 아니었다. 내놓을만한 관광상품도 없고, 관광지도 없었으며, DMZ와 맞닿아 있는 탓에 간간히 군 관련 뉴스에 등장하는 정도를 제외하면 매체에 소개되는 일도 없었다.

하연은 이런 광남군이 썩 마음에 들지 않았다. 이곳에서 나고 자란 토박이였지만, 남들 다 누리고 사는 인프라는 기대조차 하기 힘든 발전 가능성 없는 촌동네에 애향심 따위가 생길 리 없었다. 하연에게 이 동네가 도움이 된 순간은 농어촌 전형으로 대학에 겨우 입학했을 때 뿐이었다. 겨우 광남군을 나온 하연이었지만 방학이 되면 기숙사는 하연을 쫓아냈고, 그렇게 하연은 3년동안 기숙사와 광남군을 오가는 생활을 이어가고 있었다.

하연은 늘 광남군 탈출에 필사적이었다. 졸업만 하면 도시로 나가 자립하겠다는 목표 하나만 가지고 살아왔다. 자립에 필요한 돈을 모으려면 아르바이트를 해야 했지만 광남군에서는 일자리를 구하기가 힘들었다. 본가에서 머무는 동안 하연은 집에서 돈 벌 수 있는 일이 없을까 고민했고, 긴 궁리 끝에 나온 결론이 유튜브였다. 하연은 시골 생활을 담은 영상 일기를 올리며 알고리즘의 축복이 내려 채널이 대박나기를 기도했다. 그러나 이런 바람이 무색하게도, 호기롭게 시작한 유튜브 채널은 구독자 천 명을 넘기지 못하며 어중간한 상태를 유지하고 있었다. 하연이 개강과 유튜브 채널의 성공을 기다리며 하루하루를 보내는 사이에, 어느 덧 하연은 마지막 학년 개강을 목전에 두고 있었다.

　여느 때처럼 하연은 새로 만든 영상을 업로드 하고 있었다. 모니터를 집중해서 바라보던 얼굴에 찬 기운이 닿자 무심코 고개를 들어 창 밖을 봤다. 불안정한 샷시 틈새로 찬 바람이 샌 모양이다. 눈보라가 미친 듯이 쳐 한 치 앞도 안 보이는 풍경을 보자 하연의 얼굴에는 불안한 기색이 역력했다. 늘 이렇게 바람이 센 날이면 인터넷이 불안정했다. 하연은 지난 여름, 태풍이 불던 날 인터넷이 끊겨 영상이 날아가버렸던 기억을 떠올리며 기도했다. 야속하게도 영상 업로드 진행률은 도통 오를 생각이 없어보였다.

　하연은 터덜터덜 거실로 내려와 무의식적으로 티비를 켰다. 한시라도 뇌에 도파민이 돌지 않으면 지루해 미칠 것 같은 하연에게 티비는 본가에서 즐길 수 있는 유일한 낙이었다.

'다가올 2023 대선 후보들의 입장을 들어보는 시간…'
'가수 서유민 씨의 세 번째 별장에 방문해 봤는데요~…'
'…마약 조사가 지속되는 가운데 배우 김갑석 씨가 연루되어…'

　연예인 돈 자랑, 병든 사회, 슬슬 얼굴이 눈에 익는 정치인들의 말싸움, 그 중 누군가 논란을 일으키는 듯 싶으면 귀신같이 터지는 연예인의 사고 친 소식까지. 늘 뻔한 구성이었다. 그러다가 조금 시끌벅적한 토크쇼 프로그램이 나오면 그제서야 하연은 리모콘을 내려 놨다.

"오늘은 어떤 분을 모셔왔을까요. 카디 브이 씨, 나와주세요!"
"네 안녕하세요 카디 브이입니다."

하연이 특별히 챙겨 보는 프로그램은 없었지만, 그래도 이 프로그램 만큼은 채널을 돌리다가 마주치면 꼭 보곤 했다. 국내에서 가장 유명하고, 수많은 유행어와 명장면을 낳은 토크쇼 '용나잇'이었다. 토크쇼의 진행자인 김용진은 유쾌하고 거침없는 입담으로 사랑 받으며 전성기를 누리고 있었고, 평소 연예계에 관심이 없던 하연조차 그 이름은 들어봤을 정도로 꽤 유명한 인물이었다.

"…그래서 카디 브이 씨, 요즘 뭐 하고 지내세요?"
"아, 저는 요즘 기후 위기에 관심이 많아서 관련 봉사활동을…"
"잠시만요. 여기서는 지루한 이야기 하면 퇴장이거든요. 카디 브이 씨 가죽 가방에 인사하면서 그 이야기는 끝내도록 할게요. 악어야, 지구야, 미안해~!"

토크쇼가 진행된 지 얼마나 지났을까, 하연은 소파에 앉은 채로 꾸벅꾸벅 졸고 있었다. 방청객들의 건조한 웃음소리가 하연의 의식 너머로 사라져가던 그 때, 머리맡에서 울리는 벨소리가 하연을 깨웠다. 하연의 엄마로부터 온 전화였다.

"응, 엄마. 아직도 마트야?"
"하연아, 지금 집이지? 대문 잠그고 집 밖으로 나오지 마."

아직 비몽사몽한 정신으로, 하연은 엄마의 말을 반쯤 흘려 들으며 주변을 살폈다. TV속 화면은 용나잇에서 뉴스로 바뀌어 있었고, 창 밖은 어느새 짙은 어둠이 깔려 있었다. 시간이 꽤 흐른 지난 모양이었다.

"하연아, 듣고 있어? 절대로 나오지 마."

"아, 대문은 또 왜. 엄마, 또 어디서 도둑 들었다는 소문 들어서 그런 거지? 요즘 시대에 도둑이 있긴 어디 있다고."

"그런거 아니야. 지금 시내에, 사람들이, 죄다 막, 이상해. 다들 미친 것 같아. 위험하니까 나오지 마."

그제서야 하연은 엄마의 목소리가 평소보다 격양되어 있다는 사실을 알아챘다. 평소답지 않게 다급함이 느껴지는 엄마의 말투는 하연을 긴장하게 했고, 긴장감은 하연의 정신을 서서히 깨웠다.

"엄마는 어딘데. 아빠는? 언제 오는데? 사람들이 이상하다는 건 또 무슨 소리야?"

"사람이, 사람을 뜯어 먹고 있어."

하연은 상식을 한참 벗어난 문장에 사고가 정지했다. 비유일까, 아니면 문자 그대로의 상황일까. 도무지 이해를 할 수 없는 엄마의 말이 하연의 머릿속에서 맴돌았다. 고개를 돌려 TV를 바라본 하연은, 그제서야 뉴스에서 떠들고 있는 내용을 알아챘다. 뉴스 자막에 익숙한 지명이 보였다.

[뉴스속보]
강원도 광남군 일대에서 미확인 전염병 발생…긴급 봉쇄령 시행

*

두어시간 가량의 지옥 같았던 행군 끝에 우리는 시내에 도착했

어요. 사실, 시내라고 하기에도 우스운 수준이죠. 높이가 4층을 넘기는 건물이 없었고, 군청 건물을 제외하면 전부 오래된 양식의 콘크리트 건물들 뿐이었어요. 우체국, 마트, 보건진료소, 초등학교…그래도 있을 건 있는 수준? 딱 그 정도였어요.유리창이 성한 건물을 보기 힘들었는데, 길가에 널린 유리파편들이 햇빛을 받아 반짝거리는 모습이 제법 기묘했죠. 중간중간 보이는 붕어빵 카트랑 크리스마스 트리, 그리고 새하얀 눈처럼 빛나는 유리조각들이 꼭 겨울 같은 분위기를 연출했어요. 별개로, 저는 숨막히는 방역복 속에서 땀을 미친 듯이 흘리고 있었지만요. 7월이었다니까요, 7월. 7월에 그 비닐로 된 땀복을 입고 용케도 돌아다녔네요. 사실, 그 때 더위는 내게 아무 것도 아니었어요. 핏자국, 시체. 그런 것들을 보고 있으면 등골이 서늘해졌으면 서늘해졌지 절대로 더위 같은 건 느낄 여유도 없었어요.

　마지막으로 들른 집은 시내에서 좀 떨어진 곳이었어요. 30분은 걸었던 것 같네요. 집에 들어서자 마자 가족사진이 보였는데, 이상하게 익숙한 얼굴이 보였어요. 내가 이 사람을 왜 알지 싶었는데, 곧 알겠더라고요. 걔 이름이…뭐였더라. 기다려봐요. 금방 떠오를 것 같아요.

*

　시간이 흐를수록 뉴스의 내용은 나날이 달라졌다. 처음엔 패싸움으로 보도되었다. 강원도 인근에 잔존해있던 깡패들이 패싸움을 벌였다는 터무니 없는 기사가 가장 처음으로 광남의 이름을 알렸다. 한 시간 뒤, 소리 지르며 농성하는 세력들이 대부분 패싸움과는 거리가 멀어 보이는 노인네들이라는 사실이 알려지자, 농민들의 대규모 폭동으로 보도되기 시작했다. 이윽고 사태 파악을 위해 출동한 방송사 헬리콥터가 이 '폭동 세력'을 카메라로 자세히 비춰 본 결과, 마침

내 광남군에서 일어나고 있는 이 기묘한 현상은 '감염병 사태'로 최종 발표되었다.

지역 봉쇄는 빠르게 진행되었다. 광남군의 지리적 특성 상 외부와의 교류가 적은 고립된 지역이기도 했고, 무엇보다도 인근에 위치한 군부대에서 발빠르게 대처한 덕에 봉쇄는 순탄하게 진행되었다. 지역 경계를 빠져나가려는 감염자들을 처리하는 과정에서 '약간의' 희생이 있었다고는 하지만, 성공적인 분위기였다. 대부분의 국민들은 안도의 한숨을 내쉬며 '다행이다', '살았다'는 말을 주고 받았다. 전국에서 단 한 곳, 광남군에 남겨진 사람들만이 기쁨을 나누지 못했다.

광남군의 사람들은 제각기 다른 각자의 싸움을 하는 데 여념이 없었다. 누군가는 감염자를 피해 숨어 다니고, 누군가는 집 문의 잠금장치를 더욱 견고하게 했다. 또 누군가는 혼란을 틈타 집과 가게들을 털고 다녔으며, 누군가는 달갑지 않은 침입자의 방문에 대비하느라 긴장의 끈을 놓지 못했다.

자신만의 싸움에 정신이 없는 것은 하연 또한 마찬가지였다. 가족이 모두 안전하게 대피했다는 사실을 전해들은 이후로 하연은 제 처지에나 신경 쓰기로 굳게 마음먹었다. 봉쇄령이 내려진 지금 상황에서 광남군 안에 고립되었다는 것은, 광남 바깥의 일은 아무것도 할 수 없다는 것을 의미했다. 하연이 다급하게 학교에 전화를 건 것은 광남의 경계가 닫히고 이튿날의 일이었다. 개강이 코 앞으로 다가온 지금 꼼짝없이 광남군에 갇혀 살다가 졸업이 유예되는 상황은, 하연이 생각하기에 감염자에 물려 죽기보다 더 피하고 싶은 일이었다. 하연은 이런 자신의 불쌍한 처지를 학교에서, 더 나아가 나라에서 가엾게 여겨 무언가 조치를 해줄 것이라는 막연한 희망을 가진 채 이곳저곳으로 전화를 돌렸다.

이런 하연의 희망을 철저히 짓밟듯, 행정 처리는 그다지 순탄하게 굴러가지 않았다. 가방을 던져서 주고받으며 가방 주인을 골탕 먹이는 아이들처럼, 행정 부서들은 서로 책임을 미루며 전화를 다른 곳으로 연결했다. 하연은 갈수록 초조해지는 마음을 애써 가다듬으며 세번째 전화가 연결되기를 기다리고 있었다.

"안녕하세요. 제가, 그, 광남군 거주하는 학생인데요, 출석 관련해서…"
"잠깐만, 아까 그 학생이죠? 출석 처리 안되냐던."

들어본 듯한 목소리가 날카롭게 쏘아붙였다. 처음 전화했던 그곳으로 다시 돌아간 모양이었다. 직원은 난감하다는 듯 한숨을 쉬며 말을 이어갔다.

"학생. 잘 아시겠지만, 이번 사태가 보통 이례적인 상황이 아니잖아요? 저희도 이럴 때에는 어떻게 대처해야 할 지 매뉴얼이 따로 없어요. 전국적인 사태도 아니고. 광남군 한 곳에서만 일어난 일이잖아요?"
"맞죠. 그런데 광남군에 학생이 저 한명만 있는 것도 아니잖아요. 다른 학생들은요. 다른 학생들은 어떡하라고…"
"그게요, 다른 학교에도 연락을 해 봤거든요. 다른 학생들은 대부분 휴학을 한다는 모양인가봐요."

물론, 휴학을 생각해보지 못한 것은 아니었다. 하지만 하연이 지난 학기부터 팀원들과 함께 밤을 세워가며 만들었던 졸업 작품 프로젝트가, 자신의 이름만 쏙 빼둔 채 마무리 될 것을 생각하면 배가 아파왔다.

"제 졸업 작품은요, 어떻게 되는 건가요? 졸업 요건이 충족되는 조건이라면 저도 휴학쯤이야 당연히 하죠."

"글쎄요. 그 부분에 대해서는 잘… 학생 처지야 안타깝지만, 학생 한 명만 편의를 봐주면 공평성에 어긋나잖아요. 저희가 마음대로 해드릴 수 있는 일이 아니라서요. 여기로 전화해보세요. 043…"

교직원이 당황스러워 하는 것 쯤은 하연도 이해 할 수 있었다. 사람이 식인귀로 변하는 전대미문의 바이러스가 전국에서 딱 한 군데에서만 퍼졌다는데, 이에 대비한 매뉴얼이 있을 리 없다는 것은 알고 있었으니까. 그럼에도 불구하고 하연이 이토록 얼굴을 붉히는 건, 일말의 희망을 가지고 있어서였다.

하연은 한 번 윽박 지르고 싶은 욕구를 애써 무시하며 교직원이 부르는 전화번호를 종이에 꼭꼭 눌러 적었다. 적막한 거실에 전화 연결음과 티비 소리만이 울려 퍼졌다.

*

광남군 시내 중심부에서 약간 떨어진 곳, 넓은 주차장을 겸비한 한 2층짜리 창고형 건물의 간판에 불이 켜졌다. '권마트' 라고 쓰여 있는 간판은 몇 번 켜졌다 꺼졌다를 반복하더니, 이내 완전히 불빛이 꺼졌다. 현진은 간판 스위치를 사이에 두고 창식과 말다툼을 벌이고 있었다.

"아 글쎄, 쓸데없이 조명은 왜 자꾸 키려고 하는 거예요."

"간판 불을 켜놔야 사람들이 알아보고 이리로 대피하지. 바깥에 있는 사람들은 이대로 둘 거야?"

현진은 광남군에 몇 없는 대형 마트의 주인이었다. 현진이 처음 광남군으로 이사를 왔을 때 야심차게 연 마트는 동네 구멍가게에 질려있던 주민들의 수요에 힘입어 빠르게 성장했고, 현진의 딸 하연이 중학교에 입학할 때 쯤에는 대형 식자재마트가 되어 있었다. 현진은 자신이 일궈온 권마트에 자부심을 느끼고 있었고, 그것은 현진의 평소 지니고 있던 선의와 맞물려 '광남군민을 위한 장소로 운영하자'는 신념으로 발전했다. 그러한 신념에 맞게, 현진은 광남군 사태가 터지자 마자 시내를 배회하는 시민들을 적극적으로 마트에 수용했다.

반면 현진과 함께 마트를 운영하는 동료, 창식의 입장은 달랐다. 현진의 선함에 이끌려 파트너가 된 것은 사실이지만, 세상사가 마냥 긍정적으로 굴러갈 것인 냥 행동하는 현진의 천진난만함에는 도무지 동의를 할 수 없었다. 이미 현진이 끌고 들어 온 사람들만 수십 명이 넘는데, 감염이 됐는지 아닌지도 모를 신원 불명의 사람들을 더 들이려 하니 미칠 노릇이었다.

"형님. 밖에 감염자 득실 거리는 꼴 좀 보세요. 여기서 간판 불 켜봤자 이거 보고 올 녀석들은 감염자밖에 없다고요. 쟤네 불빛 보고 여기로 오는 거 봐요. 마트 안에 있는 사람들까지 다 위험하게 만들 생각이세요?"

창식이 필사적으로 스위치를 막아 서자, 현진은 곤란한 표정으로 한숨을 푸욱 쉬었다. 언젠가는 저 성질머리를 고쳐먹겠노라 다짐하며 현진은 전기실 밖으로 나섰다.

마트 1층은 운 좋게 피신한 사람들로 인산인해였다. 현진의 아내인 미정은 사람들을 일렬로 줄 세워 놓고, 3일치 식량을 배분하고 있었다. 혼자서 고전하고 있는 아내를 본 현진은 소매를 걷고 달려가 미정의 옆에서 박스를 날랐다.

"창고에 있는 분량까지 생각하면, 한 달은 너끈하게 이 인원들 전부 먹여 살릴 수 있어."

"한 달 안에 구조가 와야 다행이지."

"걱정하지 말래도. 이번 일이 어디 보통 사안인가. 나라에서 우리 구조해주려고 혈안이 되어 있을걸."

그렇게 말하는 현진을 향해 애써 웃어보이면서도, 미정은 내심 걱정을 떨칠 수가 없었다. 미정은 창 밖을 바라봤다. 주차장을 서성이는 몇몇 감염자들 너머로, 대선을 준비하는 정치인들의 유세 포스터와 현수막이 즐비한 풍경이 보였다.

*

대선 토론에 참여한 후보들은 서로 질의응답을 하며 신경전을 펼치고 있었다. 지난 대선과 다른 점은, 이번 대선 토론의 주제는 주로 광남군에 관한 이야기로 이루어져 있었다.

바이러스 유출 경로에 대해 다양한 가설이 오갔는데, 인근 제약회사에서 방류한 폐수가 원인이었다는 의견이 지배적이었다. 접경지대에서 침투한 북한군이 바이러스를 살포했다며 소리치는 한 늙은 정치인은 도무지 의견을 굽힐 생각이 없어보였다. 하연을 포함해 대다수의 사람들은 이를 터무니 없는 음모론으로 받아들였지만, 이를 진실로 여기는 세력들도 꽤 있는 모양이었다. SNS에 광남군을 검색하면, 조잡하게 편집된 유튜브 영상을 증거로 내세우며 현 정부를 '빨갱이 북괴 세력'으로 몰아세우는 노인들이 심심치 않게 보였다. 하연이 피곤한 얼굴로 스크롤를 내리는 동안 스피커폰 너머로 채린이 조잘거리는 소리가 쉴새없이 들렸다.

"들리는 소식이 죄다 카더라 뉴스 뿐이야. 관심 끌어서 조회수 좀 뽑아먹으려는 글이 한두개가 아니야. 누구는 마음에도 없는 휴학하느라고 졸업 작품도 날려 먹게 생겼는데. 신났네, 신났어. 아 맞아, 너 시골 사는 건 알고 있었는데, 와, 나 진짜. 이번에 뉴스 보고 처음 알았잖아. 무슨 동네가, 와, 씨. 무협지 배경인줄."

채린의 말에는 하연의 속을 은근히 긁는 구석이 있었다. 대학에 들어와 처음 만든 친구였던 만큼 하연에게 있어서 채린은 둘도 없는 절친이었지만, 채린 특유의 듣는 사람 생각 안하고 툭툭 내뱉는 화법은 하연도 혀를 내두를 정도였다. 하연은 기분 나쁘라고 한 말은 아니었으리라 생각하며 듣는 둥 마는 둥 채린의 말을 적당히 흘려 들었다.

"알려진 정보가 없으니까 카더라 뉴스가 판치는 거지, 너 말대로 촌동네니까. 솔직히 여기 지명 처음 들어본 사람도 꽤 있을걸."
"그거 인정. 그래도 이번 기회에 유명해졌네, 너네 동네. 유튜브에도 광남군 검색하면 새 영상들이…"

채린이 조용해졌다. 한참동안 마우스를 딸깍이는 소리가 몇 번 반복되더니, 이후 채린이 소리치며 물었다.

"하연아, 너 유튜브 해?"
"어어?"

볼품 없고 시시한 시골 생활 유튜브 채널은 그닥 자랑 할만한 거리가 아니었다. 그렇기에 하연은 유튜브 채널의 존재를 딱히 알리고 다니지 않았는데, 채린에게 전혀 예상치 못한 질문을 듣자 하연은 크게 당황할 수밖에 없었다.

하연이 얼버무리기도 전에, 메신저로 채린이 보낸 한 장의 스크린샷이 도착했다. 하연의 튜브 채널을 캡쳐한 사진이었다. 비록 가명의 닉네임을 사용한 채널이지만, 하연의 얼굴이 선명하게 나온 썸네일이 이 채널이 하연의 것임을 명백히 알려주고 있었다.

"권하연, 얌전한 척 하더니. 사실은 힘을 숨긴 유튜브 스타였던 거야?"

"그런 거 아니야. 그냥 취미로 시작한…"

"아니긴 뭐가 아니야. 조회수 3만 정도면 스타트가 꽤 좋아 보이는데? 부럽다, 나는 암만 노력해봐도 인스타 팔로워가…"

푸념을 늘어놓는 채린의 말을 뒤로한 채 하연은 많은 생각에 휩싸였다. 그동안 올렸던 영상들의 조회수를 다 합쳐도 천명이 될까 말까 했는데, 조회수 3만이라니. 설마.

하연은 거추장스럽게 이리 저리 흩어져 있는 인터넷 뉴스 창들을 닥치는 대로 지우며 유튜브 홈페이지가 열려 있는 창을 찾았다.

마우스 커서가 눈에 보이지 않을 만큼 빠르게 몇 번 움직이자, 유튜브 채널의 각종 정보를 나열해 놓은 창이 열렸다.

"조회수가 3만, 3만 2천, 3만 6천…"

실시간으로 점점 오르고 있는 숫자를 바라보는 하연의 눈이 점점 커졌다. 하연은 가슴 속에 무언가가 타오르는 느낌을 받았다.

*

아, 맞아요. 하연! 그런 이름이었지요. 아마. 들어본 적 없으시다고요? 그럴리가요. 친구, 광남군 사는 유튜버로 유명했어요. 장담하는데, 선생님도 한 번 쯤은 유튜브에서 이 친구 영상 보셨을 걸요. 당시에 워낙 광남에 대한 정보가 적다 보니까 찌라시가 꽤 판을 쳤는데, 그때 마침 이 친구가 광남군 내부에서 일어나고 있는 일들을 속속들이 찍어 올린 덕에 대박이 난 거죠. 나도 광남군 이슈가 한참 뜨거웠을 때에는 종종 이 영상들을 찾아 보곤 했거든요.

영상에서나 보던 유명인사의 집에 직접 방문하다니, 꽤 신기한 경험이었어요. 그렇게나 유명한 사람이냐고요? 선생님은 티비도 안 **보시나 보네요. 그 친구 인기, 어마어마했죠. 뭐, 나중에야, 좀…잠깐, 죄송해요. 이 이야기는, 물 좀 마시고 마저 하는 걸로…**

해초의 사랑

김민정

검고 칙칙한 건물 사이를 쨍쨍하게 내리쬐는 햇살. 여느 때와 다름없는 하루를 영위하려는 노력이 절반을 차지한 순간 위에 무린은 서 있다. 몸이 찌뿌둥하다며 웃는 유리의 옆에서 걸음을 맞춘 채로 언제나의 형태를 유지한 외출. 기분 전환을 목적으로 한 외출은 대개 무린의 주도하에 쉽사리 국내외를 마구잡이로 돌아다닐 수 없는 유리를 위해 진행되곤 했다. 정부와 뉴스로 떠들어대는 소위 식물화가 일어난 이후로 무린뿐만 아닌 인류에게 닥친 일상의 전부였다. 두껍고 단단한 아스팔트 바닥을 뚫고 뿌리를 내리는 가지각색의 나무가 도시 곳곳에 자리 잡은 현재로서는 유리의 우울감을 떨칠 방도가 없어 보였다. 멍하니 걷고 떠들거나 음식을 먹는 것이 전부인 외출이더라도 유리에게 잠깐의 생기를 불어넣을 수 있기를. 무린은 공연히 생각하며 유리가 느끼는 모든 감각이 나무가 되기 위한 일부가 아니기를 바랄 수밖에 없었다.

검고 칙칙한 건물 사이를 쨍쨍하게 내리쬐는 햇살. 여느 때와 다름없는 하루를 영위하려는 노력이 절반을 차지한 순간 위에 무린은 서 있다. 몸이 찌뿌둥하다며 웃는 유리의 옆에서 걸음을 맞춘 채로 언제나의 형태를 유지한 외출. 기분 전환을 목적으로 한 외출은 대개 무린의 주도하에 쉽사리 국내외를 마구잡이로 돌아다닐 수 없는 유리를 위해 진행되곤 했다. 정부와 뉴스로 떠들어대는 소위 식물화가 일어난 이후로 무린뿐만 아닌 인류에게 닥친 일상의 전부였다. 두껍고 단단한 아스팔트 바닥을 뚫고 뿌리를 내리는 가지각색의 나무가 도시 곳곳에 자리 잡은 현재로서는 유리의 우울감을 떨칠 방도가 없어 보였다. 멍하니 걷고 떠들거나 음식을 먹는 것이 전부인 외출이더라도 유리에게 잠깐의 생기를 불어넣을 수 있기를. 무린은 공연히 생각하며 유리가 느끼는 모든 감각이 나무가 되기 위한 일부가 아니기를 바랄 수밖에 없었다.

유리는 며칠 전부터 자신의 몸이 느려지는 것을 체감했다. 주변 사람이 언제든 나무가 될 수 있는 상황에서 느끼는 기묘한 변화는 사람을 예민하게 만든다. 무린은 그렇기에 유리의 변화를 외면하며, 그를 이해하는 것이 전부였다. 사랑하는 사람의 불안을 함께 짊어질 수 없다는 사실이 자신에게 무력감을 안겨줄 수 없도록 노력한 사실은 변하지 않았다. 단지 오늘의 감각이 지독하게 선명하리라고 예상할 수 있었던 것은 길 중앙에서 멈춘 그의 행동 때문이었다. 평소 같았다면 웃으며 넘길 일이었지만, 자신의 의지로 멈춘 게 아닌 듯 그의 표정에 당혹감이 서려 있었다.

"왜 그래? 말 좀 해봐..."

그의 팔을 붙들고 묻는다고 해도 답이 돌아오지 않을 것을 예상하면서도 자신 또한 부정하고 싶었을지 모른다. 부질없는 물음에 유리는 눈만을 겨우 굴릴 뿐, 문장이 되지 못한 단어를 토막 내어 발음할 뿐이었다. 눈앞에서 점차 고통스러운 듯 미간을 구긴 채로 그의 떨리는 몸이 뻣뻣해진다. 공포가 도망칠 수 있는 길목을 막고 있는 듯한 기분이란 이런 거구나. 무린은 유리의 팔을 한참이나 붙든 채 안 된다는 말만을 반복했다. 자신이 무얼 하더라도 상황이 호전될 리 없다는 사실이 자꾸만 무린을 무력감으로, 바닥으로 추락시켰다. 유리의 꽉 다물린 잇새에서 새는 신음에 무린은 미쳐버릴 지경이었다. 그러나, 그보다 더 최악인 것은 그의 손가락 끝에서부터 딱딱하게 굳어져 변이되고 있는 갈색빛의 나무껍질이었다. 유리의 몸은 아주 천천히 나무껍질에 집어삼켜지고 있었다. 눈으로 처음 마주한 가까운 사람의 변화. 이렇게도 고통스러워하는데, 주변 이들과 건물에 있을 이들은 동요조차 하지 않고 제 역할에 맞추어 돌아간다. 무린은 쥐고 있던 유리의 팔까지 뻗어오는 변이에 가까스로 손을 떼어놓고도 스스로의 행동에 자괴감을 느꼈다. 턱 끝까지 차오른 감정이 넘실거렸으나, 끝끝내 뱉어낼 수 없었던 것은 두려움을 기반한 방증.

그렇게 유리가 점차 제 모습을 잃고, 얼굴조차 알아볼 수 없게 되면 무린은 식은땀에 젖은 몸을 다급하게 일으킨다. 손바닥 전체를 덮은 생생한 감각이 잔해처럼 남는 악몽. 죄책감에 기인한 악몽은 시시때때로 느끼는 강도가 달랐으나, 대개는 그 당시와 같은 충격을 남긴다. 마치 잊고 살지 말라는 듯, 다른 이들 또한 이런 꿈에 시달리고 있는지는 몰랐으나 어찌 됐든 정부의 지침 아래 우리 인류는 사회를 다시 움직여야 했다. 식은땀을 물로 씻어내고, 나갈 준비를 하며 좁은 방의 창밖을 내다보면 푸르른 나무가 간간이 보인다. 무린은 아스팔트와 건물의 사이사이에 자리 잡은 나무를 보며 손을 몇 번 쥐었다 편다. 방금까지 실재했던 것처럼 손 전체를 감싼 까끌까끌한 나무의 감촉이 잦아들면 모자를 눌러쓰고, 사람들이 북적이는 지하철을 탄다. 지친 사람들 사이에서 무린 또한 별다를 것 없는 하나의 부품처럼 덜컹거리며 회사에 출근하고, 번쩍이는 컴퓨터 모니터 앞에 앉아 키보드를 두들겨 댈 뿐. 그저 효용과 돈벌이 수단에 어쩔 수 없이 출근하는 꼴이다. 몇 달이 지난 지금도 당시의 악몽에 잠긴 채로 허우적대고 싶었으나, 사회는 그것을 용인하지 않았다. 처음 재난이 일어난 몇 달 사이에 주어진 지원은 그것이 전부였다. 사회가 굴러가지 않으면 정부 또한 할 수 있는 일이 없기에 그랬을까, 무린은 공연히 생각했다.

"그 얘기 들었어요? 아직도 자기 자식들 죽었다고 시위하는 사람들이 있다나 봐요."

"죽었다뇨, 그런 얘기 어디 가서 하면 돌 맞는다잖아요. ...아무리 가족이라도 이미 죽은 거나 다름없으니 편히 보내주는 게 좋을 텐데."

"그러게 말이에요. 이유도 모른다던데, 그렇게 화를 내봤자 달라지는 건 없잖아요. 치료도 못 하는 그런 사람들 때문에 병원도 미어터지니까 골머리를 썩인단 말이죠."

조용한 사무실에서는 말소리가 언제나 울려온다. 가십거리의 측면이라면 현재 상황만큼이나 좋은 게 없었다. 무린은 키보드 두드리는 소리와 마우스 소리가 깔린 사이에서 들려오는 말소리에 곧 의자 등받이에 몸을 기댄다. 몇 달이 지났으나, 실질적인 성과 따위는 없는 재난. 그 어떤 것도 확실한 부분이 없는 재난은 처음에나 사람들에게 공포를 불러왔지 요즈음은 자신의 일이 아니라면 누구든 간단히 말해버리기 일쑤였다. 어쩌면 이 재난이라는 것이 정말로 정부의 말처럼 외계인의 소행이라고 한다면 모두 죽어버릴지도 모른다는 사실이 여전하게 인류를 공포에 떨게 했을 텐데. 조금이라도 더 빠르게 해결책을 찾아냈을 텐데.

사람의 마음이란 결국 두려움에 손쉽게 흔들린다. 무린 뿐만 아닌 모든 사람이 두려움을 외면한 채 살아간다는 것은 균열 또한 쉽게 일어날 조짐이라고 생각했으나, 자신의 소중한 사람에게까지 재난이 닥치지 않으면 안도하는 간사한 마음이 인간을 집어삼켰다고 생각했다. 직장 동료의 생각을 읽을 수는 없으나, 피가 섞인 혈육이나 배우자가 아니라면 쉬는 것 또한 인정받지 못하는 직장에서 무얼 바랄 수 있겠는가. 바깥이 어두워질 때까지 전기를 미친 듯이 잡아먹는 건물 안에서 기술적 부분을 수정하고, 매만지는 일은 이제 익숙했다. 제시간에 퇴근하는 법이 없던 이 직장도 정부의 얕은 환경 보호 측면에서 일찍이 강제성 짙은 퇴근을 한다. 익숙해져 잡생각이 늘기 전 퇴근할 수 있다는 점은 유일하게 도움이 되었지만, 결국 무린은 출근과는 다른 꿈에서 유리를 봤던 그 길로 돌아 걷는다.

이따금 처음 보는 나무가 뿌리를 박고 있었으며, 그 주변에는 누군가 어슬렁거렸다. 무린 또한 그런 누군가와 다름없이 유리를 찾아 물이 손쉽게 배어들기 어려운 아스팔트 위에 물을 뿌렸다. 대화할 수는 없었지만, 유리라면 언제든 자신과 대화할 방법을 생각할 터였다. 무린은 그렇기에 그 옆에 앉아 시답잖은 말을 걸거나 그 거친 표면에 귀를 댄 채 나무에서 들리는 소리를 대답 삼고는 했다. 그는 제정신을 의심해 본 적은 없으나, 마치 유리에게서는 아직 남은 정신이 있는 듯 제 물음을 따라 소리를 냈다. 마치 어떤 말을 전하고자 부호를 만들어 내는 것처럼. 무린은 유리의 소리를 들을 때마다 그가 아직 살아있다고 느꼈다. 모두 나무가 된 이를 죽었다고 생각했지만, 그는 유리가 아직 살아있음을 느낄 수 있었다. 연구를 통해 밝혀내지 못한 것뿐. 그 누구도 대화하고, 살아있는 그들을 느끼려고 하지 않았을 뿐. 유리는 여전히 살아 숨 쉬고 있었다. 자신의 그에 대한 감정과 관심에서 동반된 관찰의 확실한 결과였다.

무린은 이렇게 아주 견고히 굳어진 자신의 생활을 게을리하지 않았다. 그래야만 자신에게 언제든 닥칠 수 있는 재난이 다가오더라도 느려지는 몸을 조금이나마 더 유지할 수 있을 테니까. 자신을 표본으로 삼아 유리의 살아있음을 누구에게든 증명할 수 있다면, 하나의 인격으로서 존중받을 수 있을지 모른다는 생각을 기반한 양식. 아직도 재난에 대해 다루는 소수의 매체에서마저도 식물화가 진행된 인간을 대우하는 방식에 대한 토론을 이어 나가고 있으나, 살아있다는 의견은 그저 감정에 치우친 의견이라는 취급을 받고야 말다니. 사랑에 얽힌 복합적인 감정을 무시하는 태도에 가까웠다. 어디서든 손과 입을 놀려 만들어 내는 것이 전부일 리가 없을 텐데도 인류란 당장 어제까지, 혹은 조금 전까지도 함께 떠들던 사람의 변화에도 어쩜 이리 덤덤하게 털어내 버리는지에 대한 의구심이 들었다. 무린에게는 아직도 현실처럼 생생한 그 광경을 타인은 손쉽게 털어내는 것처럼, 연예인들에게는 일종의 자기 어필을 위한 소재처럼 사용하는 사회.

"이것 좀 받아 가세요."

아, 네. 턱 끝의 언저리까지 차오른 대답을 삼키고는 생각과 함께 누군지도 모를 남성이 건넨 얇은 종이를 구겨 넣는다. 분명 자연을 사랑해야 한다느니 식물화 치료법 연구를 가속해야 한다느니 보나 마나 한 내용이 담긴 포스터일 것이 뻔했다. 무린은 그저 자신의 괴로움을 핑계로 자꾸만 몸을 유리의 곁으로, 목소리가 아닌 나무껍질 안에서 들리는 고동과 같은 소리를 향해 점점 기울어지고 싶었다. 외계인이든 환경 단체든 이 상황을 해결해 주지 못한다면 적어도 이 재난의 이유라도 알고 싶었지만, 불가능하다는 걸 알기에 무린은 해가 지는 하늘 아래 잊지 않고 유리를 찾는다. 온종일 눈이 아플 정도의 모니터 빛을 보고, 뭘 하는지도 모를 정도로 습관화된 업무를 처리하고 오는 길이란 늘 그랬다. 정부는 이유를 정의하려 하지만, 결국 그 어떤 것도 고치려 하지 않는다. 외계인의 소행이라면 지구 바깥으로의 연구를, 환경 단체의 소행이라면 적어도 환경을 지키려는 행동을 보였어야 했을 터다. 그런 점을 미루어 보았을 때, 되려 시위를 하고 자신의 의견을 표출하는 이들이 정부보다 나은 행실을 보이는 것이 아닌가? 무린은 유리의 옆에서 말 대신 생각으로 그것들을 정리하곤 했다.

'자연은 우리의 가족이자 사랑하는 사람. 함께 더불어 사는 삶.'

유리의 옆 턱에 걸터앉은 무린은 가방에 구겨 넣었던 종이를 꺼내 들었다. 이미 구깃구깃해진 얇은 종이를 펼쳐내 그 위에 박힌 촌스러운 색상의 글씨를 몇 번이고 읽은 뒤, 유리의 두꺼운 나무껍질에 고개를 툭 기댄다. 쓸데없다고 생각한다면 간단히 지나칠 수 있는 글귀를 다시 읽게 된 이유는 순전히 개인적이며 이기적이기도 한 이유. 자연이라는 단어가 만약 유리에게도 통용될 수 있는 단어가 되었다면 유리에게 언제든 영향을 미칠 수 있는 모든 자연물의 상태 또한 돌봐야 하는 것이 아닌가 하는 생각이 머리를 스친다. 뿌리와 겉이 아무리 두껍고 강하다고 해서 아스팔트 아래 흙을 통해 흡수하는 양분이 그에게 좋은 영향을 미칠 이유는 없었다. 이미 익숙해진 답답한 공기는 인간에게 간접적인 영향을 미쳤겠지만, 유리에게는 그럴 수 없는 일이었다. 차라리 바닷속처럼 각 생물의 생태계가 구축된 안에서 식물이 되었다면 달랐을지도 몰랐다. 마치 해초처럼 그 자리에서 영양분을 얻고, 또한 없애려 드는 이도 적은 그 안에서의 삶.

거친 유리의 표면에 귀를 붙인 무린은 눈을 감은 채로 유리의 고동처럼 들리는 꿀렁임을 듣는다. 점성이 있는 액체의 흐름처럼 들리는 아주 작은 소리. 그 소리는 처음 그에게 귀를 기울였을 때보다 훨씬 선명하게 귀를 타고 들어왔다. 그 어떤 지식이 없는 자신에게도 고작 몇 달 사이의 변화가 와닿는다는 사실이 재난에 대한 얄팍한 증오심을 만들어 낸다. 그와 함께 불러오는 것은 채 사라지지 못한 죄책감의 연장선이자 그를 향한 감정의 도랑이 속을 어지른 결과.

"...아무래도 내가 널 데리고 나오는 게 아니었나 봐."

입안이 바싹 말랐으나 전하고자 하는 바는 확실했다. 단지 전할 대상이 불분명해진 마음일 뿐, 무린은 자신의 행동에 후회하고 또 후회한다. 그런 마음으로도 돌아오지 않는다는 사실을 알고 있었지만, 후회는 켜켜이 쌓이고 있었다. 유리 또한 그런 마음을 안다는 듯 안에서의 움직임이 조금 더 빠르고 강하게 느껴졌다. 감히 어떤 말을 전하려 하는지 가늠할 수 없었지만, 적어도 유리였다면 자신을 이해했으리라고. 그런 생각이 들면 무린은 고개를 살짝 떼어내고, 그만 몸을 일으켜 세운다. 적어도 나아갈 방향을 잡아야 한다는 생각이 든다. 언제부터 손에 힘이 들어갔는지 종이를 쥔 부분은 더 구겨진 채였다. 기껏 좋은 마음으로 만들어 나누어준 종이가 구겨진 것이 신경 쓰이다니, 마음이 많이 약해졌다고 생각하며 다리를 털어내고 일어섰다.

유리의 주변을 차지한 다양한 크기의 나무 곁에는 자신처럼 그 주변을 맴돌거나 슬퍼하는 사람도 있는 반면 그런 사람들을 이상하다는 양 보고 지나치는 이들도 있었다. 무린은 자신과 같은 사람들에게 동조하는 마음과 함께 그 한편에 남은 기시감을 떨쳐내려 길을 벗어났다. 이미 어두워진 집안의 불을 켜고 들어선 뒤 손에 쥐고 있던 종이를 식탁 위에 올려두고 그 앞에 앉는다. 조잡한 느낌이 나는 종이였으나, 한 번쯤은 제대로 읽기 위해. 자신이라도 바뀌려고 노력한다면 나무가 된 유리에게 조금은 도움이 될 수 있을지도 몰랐다. 모두가 인격체로 받아들이지 않는 나무를 받아들이려고 하는 태도는 유리의 덕이자 그가 이 행위에 대한 이유의 전부였다. 그에게 자신이 해줄 수 있는 모든 것이라고 감히 생각하는 일. 전하지 못한 마음을 전하려는 듯 그 곁에서 맴돌며 자신을 깎아낼 수도 있다는 다짐.

종이에는 간단한 환경 보호에 관련된 활자들이 나열되어 있었다. 일반적인 상식에서 아주 조금 나아가 현재의 재난에 대한 이들의 생각. 환경 단체의 소행인지는 알 수 없으나, 식물화가 된다는 점에 있어서 환경에 대한 인식을 개선해야 할 필요가 있다는 대목에서 무린은 이들에게 동의했다. 이외의 부분은 상식이라고 생각했으나, 뒷면에 있던 환경 보호 체크 리스트 중 절반을 이행하고 있지 않던 자신을 되돌아보는 계기가 되었다. 순순히 그렇게 이행될 것이라면 굳이 이런 종이를 나누어주는 수고까지 할 필요는 없었겠지만, 무린은 한 번 그 결과를 훑어보았다. 자신이 이행할 수 없다고 생각한 것들은 순전히 자신의 의지에 맞춘 회피였다는 사실을 깨닫는 것쯤은 할 수 있었다.

　　평소 같았으면 이런 종이 따위 쓰레기통에 넣은 뒤 다음 날을 위해 잠을 잘 시간이었지만, 생각이 얽혀 잠조차 오지 않았으니 이런 시간이라도 가지게 되는 것이었다. 남들이 보기에는 IT 계열에 종사하는 사람이 쓸데없는 일을 한다며 비웃을 정도의 갑작스러운 태도 변환. 허나 이미 많은 변화를 겪은 무린에게 있어서는 더 이상 우습지 않았다. 오히려 이 상황에 적응하고 아무렇지 않게 생활하는 이들이 이상하게 느껴질 뿐. 식탁 의자에 상체를 기댄 채 읽어낸 활자들이 무린의 머릿속을 부유한다. 유리와 다른 이들. 그리고, 그들을 사랑하던 사람들이 머리를 어지른다. 자신이 언제부터 이토록 전인류적인 사랑을 마다하지 않는 사람이었는가, 가족들마저 기이하게 여길 지경이었다. 물론 이 모든 행동이 사랑을 기반하고, 그 모든 사람을 생각하기에 시작하는 변화는 아니었다. 앞선 인류가 모두 그래왔듯 유리를 사랑하기에 솟아오르는 이기심에서 나온 행동. 자신의 죄책감과 후회를 덮기 위한 노력. 환경을 생각하는 이들은 이런 사적인 감정을 통해 보호하려고 하지는 않을 테니, 무린은 자신만의 노력을 통해 유리와 어떤 형태로든 함께 하고 싶음을 느낀다. 자신이 불에 타게 되는 한이 있더라도, 그의 곁에서 숨 쉬고자 함은 확고했다. 이렇게 부정조차 할 수 없는 감정을 내뱉지도 못했다는 사실에 서글퍼지는 것은 한순간이었다.

이어지는 생각과 변하겠다는 다짐은 무기력하게 흘러가던 무린에게 무리였다. 방전되기 직전의 휴대전화에서 알람이 울리자 무린은 아주 오랜만에 악몽이나 뒤척임 없이 식탁에서 잠들었다 일어날 수 있었다. 피곤과 무력함은 여전했지만, 이전과는 다른 기분을 느끼며 무린은 출근길에 올랐다. 익숙한 인파 사이에 껴 흔들림과 함께 탄 지하철은 평소와 같았으나, 이상하게도 미묘하게 소란스러웠다. 무슨 문제가 생긴 것인지 혹은 오히려 그 반대인지, 생각하거나 확인할 틈도 없이 그는 역에서 내려 사무실에 앉았다. 실상 자신이 그 이유를 안다고 해서 별다른 문제가 생기지 않겠다고 생각했지만, 곧 그렇지 않다는 사실을 알 수 있었다.

"무린 씨, 그거 들었어요? 그 나무들 있잖아, 불로 잘만 하면 없앨 수 있다나 봐요. 이제야 좀 편하게 다니겠네."

자신의 옆자리에서 키보드나 두드리던 현진이 무린에게 말을 건넸다. 그 말에 뒤늦게 휴대전화를 꺼내 들었고, 따로 찾아볼 이유도 없이 이미 자신에게도 연락이 온 상태였다. 휴대전화에서부터 주변 사람들까지 잘됐다는 듯 떠들어대는 통에 무린은 당장 사무실에서 벗어나고 싶은 충동에 휩싸였다. 현진은 대답이 없자 고개를 살짝 틀어 무린을 살피더니 다시 제 업무로 눈을 돌렸다. 휴대전화를 붙들고 눈을 굴려대며 무린은 급하게 소식의 근원을 찾기 시작했다. 어느 지역에서 시작했는지, 그곳이 혹시 유리가 있는 곳과 가깝지는 않은지, 다양한 정보를 수집할 시간 따위는 없었지만, 알지 못하는 상태로는 업무 또한 의미가 없었을 터였으므로 손을 조급하게 움직였다.

　검색만 해도 금세 잔뜩 쌓인 기사와 뉴스 영상에 무린은 숨을 골랐다. 연구든 노력이든 진전이 없다고 하던 게 엊그제 같았으나, 이렇게 갑작스레 내어놓은 결과가 나무를 태워 없애자는 말이라니. 무린은 헛웃음이 배어 나왔다. 이미 반발 여론은 정부가 원하는 대로 묵인하고 있었다. 실시간으로 방송되고 있는 뉴스를 켜자 다양한 사람들이 소리를 지르고, 심지어는 울고 있기까지 했다. 소리를 듣지 않아도 그들이 무슨 말을 전하고자 하는지는 알 수 있었다. 이미 사랑하는 이들을 잃은 사람들이 뉴스를 통해서라도 자신들의 의견을 전달하려고 해야만 하다니, 무린은 착잡함과 동시에 실시간으로 움직이는 댓글을 통해 시작 지역이 유리와는 먼 곳이라는 사실에 안도감을 느꼈다. 그러나, 언제까지고 안도하고 살 수는 없는 노릇이었다. 나무의 주변까지 그을려 가며 나무를 없애는 상황에서 유리도 언제 그들의 손에 타버릴지 모르는 일이었기 때문에.

　퇴근 시간이 다가올 때까지도 무린은 옆에 실시간으로 오르고 내리는 나무의 현황을 켜둔 채였고, 타버린 나무의 수가 증가할수록 불안해졌다. 아무렇지 않은 태도로 키보드를 눌러대는 데에도 슬슬 한계가 올 때쯤 퇴근하기 위해 몸을 일으켜 짐을 챙겼다. 빈 물통에 물을 채우고, 긴장되는 마음을 억누른 채로 유리가 있는 곳을 향했다. 정부의 발표 탓인지 평소와는 다른 분위기가 감도는 거리를 걸다 무린은 유리가 멀쩡한 것을 멀리서부터 확인하자 안도했다. 무린은 유리마저 타버린다면 이 사회에서 평소와 같이 살아야 할 이유를 찾지 못할 것이 분명했다. 마치 가족조차 유리의 죽음에 무린을 아주 오래 걱정했던 것처럼. 단지 무린에게 있어 죽음이라는 명제는 존재하지 않았기에 그 단어를 꺼내지 않았을 뿐이었다.

"나 왔어."

무린은 덤덤히 유리의 곁에 쪼그려 앉은 채로 그에게 말을 붙였다. 평소와 같았지만, 불안감이 턱 끝까지 울렁거리는 탓에 그다음 말을 하기까지는 오랜 시간을 가져야 했다. 그 누가 나무와 대화가 가능하다는 사실을 믿을까, 무린은 자신이 생각하기에도 믿기 어려울 사실을 온몸으로 겪었으니 확신했을 뿐이다. 사람들은 자신이 경험해 보지 않은 일을 손쉽게 무시하고, 배척한다. 그런 생각이 들자, 무린은 자신의 불안이 어디에서부터 나오는지를 알 수 없어 혼란스러워졌다.

"...유리야 물 좀 줄까? 요즘은 안 물어본 것 같아서, 필요하면 안에서 두 번 두드려 줘,"

말을 내뱉은 뒤 유리의 거친 표면에 귀를 가져다 댄다. 안에서는 아주 안정적인 액체의 흐름과 함께 얼마 지나지 않아 정확하게 두 번, 안에서부터 바깥으로 밀려 나오는 탁한 소리가 흘렀다. 처음 말을 걸었을 때는 놀라 두 번 세 번씩 다시 들으려고 했던 소리를 무린은 이제는 익숙하게 받아들인다. 이렇게 살아 있는데, 왜 다들 없애려고만 하는 건지. 입술을 한 번 꽉 깨물고는 일어서 물통에 채워온 물을 유리의 주변에 붓는다. 이전보다 확실히 파릇파릇해진 유리의 잎에 손을 뻗어 가볍게 매만지고, 이 바닥에서 흡수할 영양분이 있었는지 고려하는 일은 습관과도 같았다. 유리를 태우지 못하게 비가 계속 내린다면 좋을 텐데, 생각이 뻗친다.

물을 주고 난 뒤 축축해진 바닥에 다시금 주저앉은 무린은 유리에게 자신을 온전히 기댄 채 주변을 둘러봤다. 크게 달라진 것 없는 나무가 푸르게 빛을 내는 거리. 이전의 거리는 어떤 모습이었는지조차 상상이 가지 않았으나, 확실한 것은 현재보다 칙칙하고 생기 없는 모습이었다는 사실이다. 유리의 심장 소리처럼 들리는 내부의 소리와 함께 주변을 둘러보면 당장이라도 주변의 나무가 타버릴지 모른다는 불안감이 조금은 사그라들고, 대신 이성적인 판단을 할 수 있게 된다. 나무가 여전히 살아 있음을 이해시킬 수 없다면 직접 경험하는 일밖에는 선택지가 없었다. 무린은 주변에 들어찬 나무들을 둘러보며, 그들이 얼마나 사랑받고 있는지를 가늠했다. 여러 나무 사이에는 힘을 잃어가듯 야윈 가지를 가진 나무도, 그와 반대로 유리처럼 생기 있는 잎을 가진 나무도 존재했다. 만약 이들이 사랑과 돌봄을 받아 생기를 유지한다면 자신처럼 그들과 함께하고 싶을 것이 당연했다.

'...무린아.'

무린은 자신의 이름을 부르는 목소리에 눈을 돌렸다. 자신의 이름을 알고 부를 사람도, 또한 이토록 유리와 같은 목소리를 한 사람도 존재하지 않았다. 정신적인 충격이 이제야 다시 발현된 것인지 들릴 리 없는 유리의 목소리가 떠올랐다는 사실에 자조적인 웃음을 띠었다. 그는 유리의 표면에 한참이나 붙이고 있던 뺨을 떼어내고는 당혹스러운 마음을 감춘 채 손끝으로 간단히 유리의 잎을 털어냈다. 그리고 주변 나무들의 상태를 조금 더 가까이서 살폈다. 주변에 사람이 있는 나무는 그들의 슬픔과 힘듦으로 충분할 테니 무린은 조금이나마 남은 물을 시들어 가는 나무에 뿌려주고, 그의 표면에도 귀를 가져다 댄다. 안에서는 아주 가느다랗게 요동치는 소리만이 들렸다. 그는 죽어가는 것이나 다름없었다. 아스팔트 위에 박힌 유리와는 달리 영양분 섭취가 최소한으로 이루어지고 있는 것처럼, 혹은 자신의 삶을 포기한 것처럼. 무린은 그 소리를 한참이나 들었다. 가슴이 미묘하게 떨리는 기분에 눈을 지그시 감았다. 이대로 불에 탄다면 얼마나 괴로울지를 상상하자 그는 더는 견딜 수 없어 자리를 벗어났다. 적어도 주말 동안은 유리와 더 오래 있을 수 있을 테니, 지금은 마음을 추스르는 것이 먼저였다. 그렇지 않고서는 그의 곁에 있는 것이라고는 산송장이나 다름이 없을 것이 뻔했기 때문에.

어둑어둑한 집의 불을 켜고 무린은 쉴 틈 없이 컴퓨터의 전원을 켠다. 그사이에 또 다른 소식이 생기지는 않았는지, 혹은 벌써 유리에게까지 도착했을지. 뒤엉킨 생각과 함께 웹사이트를 둘러본다. 큰 변화 없이 흥분한 기사들과 사람들의 반응, 무린은 그것들을 보며 속이 울렁거렸다. 누구에게는 사랑해 마지않는 사람이 나무가 되었다는 사실을 무시한 채 그들을 없앤다는 소식에 기뻐하기 바쁜 이들에게 구역질이 났다. 소수의 마음을 제멋대로 주무르고 짓밟는 태도에 신물이 날 지경이었으나, 무린은 유리의 곁에서 저항하는 것만이 자신이 할 수 있는 유일한 방법임을 느꼈다. 자연을 생각하지 않는 이들의 손 아래 가지 끝부터 타들어 갈 유리의 통증을 헤아릴 수가 없어 목이 탔다. 무린은 반복적으로, 또한 강박적으로 내리던 스크롤을 멈추고 컴퓨터의 전원을 꺼버렸다. 그새 졸음이 몰려오는지 몸을 움직인 뒤, 눈을 천천히 깜빡이다 무린은 잠에 들었다.

창문 새로 새어드는 빛에 눈이 부셔 깨어난 무린은 잠이 덜 깬채 휴대전화를 집어 시각을 확인했다. 열한 시가 다 되어가는 시간, 눈을 비비고는 유리에게 돌아가기 위해 몸을 끌었다. 생각이 많아 지쳤는지 잠이 쉽게 깨지 않아 고생이었으나, 나갈 목적지가 명확했기에 무린은 비몽사몽한 정신으로도 밖을 나섰다. 유리에게 가는 길 또한 그랬다. 지하철에서 몇 번이고 졸았지만, 도착할 때가 되자 유리에게 멀쩡히 다가가 물을 뿌려줄 수 있었다. 그리고는 정신없이 오는 사이에 올라온 소식을 훑고, 반응을 살핀 뒤 휴대전화를 집어넣었다. 무린은 계속 그의 곁에 있을 것이고, 그와 동시에 정부는 천천히 나무를 태울 것이다. 언젠가 그들이 그에게까지 손을 뻗는다면 자신은 어떻게 해야 할지 고민했다. 일을 해서 돈을 벌고, 삶을 유지하는 것보다 자신이 사랑하는 유리를 지켜내고 싶다는 마음이 훨씬 중요했다. 유리와의 소통이 불가능했다면 자신 또한 마음이 꺾여 아무렇지 않은 척 살아남을 수 없었을 터다.

'...아, 들려?'

무린은 어제와같이 들려오는 목소리에 주변을 둘러보았으나, 주말의 인파 외에 별다른 특이점은 없었다. 맥없이 끊기듯 드문드문 뇌리를 스치는 듯한 목소리가 생전 모르는 타인의 목소리였다면 환청이라고 치부했겠지만, 몇 달이 지났어도 유리의 목소리임을 확신할수 있었다. 무린은 물을 담아왔던 병에 이마를 댄 채로 고개를 숙였다. 당장 유리가 어떻게 될지 모르는 마당에 이상한 목소리를 듣고 혼란스러워하다니.

"나도 이제 제정신이 아닌가 보다, 그렇지?"

자조적인 어투로 작게 혼잣말을 토해냈다. 다들 신나게 놀러 다니고, 쉬는 데에 급급한 사이에서 홀로 불안해하고 있다는 사실이 슬퍼 이마에 댄 병을 몇 번 매만진다.

'......내 말이 들리는 거야?'

또다시 사랑했던 그 목소리가 들린다. 꿈도 환청도 아니라는 듯 더욱 선명하고 가깝게. 이 목소리가 실재하는 유리라면 언제든 뛰어들었을 텐데, 무린은 점점 수렁에 빠지는 듯한 감각을 이겨내지 못한 채 그 목소리를 외면하며 다급하게 도망쳤다. 유리의 곁에서 단 한순간도 도망치고 싶다는 마음이 든 적은 없었으나, 격렬한 혼란이 자신을 망쳐버릴 것 같았다. 같은 것이 아닌 확신에 가까운 생각이 머리를 불현듯 스친다.

숨이 찰 때까지 달렸으나 도망치기에는 턱없이 부족했는지 혹은 자신에게 문제가 생긴 건지 모를 정도의 거리밖에 가지 못했다. 무린은 무언가가 잘못되고 있다고 느꼈다. 그 목소리가 들린 시점부터 자신이 이상해지고 있었는지, 자신이 이상해지고 있었기에 그런 소리가 스스로를 따라오는 건지도 가늠할 수가 없었다. 생각을 아주 빠르게 뻗어나가려 해도 쉬이 그렇게 할 수 없었다. 무린은 찬 숨을 겨우 골라내며 느린 걸음을 떼어냈다. 이건 전부 누구의 탓인지도 판단할 수 없었으니 그 누구의 탓도 하지 않은 채로 휴식을 한 뒤라면 괜찮아지리라고 생각했다.

잠에서 깰 때까지 자신의 상황이 어땠는지 기억할 수 없을 만큼 정신없이 든 잠에서 깬 무린은 전원이 꺼질 듯 말 듯 한 휴대전화로 시각을 확인한다. 스스로가 점심이 넘은 시간에 일어난 일이 기이했으나, 그 또한 무의식중에 인식하지 못할 만큼 둔해진 상태였다. 며칠 사이에 너무 많은 일이 있었던 탓인지 무린은 통제력을 잃은 것 같았다. 물먹은 솜처럼 움직이는 몸을 이끌어 물을 한 모금 마시고, 티비 모니터를 켜 채널을 돌렸다.

"앞으로 더 많은 나무를 한 번에 처리할 수 있게 됐으며..."

앞 맥락이 잘린 보도였으나, 무린은 보도자료로 띄워진 영상에 원치 않아도 이해할 수밖에 없었다. 한두 지역에서 진행된 작업이 빠르게 다양한 곳에서 진행된다는 내용. 생각조차 할 틈이 없었다. 그는 어제 자신이 유리를 두고 왔기에 무슨 일이 생겼을지도 모른다는 생각에 사로잡혀 지하철을 탔다. 남들은 아무렇지도 않은데 그 사이에서 잠깐 움직여도 버거운 몸을 이끈 채였다. 숨이 차고 땀이 송글송글 맺힌 와중에도 다급하게 역을 빠져나와 유리에게로 가는 다리가 무겁다. 마치 가지 못하게 막는 것처럼 묵직한 발을 떼어내며 유리가 말한 몸의 이상이란 이런 것이었음을 깨닫는다. 지금이 그래야 하는 순간이라는 듯 느린 생각 사이에서도 빠르게 꽂히는 정답처럼.

"안 돼요! 제발, 제발 저희 애만은..."

"얘는 무슨 앱니까? 얘먼 나무에 매달리지 말고 가세요! 다칩니다!"

멀리서부터 큰 소리가 오간다. 무린은 휴대전화로 확인하지 않아도 자신을 옥죄던 불안이 현실로 닥쳐왔음을 체감했다. 몸은 제멋대로 움직이는 데다 앞뒤 잴 정도의 정신도 없지만, 무린은 몸을 질질 끌어 유리에게로 다가갔다. 그리 많지 않은 인력이었으나, 인원을 분배해 다수의 나무를 태우고 있었다. 코끝에서부터 올라오는 매캐한 냄새는 그런 상황을 가까이 보고서야 인식했고, 올라오는 기침을 토해내면서 그 중앙에 위치한 유리에게로 다가갔다. 다른 나무보다 거대한 크기에 먼저 태울 생각을 못 했는지 혹은 적은 인원으로 시도해 봤으나 무리였는지 유리의 곁에는 한두 명의 사람이 줄곧 선 채로 무언가를 보고하고 있었다.

"들어가시면 안 돼요, 멈추세요."

그중 한 명이 무린을 저지하려 했지만, 그 말을 순순히 들을 이유가 없었다. 팔을 내치며 유리에게 가까이 선 그는 나무를 등지고 섰다. 숨이 막히고, 곧 죽어도 이상하지 않을 만큼이나 정신이 아득해졌다. 그럼에도 거대한 나무에 등을 기대듯 그 앞에 선 채로 숨을 겨우 골랐다.

"...절대 안 돼요. 어떻게 이런, ...버젓이 살아있는 사람한테!"

목이 턱 막혔다. 무린은 유리의 죽음을 막고 싶었다. 자신이 죽는 한이 있더라도 그를 지켜낼 수 있다면 자신의 죄책감 또한 함께 소멸되리라.

'……무린아 안 돼!'
"…또 그 목소리네."

그 틈을 참지 못하고 목소리가 들렸다. 그는 힘이 빠진 듯 웃으며 나무에 몸을 기댔다. 흐릿해지는 시야로 사람이 몰려왔다. 그리고 큰 목소리가 한데 얽혔으나, 무린은 그들의 압박에 움직일 몸 상태 또한 아니었다. 그들은 나무 앞에 붙은 하나의 인간만을 사람으로 생각하며 떼어내려 했지만, 떨어지더라도 다시 그 나무를 막아섰다. 무린은 이제 때가 되어가고 있음을 느꼈다. 더는 그들의 말이 제대로 들어오지 않았고, 점차 유리를 닮은 목소리와 다양한 소리가 그런 그의 머리를 채웠다. 몸을 돌려 나무를 끌어안은 채로 마지막을 맞이하려 팔을 뻗었고, 그 순간 팔에서부터 온몸이 굳어갔다. 마치 온 피부가 찢어지고 재구성되는 것처럼 튀어대는 고통에 무린은 잇새에서 당장이라도 비명을 지르고 싶은 정도였다.

그러나 그런 고통도 잠시, 그는 기이하게도 주변과는 달리 잠깐의 통증을 제외하고는 안정을 되찾았다. 제어되지 않던 불편함 대신 자신의 몸이 유리를 감싸며 자라나 더욱 거대한 나무의 형상을 띠게 되었다는 사실이 느껴졌다. 죽음처럼 느껴졌던 질병이 훨씬 더 안정적이고 따스한 환경을 만들며, 종내에는 사랑하는 이의 곁을 지킬 수 있게 된 것이었다.

'무린아!'
'유리야… 내가 너무 늦었지.'

그제야 자신에게 들린 목소리가 정말 유리의 것임을 알 수 있었다. 가까이 붙은 나무의 결 사이로 울리는 소리와 자신의 소리가 한데 엉켰다. 이렇게 거대한 나무를 태우려면 오랜 시간이 걸릴 터였다. 그러니 무린은 그와 함께 남은 시간 동안 맞닿을 수 있기를. 자신의 이득을 위해 우리를 태우려고 한다면 다음 생에는 불도 지필 수 없는 바닷속의 해초가 될 수 있기를, 우리는 물결을 따라 흐르며 얽히는 해초처럼 사랑하기를. 유리와 함께 웃었다.